1725

Das Buch

Es ist April in Cannes. Das Wetter ist wechselhaft. Duval erwartet über die nahen Osterfeiertage Familienbesuch, und seine Freundin Annie ist hochschwanger. Das würde schon reichen an Herausforderungen, doch dann stirbt eine Frau unter zunächst unklaren Umständen in einem Bistro in Cannes.

Ihr Begleiter verschwindet, als der Notarzt eintrifft. Offenbar war die Frau Patientin in einer psychiatrischen Klinik in Mougins, in die sie nach einem Unfall mit Gedächtnisverlust eingeliefert worden war. Duval übernimmt die Ermittlungen, als sich herausstellt, dass die Frau ermordet wurde. Der Kommissar wird in diesem Fall mit Kunst und Künstlern konfrontiert, mit Drogen, Prostitution und mit bizarren Gestalten, die Yoga bei Vollmond praktizieren. Und bei einer Razzia geht den Drogenfahndern auch noch Duvals Halbbruder ins Netz. Wird es dem Commissaire gelingen, in dieser verwickelten Geschichte alle Fäden zu entwirren und trotzdem seiner Familie und Annie gerecht zu werden?

Die Autorin

Christine Cazon, Jahrgang 1962, lebt mit ihrem Mann und Katze Pepita in Cannes. »Vollmond über der Côte d'Azur« ist ihr siebter Roman mit Kommissar Léon Duval.

Christine Cazon

VOLLMOND ÜBER DER CÔTE D'AZUR

Der siebte Fall für
Kommissar Duval

Kiepenheuer & Witsch

Die Handlung des vorliegenden Kriminalromans spielt in Cannes und in anderen Städten und Dörfern der Côte d'Azur. Cannes, Nizza, Mougins und viele der dort erwähnten Örtlichkeiten sind real. Die Handlung des Romans jedoch ist fiktiv und die darin vorkommenden Personen, ihre beruflichen und privaten Handlungen und Konflikte sind ebenso frei erfunden. Jegliche Ähnlichkeit mit lebenden oder realen Personen wäre rein zufällig und ist nicht beabsichtigt.

Aus Verantwortung für die Umwelt hat sich der *Verlag Kiepenheuer & Witsch* zu einer nachhaltigen Buchproduktion verpflichtet. Der bewusste Umgang mit unseren Ressourcen, der Schutz unseres Klimas und der Natur gehören zu unseren obersten Unternehmenszielen.
Gemeinsam mit unseren Partnern und Lieferanten setzen wir uns für eine klimaneutrale Buchproduktion ein, die den Erwerb von Klimazertifikaten zur Kompensation des CO_2-Ausstoßes einschließt.

Weitere Informationen finden Sie unter: *www.klimaneutralerverlag.de*

Verlag Kiepenheuer & Witsch, FSC-N001512

2. Auflage 2020

Covergestaltung: Barbara Thoben, Köln
Covermotiv: © plainpicture / aurelia frey
Foto der Autorin: © Stephan Gabriel
Karte: Oliver Wetterauer
Gesetzt aus der Scala Pro und der Copperplate Gothic
Satz: Wilhelm Vornehm, München
Druck und Bindung: CPI books GmbH, Leck
ISBN 978-3-462-05383-8

Für M. F.

*Vergiß, vergiß, und laß uns jetzt nur dies
erleben, wie die Sterne durch geklärten
Nachthimmel dringen, wie der Mond die Gärten
voll übersteigt.*

RAINER MARIA RILKE: Die Welt, die monden ist

1

Die Zeiger der Uhr auf dem alten Reklameschild ruckelten auf 23 Uhr. Durch die offene Tür wehte leicht die kühle Nachtluft herein. *En avril ne te découvre pas d'un fil* hieß es. Das galt auch an der Küste, wenngleich die Touristen schon jackenlos und barfuß in Sandalen durch die Stadt und am Strand entlangliefen. Sie werden schon sehen, was sie davon haben. Missvergnügt beobachtete Noël Brun eine Gruppe ausgelassener junger Männer durch die Scheibe seines Bistros. Sie ließen eine Flasche Champagner kreisen und jeder nahm einen Schluck daraus, während sie laut blökend Richtung Croisette trabten. Keine Kultur, dachte Noël Brun bitter, die haben alle keine Kultur mehr heute. Seufzend erhob er sich und begann, die Stühle hochzustellen. Der letzte Gast, der sich lange an seinem Glas Rotwein festgehalten hatte, war seit einer Viertelstunde gegangen. Es würde niemand mehr kommen, an einem Mittwochabend in der Vorsaison. Er gab einen Schuss Flüssigseife in den Eimer und ließ Wasser hineinlaufen. Einen Moment sah er dem aufsteigenden Schaum zu, die Seifenblasen wurden größer und zerplatzten, dann stellte er das Wasser ab und holte aus dem angrenzenden Kämmerchen den Wischmop. Mit dem Eimer und dem Wischmop in der Hand stand er neben dem Tresen, als das Paar eintrat. Noël Brun erfasste die Situation sofort. Zu viel getrunken, dachte er, sie hat eindeutig zu viel getrunken. Der Mann hielt die schwankende junge Frau fest. Sie hatte die Augen geschlossen und ihr Kopf sackte auf seine Schulter. Er war es gewohnt. Manchmal verirrten sich spät noch Gäste aus dem nahen Spielcasino in die kleine Straße, die, der grellen lauten und blinkenden Welt des Spiels entronnen, beinahe erleichtert in seinem einfachen Bistro in Ruhe einen Kaffee oder einen letzten Absacker zu sich nahmen, bevor sie weiterzogen. Er hatte nichts dagegen, oft legten gerade diese Gäste nachlässig einen großen Schein auf den Tisch und warteten das Wechselgeld nicht ab. Ihre Art, die Welt an ihrem Gewinn teilhaben zu lassen.

»Bonsoir«, grüßte der Mann und schob seine Freundin Richtung Bank im hinteren Teil des Bistros. »Schließen Sie?«, fragte er gleichzeitig.

»Geht schon klar«, entgegnete Brun und sah zu, wie der Mann ihr half, sich auf die schwarze Kunstlederbank zu setzen. Ihr Kopf sackte nach unten. »Léna-Chérie«, sagte er leise, strich ihr über die Wange und legte ihren Kopf vorsichtig auf die Lehne der Rückbank.

Brun sah ihnen mit kritischem Blick zu. Sie sah hübsch aus, nicht vulgär, aber dennoch, eine, die sich auf seiner Bank übergab, da konnte sie noch so hübsch sein, wollte er nicht mehr bedienen.

»Bitte«, sagte der Mann nun, »meiner Freundin geht's nicht gut, ich weiß nicht, warum, können wir irgendetwas Starkes bekommen? Einen Cognac?«

»Hat sie nicht schon zu viel intus?«, gab der Wirt zu bedenken.

»Nein, sie hat fast nichts getrunken«, beteuerte der Mann, »aber plötzlich wurde ihr schlecht.«

»Hm«, machte Brun und goss Cognac in ein Glas. »Einen?«, fragte er.

»*Allez*, zwei«, stimmte der Mann zu.

Brun betrachtete die junge Frau. Blass und mit geschlossenen Augen hing sie auf der Bank. Sie atmete kurz und stoß-
weise. In ihrer Hand hielt sie verkrampft ein Taschentuch.

»Sie kann sich auch hinlegen«, schlug der Wirt nun etwas
milder gestimmt vor. Er hatte die Stühle wieder vom Tisch
genommen und stellte nun die zwei Cognac auf den kleinen
runden Bistrotisch vor sie hin.

»Danke.« Der Mann nahm eines der Gläser, hielt den Kopf
der Frau vorsichtig aufrecht und flößte ihr etwas von dem Cognac ein. »Trink«, sagte er leise. »Das wird dir guttun.«

Sie schluckte den Cognac und verzog das Gesicht.

»Willst du dich hinlegen?« Sie antwortete nicht. Leicht
tupfte er ihr Schweißperlen von der Stirn.

»Leg dich hin, *Chérie*, leg dich hin.«

Augenblicklich glitt sie auf die Bank und ein Arm fiel
schlaff nach unten. Ihr kurzer Rock war nach oben gerutscht
und gab den Blick auf ihre Beine und die Unterwäsche frei.
Der Mann zupfte an ihrer Kleidung herum und warf dabei
einen Blick auf Noël Brun.

Brun gab vor, nicht hinzusehen, nahm den Eimer und
begann zunächst den Boden in der Toilette und sodann hinter dem Tresen zu wischen.

»Kann ich vielleicht drin rauchen?«

»Meinetwegen.«

Der Mann zündete sich eine Zigarette an und inhalierte
tief.

Noël Brun stellte einen dreieckigen Plastikaschenbecher
auf den Tisch und klatschte dann den Wischmop auf die
grün gemusterten Zementkacheln. In lässigen Drehungen
wischte er über den Boden und beobachtete das Paar indi-
rekt im großen Wandspiegel an der Seite.

Der Mann nahm einen Schluck Cognac, rauchte und sah hin und wieder zu seiner Freundin, die nun ruhig auf der Bank lag. »Geht es dir besser?«, fragte er leise und beugte sich über sie. Erschrocken schüttelte er die junge Frau. »Léna!«, rief er eindringlich. Dann stieß er einen Schrei aus. »LÉNA!« Er stöhnte gequält. »Einen Arzt!«, schrie er den Wirt an. »Rufen Sie einen Arzt schnell! Den Notarzt!« Er stieß den kleinen Tisch zur Seite und zog die junge Frau auf den Fußboden. Unkoordiniert und wie Puppenglieder fielen Arme und Beine auf die grünen Kacheln. »Léna!«, heulte der Mann.

Noël Brun hatte bereits die 15 gewählt. »Einen Notarzt in das *Bistrot l'Horloge* Rue Bivouac Napoléon«, rief er. »Eine junge Frau ist zusammengebrochen.«

»Notarzt ist unterwegs«, erwiderte der Mann am Telefon. »Ist sie ansprechbar?«

»Ist sie ansprechbar?«, fragte Noël Brun den Mann im gleichen Ton.

»NEIN«, schrie der Mann verzweifelt. »LÉNA!«

»Nein, anscheinend nicht«, gab Noël Brun in bemüht sachlichem Ton weiter. Innerlich begann er zu zittern.

»Machen Sie eine Herzmassage!«, sagte der Mann am Telefon, »können Sie das?«

»Herzmassage«, wiederholte Noël Brun in Richtung des Mannes. »Nein«, antwortete er hingegen dem Mann am Telefon.

»Der nächste AED befindet sich ganz in der Nähe. Am *Palais des Festivals*.«

»Der nächste was?«

»Das ist ein automatischer externer Defibrillator, der sagt Ihnen genau, was Sie tun müssen.«

»Es gibt einen automatischen Defibrillator am *Palais des Festivals*«, wiederholte Brun mechanisch.

»Dann holen Sie ihn doch«, brüllte der Mann und drückte bereits rhythmisch mit beiden Händen auf den Brustkorb der jungen Frau.

Noël Brun lief los, das Mobiltelefon in der Hand. »Wo ist das verdammte Ding?«, keuchte er und ließ sich von dem Mann am Telefon leiten.

Außer Atem kam er mit dem kleinen Plastikkasten in der Hand zurück, er zitterte vor Aufregung: Ein schriller Alarm war losgegangen, als er den Defibrillator von der Wand genommen hatte. Er kam sich vor wie ein Dieb und schnaufte und zitterte noch immer. Aber der Notarztwagen war schon da und in seinem Bistro beugten sich nun gleich zwei Männer und eine Frau über die junge Frau auf dem Fußboden. »Noch einmal«, sagte die Ärztin gerade und gab einen Stromstoß ab. Der Oberkörper der jungen Frau zuckte und fiel wieder zurück. Es folgten noch zwei weitere Versuche, die junge Frau wiederzubeleben.

Schwer atmend stand Noël Brun in seinem Bistro und hielt verkrampft den Plastikkasten mit dem Defibrillator in der Hand.

»Ich glaube«, sagte die Ärztin resigniert, »da ist nichts mehr zu machen.« Noël Brun schluchzte auf. Die Ärztin blickte auf. »Haben Sie uns gerufen?« Noël Brun nickte. »Kennen Sie die Dame?«

»Nein.« Mit den Augen suchte er den Mann, der die junge Frau begleitet hatte, aber er sah ihn nicht. Er wird draußen sein und rauchen, dachte er. Oder vielleicht übergab er sich gerade in der Toilette. Er öffnete mit einem Ruck die Tür zur Toilette. Sie war leer. Noël Brun rannte nach draußen und blickte nach rechts und links.

»Wo wollen Sie hin?«, rief ihm die Ärztin hinterher.

»Monsieur! Bitte bleiben Sie hier!« Doch er lief auf dem Bürgersteig ein paar Schritte bis zur kleinen Place Général de Gaulle. Ein paar Jugendliche saßen hier auf dem Rand des Brunnens und hörten mit einem Handy Musik. Ihre Köpfe nickten im Takt. Vergeblich schaute er über den Platz, sondierte die halb leeren Terrassen der angrenzenden Restaurants und Cafés. Er eilte zurück und stand hilflos am Eingang seines Bistros.

»Monsieur!«, wandte sich die Ärztin mit strenger Stimme an ihn. »Würden Sie bitte ...«

»Da war dieser Mann«, stotterte er, »also, sie kam mit einem Mann, meine ich. Er ist weg!«

»Ein Mann. Aha.« Sie sah Noël Brun merkwürdig an. »Dann werden wir mal die Polizei rufen«, sagte sie und nickte einem der Sanitäter zu.

———

Er schwamm weit draußen im Meer. Die Sonne schien, und er fühlte sich schwerelos. Er glitt in die Wellen, und als er zum Luftholen auftauchte, sah er sie. Er schwamm inmitten eines Delfinschwarms, und von ihrer Wendigkeit mitgezogen, bewegte er sich im Wasser wie sie. Sie schienen ihn als einen der Ihren zu akzeptieren, er staunte, dass er ihnen ohne Mühe folgen und mit ihrer Geschwindigkeit mithalten konnte, es war, als zögen sie ihn einfach mit, wie in einem Sog, er musste nichts machen, synchron tauchte er mit ihnen in die Wellen ein und wieder auf. Ein unsägliches Glücksgefühl durchströmte ihn, aber dann wurde der Rhythmus jäh durchbrochen, er verstand es nicht gleich, ein Sekundenbruchteil hatte genügt, und ließ ihn den Anschluss verlieren, er versuchte noch einmal, in ihren

Rhythmus einzutauchen, aber sie waren schon zu weit entfernt ... er musste es träumen, dieses Telefongeräusch. Wieso sollte er auch ein Telefon beim Schwimmen dabeihaben? Er versuchte noch einmal im Meer unterzutauchen, suchte diese glückliche Stille, aber das Klingeln wurde immer lauter. Es war sein Telefon, das ihn sehr reell aus seinen Träumen riss.

»Ja?«, brummelte er endlich und spürte, wie das wohlige Gefühl des Traums ihn endgültig verließ.

»Duval, alles o.k.?«, hörte er den Einsatzleiter nun sehr deutlich rufen.

»Ja, ja, alles o.k., ich war wohl gerade eingeschlafen«, schnaufte er.

»Ja, das ist jetzt vorbei, mein Guter, du hast Bereitschaft und wir haben eine Leiche. Im *Bistrot l'Horloge,* nicht weit vom Casino im *Palais des Festivals* liegt eine tote junge Frau. Mach dich auf die Socken. Ich habe Villiers auch schon hinbeordert.«

»O.k., ich komme.« Er sprang aus dem Bett und spritzte sich im Badezimmer etwas Wasser ins Gesicht. Was war noch mal sein Traum gewesen? Das Bild eines Delfins blitzte auf und war schon wieder verschwunden. Nur noch vage erinnerte er sich an ein wohliges Glücksgefühl. Er zog sich in Windeseile an. In der Mikrowelle erhitzte er dreißig Sekunden lang eine Tasse abgestandenen Kaffee, warf ein Stück Zucker hinein, rührte um und schüttete das Gebräu in zwei großen Schlucken hinunter. Hauptsache, es machte ihn wach. Er warf sich den warmen Lederblouson über, die Aprilnächte waren wieder kalt geworden. Nach einem sehr warmen Februar und März machte der April seinem launischen Ruf alle Ehre. Eilig lief er die Avenue de Grasse hinab und versuchte, in den schlecht beleuchteten Ecken die Hundehaufen zu vermeiden. *Putain*, dachte er jedes Mal. Warum müssen Städter eigentlich immer Hunde haben? Und warum mussten diese Kläffer immer mitten auf den Gehweg scheißen? An jeder Ecke hingen nun die Plastiktüten, die die Hundebesitzer dazu anhalten sollten, die Hundehaufen einzusammeln, aber dennoch taten die meisten im Schutze der Dunkelheit so, als hätten sie die stinkende Hinterlassenschaft ihres Hundes nicht bemerkt. Der widerlichste Job war ja wohl der des *Moto-Crotteurs*, dachte Duval. Schon der Gedanke an einen dieser Motorradstaubsauger, stets umwabert von diesem ekelhaften Geruch und diesen nach sich ziehend, verursachte ihm Brechreiz. Aber ohne diese Hundehaufenstaubsauger sähe es noch viel trister aus auf den französischen Trottoirs. Vor ein paar Tagen hatte die Stadt Paris verlauten lassen, sie würde die hohen Kosten für die *Moto-Crotteuses* nicht mehr tragen wollen und stelle nun auf ein intelligentes Roboter-System um. Drohnen würden zukünftig die Hundehaufen aufspüren und fachgerecht entsorgen. Man testete es bereits im 16. Arrondissement. Bedauerlicherweise war das System jedoch noch nicht ganz ausgereift, weshalb die Drohnen hin und wieder ihre Ladung auf dem Weg zum Entsorgungsplatz verloren, was wiederum zu einigen unschönen Szenen im Straßenverkehr geführt hatte. Dennoch sicherte die Bürgermeisterin von Paris der Bevölkerung zu, dies sei das System der Zukunft. Zu Tausenden hatten daraufhin empörte Einwohner bei der Stadt angerufen und sich beschwert, die knapp über ihren Köpfen eine Armee Kot tragender Drohnen befürchteten, aber die ganze Angelegenheit stellte sich als Aprilscherz heraus.

———

»Können Sie ihn beschreiben?«, fragte Duval gerade den Wirt und streifte dabei die Handschuhe über. Eine Leiche kurz vor Ostern kam ihm äußerst ungelegen, zumal wenn sie so jung und hübsch war wie diese hier. Ostern käme erstmals die ganze Familie zusammen. Er wusste nicht, ob es eine gute Idee war. Hélène hatte Flugtickets für die Kinder gebucht, die eine Woche Ferien bei ihm verbringen sollten und hatte, weil sie über ein günstiges Angebot gestolpert war, kurzerhand Tickets für sich und Ben mitgebucht. »Wir mieten eine Ferienwohnung«, hatte sie ihn beruhigt. Beruhigt fühlte er sich aber gar nicht, denn er würde zum ersten Mal auf Ben und Hélène zum ersten Mal auf Annie treffen ... Er musste sich zusammenreißen, um dem Wirt zuzuhören.

»Ja, das heißt nein, ich habe nicht so genau hingesehen, wissen Sie. Sie sahen aus wie ein Liebespaar, aber ihr ging es nicht gut. Ich habe ihnen gesagt, sie könne sich hinlegen. Das hat sie gemacht. Ihr Rock war dabei hochgerutscht und ...«, er stockte. Jetzt, wo sie tot war, war es ihm peinlich, dass er die Beine der Frau und den Ansatz ihrer Unterwäsche angestarrt hatte. Aber genau dort war sein Blick hängen geblieben. Den Mann hatte er nur schemenhaft in Erinnerung, »groß und bärtig«. »Aber er hat sich um sie gekümmert und sprach leise mit ihr.«

»Was hat er gesagt, haben Sie das gehört?«

»Nein, aber er hat Cognac bestellt.« Er wies auf die beiden Gläser, die auf dem Tisch standen und jetzt von einem Beamten jedes in eine Plastiktüte gesteckt wurden. Er notierte etwas auf zwei Etiketten und klebte sie auf die Tüten. Die verbliebene Flüssigkeit in beiden Gläsern hatte der Beamte zuvor in zwei Plastikröhrchen aufgefangen, hatte diese verschraubt und war mit ihnen ebenso verfahren wie jetzt mit den Gläsern.

»Wir haben keine Handtasche bei ihr gefunden. Hatte sie keine?«

»Also das ...« Noël Brun hob die Schultern. »Keine Ahnung. Es ist mir nicht aufgefallen.«

»Es ist Ihnen nicht aufgefallen, dass sie keine Handtasche hatte?«

»Äh, nein«, Noël Brun war nun nervös. »Ich habe nicht darauf geachtet, wissen Sie, ich hatte gerade die Stühle hochgestellt und begonnen, den Boden zu wischen, ich wollte schließen, als sie kamen. Ich habe nicht bemerkt, ob sie eine Tasche hatte oder nicht, ich habe nur bemerkt, dass sie schwankte. Der Mann hielt sie fest, und ich dachte, sie hätte zu viel getrunken. Dachte, sie kämen aus dem Casino.«

»Aus dem Casino?«

»Ja, manchmal kommen Leute nach dem Casino hier vorbei.«

»Warum?«

»Warum was?«

»Warum kommen Leute nach dem Casino hier vorbei?«

»Was weiß ich. Das müssen Sie die Leute fragen. Vielleicht suchen sie wieder die Normalität nach all dem schrillen Geblinke und Gefunkel. Ein bisschen Ruhe. Also, das denke ich.«

Duval ließ den Blick durch das altmodische Bistro schweifen. Möglich war das. Warum nicht.

»Und, kamen sie aus dem Casino?«, fragte Duval. Und zu Villiers gewandt sagte er: »Vielleicht kann man da mal nachfragen?!« Villiers nickte und war schon verschwunden.

»Was weiß ich. Ich habe nicht gefragt und sie haben nicht mit mir gesprochen, außer, dass der Mann Cognac bestellt hatte.«

»Erinnern Sie sich sonst noch an etwas?«

Wieder kam Noël Brun der Ansatz der Unterwäsche der jungen Frau ins Gedächtnis und er schwieg verschämt.

»Léna!«, rief er, beinahe selbst überrascht. »Léna hat er sie genannt.«

»Léna?«

»Ja, ich bin sicher.«

»Léna«, notierte Duval. »Noch etwas?«

Noël Brun zuckte mit den Schultern.

»Können Sie den Mann beschreiben?«

»Na ja, groß, das habe ich schon gesagt, einen Bart hatte er, aber ich habe ihn nicht wirklich angesehen«, wich Noël Brun aus.

»Einen Bart? Was für einen Bart?«

»Na einen Bart eben. Einen normalen Bart.«

Was war denn normal in Zeiten, wo jeder junge Schnösel sich einen langen Bart stehen ließ? »So einen Hipsterbart?«, fragte er.

»Einen was? Was ist denn ein Hipsterbart?«

Duval winkte ab. »Was für ein Bart?«, wiederholte er die Frage. »Lang? Kurz? Schnurrbart?«, schlug er vor.

»Ein klassischer Dreitagebart würde ich sagen. Vielleicht etwas länger.«

»Vier Tage«, versuchte Duval zu scherzen, aber der Wirt sah ihn nur befremdet an.

»Wie alt?«

»Der Bart?« Noël Brun war nun wirklich verwirrt.

»Nein, der Mann.«

»Ach so. Jünger als ich, vielleicht vierzig. Er hatte aber schon eine hohe Stirn, wie man so schön sagt.«

»Meinen Sie, Sie würden ihn wiedererkennen?«

»Möglich, doch ja, ich glaube.«

»Na, das ist doch schon was. Am besten kommen Sie

morgen aufs Kommissariat und wir nehmen Ihre Aussage auf. Vielleicht fällt Ihnen ja auch heute Nacht noch etwas ein.«

»Wie Sie meinen«, Noël Brun nickte.

———

»Nein«, Monsieur Brun schüttelte den Kopf.

Léa Leroc klickte geduldig weiter und wartete.

»Nein.«

Sie klickte erneut.

»Nein.«

Die junge Frau, deren Name möglicherweise Léna lautete, hatte weder Schmuck noch einen Ehering getragen, der auf ihre Herkunft schließen lassen könnte. Keine Handtasche, kein Mobiltelefon. Auch im Casino war nichts gefunden worden. Sehr wahrscheinlich waren sie nicht von dort gekommen, zumindest konnte sich niemand an sie erinnern. Rock und Bluse, die auf den ersten Blick edel schienen, stammten laut Etiketten aus einem der Modekaufhäuser, die jede Woche neue billige Kleidung auf den Markt warfen. Gleiches galt für die Schuhe und die Unterwäsche.

Der Staatsanwalt hatte der von Richterin Marnier angeordneten Obduktion zur Feststellung der Todesursache und zur Rekonstruktion des Sterbevorgangs zugestimmt, und die Habseligkeiten der Toten wurden ebenso wie die Cognacgläser bereits von der PTS, der *Police technique et scientifique* unter die Lupe genommen. Außerdem hatten sie entschieden, ein Foto der jungen Frau in der regionalen Presse zu veröffentlichen.

Duval hielt einen Abzug davon in der Hand und gab einen weiteren an Villiers. »Fragen Sie in den Bars und

Cafés rund um das Bistro nach, in dem sie gestorben ist. Vielleicht waren sie vorher irgendwo essen oder sie sind jemand anderem aufgefallen.«

»Hübsch«, Villiers betrachtete das blasse, friedlich schlafend wirkende Gesicht der jungen Frau.

»Ja«, stimmte Duval zu. »Sehr hübsch. Sehr jung auch. Vielleicht erinnert sich ja jemand an sie.« Villiers nickte und verschwand.

In der Zwischenzeit mühten sich Léa Leroc und Noël Brun weiterhin, ein Phantombild ihres Begleiters zu erstellen.

»Das Gesicht war länger und der Mund war eher klein«, befand Noël Brun gerade und Léa zog das Gesicht in die Länge, klickte Lippenvarianten ein und wartete.

»Glaube ich«, fügte Noël Brun hinzu und seufzte leise. »Ich hätte nicht gedacht, dass es so schwierig ist.«

»Lassen Sie sich nicht entmutigen«, sagte Léa. »Vielleicht machen wir erst mit etwas anderem weiter, den Augenbrauen, was meinen Sie?« Und sie klickte Augenbrauen in das bislang nur vage definierte Gesicht.

———

Duval steckte das Foto der jungen Frau in seine Brieftasche und klickte erneut sein Mobiltelefon an. Er hatte noch immer keine Nachricht von Annie. Sie war aktiv wie eh und je, quetschte sich mit ihrem rund gewordenen Bauch hinter das Lenkrad und fuhr von Termin zu Termin. Zwischendurch könnte sie sich aber schon mal melden, dachte er unzufrieden. Es war ihm anfangs schwergefallen, sich mit Annies Schwangerschaft anzufreunden. Sie hatte ihm übel genommen, dass er sich nicht genau wie sie darüber freute.

»Du hast mich vor vollendete Tatsachen gestellt«, verteidigte er sich. »Du selbst hattest Zeit, dich an den Gedanken
zu gewöhnen, mich hast du damit überrumpelt und wolltest, dass ich sofort Hurra schreie. Wie soll ich Hurra
schreien, Annie, ich habe schon zwei Kinder und das per-
manente Gefühl, nicht für sie da zu sein. Oder zumindest
nicht genug. Ich bin für so ein Familienleben nicht gemacht,
das habe ich dir nicht nur einmal gesagt.« Er konnte sagen,
was er wollte. Sie war gekränkt und meldete sich wochen-
lang nicht mehr bei ihm. Er rechnete mit allem, auch damit,
dass sie einen Schwangerschaftsabbruch vornehmen würde
und war überrascht, als sie eines Tages wieder vor ihm
stand. Ganz offensichtlich war sie nun schwanger und es
stand ihr gut. Sie sah rosig aus, strahlend, und die leichte
Rundlichkeit ihres Gesichtes und ihrer Brüste gaben ihr
etwas Mütterliches und gleichzeitig sah sie so dermaßen
sexy aus, dass er sich am liebsten sofort auf sie gestürzt
hätte. Aber er riss sich zusammen. »Komm her«, sagte er
nur und nahm sie lange und fest in die Arme. Tatsächlich
schliefen sie an diesem Tag leidenschaftlich miteinander,
aber dann verschwand Annie wieder.

Sie hatte ihr Bergdorf verlassen und war wieder nach
Cannes gezogen, in ihre Wohnung, die sie zwischenzeitlich
an einen jungen Lehrer des nahen Lycée Carnot unterver-
mietet hatte. Sie würde das Kind bekommen, aber sie wollte
selbstständig bleiben. Duval war enttäuscht und erleichtert
gleichzeitig. »Es ist auch mein Kind, Annie, ich bin für dich,
für euch da«, beteuerte er, und er meinte es ehrlich. Natürlich nahm er an der Schwangerschaft teil, aber nur das erste
Mal war er bei der Ultraschalluntersuchung dabei, der
Gynäkologe nickte ihm freundlich zu. Duval sah das grisse-
lige Ultraschallbild, wo man das Herz des kleinen Wesens,

das seine Tochter oder sein Sohn werden würde, schlagen sah, aber es blieb abstrakt. Er wurde auch dieses Mal nicht von Liebe geflutet, wie er es insgeheim gehofft hatte. Aber er lächelte und hielt Annies Hand. Dass es für sie so Glück verheißend war, und dass sie dieses Kind, sein Kind, so sehr ersehnte, berührte ihn doch.

»Möchten Sie das Geschlecht Ihres Kindes wissen?«, fragte der Gynäkologe.

»Ja«, sagte Duval. »Nein«, antwortete Annie gleichzeitig.

Der Gynäkologe zog die Augenbrauen hoch. »Dann also nicht.«

Duval war danach sicher, dass es ein Junge werden würde. Der Gynäkologe hatte »etwas« gesehen, sonst hätte er nicht gefragt. Er hatte da einen gewissen Erfahrungsvorsprung. Vornamen purzelten durch sein Hirn. Louis, dachte er, oder Jules. Oder Émile. Man könnte auf Louise, Julie oder Emma umschwenken, wenn es doch ein Mädchen werden würde. Oder Emilie.

Es ist alles in Ordnung, hörte er den Gynäkologen sagen. Natürlich, dachte Duval. Warum sollte es ein Problem geben?! Er hatte an keiner weiteren Ultraschalluntersuchung mehr teilgenommen. Plötzlich wurde ihm heiß. Hatten Sie nicht einen Termin gehabt? Mit einer Hebamme? Irgend so etwas. Er blätterte durch seine Agenda. Annie hatte ihm die Termine mitgeteilt, das wusste er. 3. April stand da. *Merde*, dachte er. *Merde, Merde*. Der 3. April war gestern gewesen. Er rief sie an und stieß wie so oft auf den Anrufbeantworter. »Annie, alles in Ordnung? Wie ist es gestern gelaufen? Entschuldige, ich konnte nicht dabei sein. Melde dich mal, ja?«

———

Als Erstes roch Duval das Parfüm. Der Geruch wurde intensiver, als er in sein Büro trat. Eine kleine, sehr blonde Dame, in einem dunkelblauen, etwas zu eng sitzenden Kostüm wirbelte es auf, während sie auf hohen Absätzen durch sein Büro stapfte. Sie war sehr klein, wenn man ihre hochhackigen Pumps abzog, mochte sie Duval gerade bis zur Brust gehen. Duval sah den dunklen Haaransatz unter den blonden, halblangen Haaren und die schon leicht schlaffe Haut des Halses. Er schätzte sie auf Mitte fünfzig. Sie war jedoch äußerst munter und dynamisch.

»Madame Pommier«, stellte Villiers sie ihm vor. »Madame Pommier ist ...«

»Ich bin die Direktorin der *Clinique La Grange in Mougins*«, fiel sie Villiers ins Wort. »Eine psychiatrische Klinik, ich weiß nicht, ob sie davon gehört haben, wir haben einen sehr guten Ruf ...«

»Guten Tag, Madame«, unterbrach Duval und reichte ihr die Hand.

»Das ist Commissaire Duval«, stellte Villiers ihn seinerseits vor.

»Guten Tag, verzeihen Sie, Monsieur Commissaire, dass ich so überdreht bin«, sie sprach schnell und aufgeregt, »aber es ist ja auch eine außergewöhnliche Situation.« Sie trippelte auf ihren Pumps hin und her und schüttelte kurz ihre blond gefärbten Locken. Gleichzeitig drückte sie den Rücken durch und zog die Schultern nach hinten, vermutlich wollte sie größer wirken, präsentierte damit jedoch, gewollt oder ungewollt, ihr Dekolleté und ihre nicht unbeträchtliche Oberweite. Villiers amüsierte sich und warf Duval einen frechen Blick zu.

»Madame Pommier kommt gerade aus dem Krankenhaus«, erklärte er. »Sie hat dort die Tote aus dem Bistro identifiziert. Die Tote ist eine Patientin ihrer Klinik.«

»Richtig«, bestätigte Madame Pommier nun mit tiefernstem Blick. »Wir haben, gleich als wir ihr Verschwinden bemerkt haben, die Gendarmerie in Mougins verständigt. Die Gendarmerie hat das Gelände gestern Morgen durchsucht, wissen Sie, unsere Klinik liegt in einem Waldgrundstück zwischen Mougins und Le Cannet. Es ist ein sehr großes Grundstück, zwölf Hektar Fläche haben wir, und zum Teil ist das Gelände undurchdringlich, ein Wald voller Dornenranken und Schlingpflanzen, ich weiß nicht, ob Sie sich das vorstellen können«, unterbrach sie ihren Redestrom, wartete eine Antwort aber gar nicht erst ab, »sie hätte dort irgendwo verletzt liegen können, doch sie haben sie nicht gefunden.«

»Aha«, machte Duval, wurde aber durch einen neuen Redeschwall von Madame Pommier überrollt. »Und als uns die Gendarmerie informiert hat, dass in Cannes eine unbekannte junge Frau gefunden worden ist, habe ich mich sofort auf den Weg gemacht, ich ahnte Schlimmstes, das können Sie sich ja denken, und so ist es auch!« Sie endete mit dramatisch aufgerissenen Augen.

Duval lehnte sich an den Schreibtisch. »Gut, fangen wir mal von vorne an, Madame Pommier, Setzen Sie sich doch«, unterbrach er sich und zeigte auf einen Stuhl. »Sie geben an, dass die junge Frau Ihre Klinik vor zwei Tagen verlassen hat.«

»Unrechtmäßig verlassen«, korrigierte Madame Pommier und ruckelte sich auf dem Stuhl zurecht.

»Und woran litt die junge Frau?«

»Retrograde Amnesie. Ein Fall, für den Dr. Robert sich sehr interessierte. Er ist ein sehr engagierter Psychiater mit dem besten Ruf in Fachkreisen«, fügte sie hinzu. »Die junge Frau ist vom Krankenhaus in Cannes zu uns überwiesen worden. Man hatte sie verletzt aufgefunden. Sie hatte ihr Gedächtnis verloren, wusste nicht, wie sie heißt, wer sie ist. Gar nichts mehr.« Madame Pommier hatte wieder ihr tragisch-sorgenvolles Gesicht.

»Wann war das?«, unterbrach Duval.

»Vor«, sie zögerte kurz und schien nachzurechnen, »anderthalb Jahren, im September.«

»Und sie war immer noch Ihre Patientin? Nach anderthalb Jahren?«

»Ja.«

»Aha«, machte Duval und notierte sich etwas. »Sonst war sie gesund?«

»Körperlich war sie gesund, abgesehen von ihrer Kopfverletzung. Selbstverständlich haben wir alle relevanten Untersuchungen vorgenommen. Das ist eine Grundvoraussetzung.«

»Ich vermute, Sie haben die Angehörigen schon verständigt?«, fragte Duval. »Wie heißt sie eigentlich, unsere junge Tote?« Er sah von Villiers zu Madame Pommier.

Villiers lachte kurz auf. »Sie hat keinen Namen.«

»Was?«

»Ich sage Ihnen doch, Commissaire, retrograde Amnesie!«, übernahm Madame Pommier wieder das Wort. »Sie hat alles von früher vergessen. Natürlich haben wir damals mit der Gendarmerie und der Polizei zusammengearbeitet. Haben die Liste der vermissten Mädchen ihres Alters überprüft. Wir haben sogar eine Anzeige in der Zeitung geschaltet mit einem Foto von ihr. Es hat sich nie jemand gemeldet. Niemand schien sie zu vermissen. Sie selbst wusste nichts mehr. Dr. Robert hat sich viel um sie gekümmert. Mit ihm sollten Sie sprechen. Sie hat große Fortschritte gemacht. Ihr Gedächtnis funktionierte wieder, zumindest ab dem Moment, wo sie zu sich gekommen ist – ihr Gehirn war gesund, sie hat sich langsam alles wieder angeeignet, lesen, schreiben, sie konnte alles, konnte sich auch alles merken, sie war sehr intelligent, nur dieses schwarze Loch war da. Die Erinnerungen von früher waren komplett weg.«

»Und niemand vermisste sie?«

»Nein.« Sie schüttelte den Kopf.

»Und unter ihren persönlichen Habseligkeiten war nichts, woraus man Schlüsse hätte ziehen können? Ein Mobiltelefon? Schmuck? Irgendetwas?«

»Wissen Sie, man hatte sie aus dem Meer gefischt. Jemand hatte sie auf den Klippen vor der Île Ste. Marguerite gefunden. Sie hatte eine Kopfverletzung und war bewusstlos. Und«, sie zögerte kurz, »vollkommen nackt.«

»Nackt?«

»Ja.«

»Hm.«

»Sie kam ins Krankenhaus und nach zwei, drei Wochen hat man sie zu uns überwiesen. Wir haben nie herausfinden können, wer sie wirklich war. Wir haben sie Eva genannt.«

»Eva? Warum Eva?«

»Warum nicht Eva?«, fragte die Direktorin barsch zurück. »Hätten wir ihr vielleicht eine Nummer geben sollen?« Madame Pommier wirkte gekränkt. »Ich habe eine Liste mit Vornamen durchgesehen. Eva gefiel mir. Schlicht, unprätentiös. Der Name der Frau schlechthin. Wir haben sie gefragt. Sie hatte nichts dagegen, diesen Namen vorübergehend anzunehmen. Wir dachten ja immer, eines Tages käme ihr Gedächtnis zurück oder jemand würde sie identifizieren. Aber weder das eine noch das andere geschah. In anderthalb Jahren haben wir nichts Neues erfahren.«

»Und dann verließ sie heimlich die Klinik, wurde gestern in Begleitung eines Mannes gesehen, der sie Léna nannte, und jetzt ist sie tot«, schloss Duval.

Madame Pommier zuckte mit den Schultern.

»Ist eine psychiatrische Klinik nicht gesichert? Gibt es keinen Empfang oder dergleichen?«, wunderte sich Duval.

»Sicher«, bestätigte Madame Pommier eifrig. »Die Anmeldung ist von 8 bis 20 Uhr besetzt und wir haben Kameras und Türcodes am Eingangstor des Geländes. Es ist ein weitläufiges Gelände, wissen Sie?«

»Ja, das sagten Sie schon. Der Eingang ist also geschlossen? Die Klinik ist eine geschlossene Klinik, ist es das?«

»Keinesfalls«, fuhr sie auf, »wir sind eine offene Klinik, offen bedeutet, wir nehmen Menschen auf, die aus freien Stücken zu uns kommen, nicht über Dritte eingeliefert werden. Aber wir haben trotzdem geschlossene Bereiche und der Eingang des Geländes ist mit einem Tor verschlossen, das ist richtig. Die Patienten kennen aber den Türcode. Wir haben Regeln, ja, aber wir sind kein Gefängnis.« Die Verärgerung, dass ihre Klinik in schlechtes Licht gerückt werden könnte, war ihr anzumerken.

»Haben Sie die Bilder der Kameras am Eingangstor überprüft?«, fragte Duval.

»Ja, zusammen mit der Gendarmerie, aber sie taucht nicht auf.«

»Das heißt, sie hat das Gelände entweder auf einem anderen Weg verlassen ...«

»Es gibt keinen anderen Weg«, unterbrach ihn die Direktorin autoritär.

»Oder«, sprach Duval ungerührt weiter, »sie war vielleicht in einem Auto versteckt, das hinausfuhr.«

Madame Pommier sah ehrlich überrascht aus. »Meinen Sie?«

»Sie sagten selbst, es gäbe keinen anderen Weg. Also ist es eine Möglichkeit. Sehen Sie eine andere?«

»Ich weiß nicht. Sie meinen, sie war im Kofferraum versteckt?«

»Es muss nicht so dramatisch sein. Vielleicht war sie nur etwas verkleidet. Sonnenbrille, ein Tuch, ein Hut, eine Perücke? Vielleicht fuhr sie hinten in einem Lieferwagen mit?«

»In einem Lieferwagen?«

»Ja, was weiß ich, Sie werden doch mit irgendwas beliefert hin und wieder? Essen oder Wäsche. Oder sie versteckte sich in einem kleinen Kombi, wie ihn Handwerker fahren«, schlug Duval vor.

Die Direktorin blickte ihn verwirrt an. »Welche Handwerker denn?«

»Der Gärtner, der Elektriker, der Installateur«, zählte Duval auf. »Es gibt doch immer was zu tun in so einer Klinik, oder?«

»Wir haben einen Hausmeister, der die meisten dieser kleinen Arbeiten übernimmt, und einen Gärtner, das stimmt.« Sie schien über die Idee nachzudenken.

»Sehen Sie«, sagte Duval. »Wir sollten uns als Erstes die Akte von damals mal ansehen«, wandte er sich an Villiers. Villiers nickte und hielt ihm eine nur mäßig dicke braune Mappe entgegen. Duval zog die Augenbrauen anerkennend hoch.

»Sie wurde damals von einem Italiener gefunden, der vorübergehend auf der Insel lebt. Ein komischer Typ, er gab an, er habe nachts draußen Yogaübungen gemacht und sie dabei gefunden«, berichtete Villiers.

»Aha!«, machte Duval. Annie hatte ebenfalls mit Yoga angefangen. »Yoga in der Schwangerschaft« hieß ihr Kurs. Seitdem begrüßte sie morgens auf ihrer kleinen Dachterrasse die Sonne und warf sich dazu mehrfach auf eine orangefarbene Matte. »Ich vermute, er machte Mondyoga?«, fragte er und dachte, damit einen Scherz zu machen.

»Exakt.« Stimmte Villiers überrascht zu. »Kennen Sie sich aus?!«

»Na ja«, machte Duval ausweichend. »Lassen Sie mich raten, es war Vollmond.«

»Exakt«, Villiers sah seinen Vorgesetzten nun beinahe ehrfürchtig an. »Sie kennen sich wirklich aus! Ja, er ist Veganer und was weiß ich, hochempfindlicher Künstler, der sich vom Vollmondlicht erleuchten lässt. Seine Aussage ist in der Mappe.«

Duval blätterte die wenigen Dokumente durch, besah kurz das Foto, das die Kopfverletzungen der jungen Frau zeigte, und las dann die Aussage von Luciano Doria. Duval überflog alles, was dieser über den Buddhismus, das Universum, Karma und Reinkarnation wiedergegeben hatte, all das, um seine Yogaübungen bei Vollmond zu erklären, bei denen er in der Nacht vom 14. auf den 15. September 2018, eine halbe Stunde nach Mitternacht, den unbekleideten Körper der jungen Frau entdeckt hatte, die offensichtlich verletzt und bewusstlos auf den Klippen gelegen hatte und die er zunächst in das von ihm bewohnte Häuschen im oberen Teil des Dorfs gebracht hatte. Von dort hatte er einen Notarzt verständigt und man hatte die verletzte junge Frau noch in derselben Nacht aufs Festland und ins Krankenhaus verbracht. Luciano Doria hatte seine Aussage schwungvoll unterzeichnet.

»Vollmondyoga also«, murmelte Duval. »Gibt es so etwas auch in Ihrem Etablissement?«, wandte er sich in ironischem Ton an Madame Pommier.

Aber Madame Pommier hatte sich wieder gefangen. »Yoga ist durchaus Teil der Auswahl an Entspannungsübungen, die wir unseren Patienten anbieten. Allerdings nicht nachts und nicht draußen«, gab sie spitz zurück.

2

Die Überfahrt war dieses Mal entscheidend angenehmer verlaufen als vor drei Jahren, als er zum ersten Mal zur Insel übergesetzt hatte. Dennoch hatte Duval seinen Blouson geschlossen und den Kragen hochgestellt. Aber dieses Mal hatte er sich in den vorderen Teil der Fähre begeben, wo man den Dieselgeruch nicht einatmen musste und sich dort weitestgehend windgeschützt auf eine der weißen Bänke gesetzt. Mehrere Damen hatten sich Tücher um den Kopf gewickelt und trotz der spärlichen Sonnenstrahlen trugen sie große Sonnenbrillen. Nur zweimal machte die Fähre einen unerwarteten Hopser, der Duvals Magen im gleichen Rhythmus mithopsen ließ, aber dann waren sie schon da. Als Erstes lief er zum Bistro. Auch wenn er es sich nicht eingestehen wollte, so hatte er sich auf den Besuch auf der Insel vor allem deswegen gefreut, weil er hoffte, dort Alice wiederzutreffen. Alice. Die er hier kennengelernt hatte, als er wegen eines Mordes auf der Insel ermittelte. Doch das Bistro lag, genau wie die beiden Kioske, Anfang April noch im Winterschlaf. »Wiedereröffnung am 18. April« stand auf einem Zettel, der sichtbar hinter einer der Fensterscheiben klebte. Er lief weiter zum Haus des alten Damien. Aber auch hier waren die Fensterläden des Häuschens geschlossen. Vergeblich drückte er die Klinke des Gartentors hinunter und rüttelte ein wenig daran. Das Tor blieb versperrt. In einem der ersten Häuschen des Dorfes hatte er eine Dame werkeln sehen. Vielleicht könnte sie ihm Auskunft geben, also schlenderte er dorthin zurück. Die Tür zum Häuschen war offen, zwei große Kühlboxen standen davor. Gerade rückte die Dame zwei Tischchen zurecht und stellte wahllos ein paar Klappstühle rundherum.

»*Bonjour, Madame*«, grüßte Duval.

»*Bonjour.*« Sie sah auf, lächelte, strich sich eine blonde Haarsträhne aus dem Gesicht, blickte kurz auf die Armbanduhr und reichte ihm die Hand. »Sie sind aber früh«, sagte sie. »Ich habe Sie noch gar nicht erwartet.«

»Früh? Inwiefern?«

»Na, die anderen Helfer kommen erst mit der nächsten Fähre, wissen Sie, ich bereite nur schon alles vor!«, erklärte sie, während sie Tüten mit Knabberzeug auf den Tisch legte.

»Die Helfer?«, fragte Duval.

»Ja, Sie sind doch einer der Helfer, oder?«

»Na«, machte Duval, »das kommt drauf an. Wobei denn helfen?«

Sie stutzte und blickte ihn direkt an »Sie kommen nicht zu unserer Aktion Saubere Insel?«

Duval schüttelte den Kopf.

»Ach, schade«, seufzte sie. »Die helfenden Hände eines kräftigen jungen Mannes zusätzlich könnten wir gut gebrauchen.«

»Danke für den ›jungen Mann‹. Was ist das für eine Aktion?«

»Wir machen sauber«, sagte sie und machte eine umfassende Handbewegung. »Hier auf der Insel. Überall. Wir sammeln den Müll auf den Stränden, in den kleinen Buchten, an den Wegrändern ... wir machen das zweimal im Jahr, einmal vor und einmal nach der Saison. Wir sind ein Verein, wissen Sie?! Wir nennen uns *Les amis des Îles*«, erklärte sie und zeigte auf die Tafel, die an dem Häuschen angebracht war. »Und als echte Freunde und Liebhaber der Insel sorgen wir ein bisschen mit für Sauberkeit. Nicht, dass die Stadt sich nicht darum kümmern würde, aber die Angestellten leeren hauptsächlich die Mülltonnen und machen drum herum sauber, aber sie sind nicht so richtig motiviert, auch in die weniger zugänglichen Buchten vorzudringen.«

»Und das machen Sie?«

»Ja, nicht ständig natürlich, das können wir nicht leisten, aber heute läuten wir die Saison ein, vormittags schwärmen wir aus mit Handschuhen und Plastiksäcken, dann essen wir zusammen und lassen den Nachmittag vergnüglich ausklingen bei Rosé und schönstem Sonnenschein. Falls sie bleiben will, die Sonne«, sie blinzelte skeptisch in den Himmel. »Sie könnten mir vielleicht gerade helfen mit dem Sonnenschirm«, schlug sie vor und holte aus dem Häuschen einen gelbgemusterten Sonnenschirm und lehnte ihn an die Hauswand. Sie verschwand wieder im Häuschen. »Dieses Ding wiegt eine Tonne«, stöhnte sie dort.

»Lassen Sie mich mal, Madame«, Duval drängte sich hinter die Tischchen und half ihr, den Betonständer nach draußen zu wuchten. Er stellte den Sonnenschirm hinein und spannte ihn auf.

»Danke!«, ächzte sie und hielt sich den Rücken. »Ich sagte doch, junge Männer könnten wir gebrauchen!«

»Keine Ursache. Kann ich noch etwas tun?«

»Ganz reizend von Ihnen«, antwortete die Dame. »Wenn Sie vielleicht ein bisschen Müll sammeln wollen?« Sie hielt ihm einen grauen Müllsack entgegen. »Sie können gern später mit uns essen«, schlug sie vor, »oder vielleicht möchten Sie jetzt schon ein Schlückchen Rosé?« Sie öffnete eine der Kühlboxen und holte eine Flasche Rosé heraus.

Duval ergriff den Müllsack. »Bisschen früh für den Rosé«, befand er.

»Ach was«, wehrte sie ab. »Sie werden sehen, mit dem nächsten Schiff kommen die anderen und dann wird es hier richtig fröhlich!«

»Das will ich gern glauben. Sagen Sie, wenn Sie sich so für diese Insel einsetzen, dann kennen Sie sich hier auch aus, wissen, was hier passiert und wer hier lebt, oder?«

»Ach, na ja«, wehrte sie ab. »Wir sind nur punktuell da und ›leben‹ tut auf der Insel ja keiner so richtig, die Häus-chen sind nur als eine Art Zweitwohnsitz zugelassen.«

»Ich weiß«, nickte Duval und zog nun seinen Dienstaus-weis hervor. »Ich habe hier schon einmal ermittelt, vor drei Jahren war das ...«

»Huch«, machte sie erschrocken, »dann verzeihen Sie bitte, ich wusste nicht ...«, verlegen versuchte sie, ihm den Müllsack wieder abzunehmen.

»Lassen Sie nur, ich kann gern ein bisschen Müll sam-meln, während ich mich umsehe.«

»Vor drei Jahren«, wiederholte sie, dann erinnerte sie sich: »Aber natürlich! Das war dieser Mord an den Matrosen, nicht wahr?! Ganz furchtbar war das. Das war ein Trauma für die Insel, wissen Sie? Das Gasthaus wurde geschlossen und stand eine ganze Saison lang leer, weil der Gastwirt offiziell noch den Pachtvertrag hatte, aber der saß ja nun im Gefäng-nis und konnte und durfte gar nichts machen. Sehr schwie-rig, sage ich Ihnen.«

»Und jetzt?«

Sie zuckte mit den Schultern. »Es gab letztes Jahr eine Übergangslösung. Ich vermute, dieses Jahr wird es ebenso

35

laufen, ich habe zumindest nichts Gegenteiliges gehört, und anscheinend wollen sie noch im April eröffnen. Ich habe einen Zettel gesehen. Kommen Sie deswegen?«

Duval schüttelte den Kopf. »Erinnern Sie sich daran, dass hier ein Mädchen schwer verletzt aus dem Meer gefischt wurde?«

»Aber sicher erinnere ich mich, ich bitte Sie! Das war etwa ein Jahr nach dem Mord an den Matrosen«, überlegte sie. »Wir dachten schon, das kann ja was werden, wenn das mit den Leichen hier so weitergeht ... Aber das Mädchen war ja nicht tot, wenn ich mich recht erinnere, oder?«

Duval ging nicht darauf ein »Wissen Sie, wer sie gefunden hat?«

»Na, dieser reiche Italiener, der sich seit ein paar Jahren immer mal wieder hier in einer der kleinen Villen aufhält. Da oben.« Sie zeigte mit der Hand vage in eine Richtung. »Er hat sie vom momentanen Besitzer gemietet, auch wenn das nicht erlaubt ist, aber was wollen Sie machen.« Sie verzog das Gesicht. »Sehr eigenartiger Typ, lebt sehr zurückgezogen. Tagsüber sieht man ihn so gut wie nie. Man erzählt sich komische Sachen über ihn« – sie stockte.

»Komische Sachen?«

»Ach, na ja, ich möchte keinesfalls Gerüchte in Umlauf bringen«, wehrte sie nun ab.

»Er macht Yoga«, sagte Duval trocken. »Bei Vollmond.«

»Nicht nur bei Vollmond.« Sie verdrehte die Augen. »Vor allem ist er dabei nackt.«

»Ach, das wusste ich noch nicht.«

»Und er geht danach schwimmen«, ergänzte sie, »ebenso nackt. Er glaubt vielleicht, man sähe ihn dabei nicht. Aber hier auf dieser kleinen Insel wissen die paar Leute, die da sind, alles. Tagsüber ist er quasi unsichtbar. Und wenn man ihm begegnet, dann ist er sehr höflich. Sehr diskret. Sehr wohlhabend ist er auch. Er hat ein eigenes kleines Boot, mit dem er sich holen und bringen lässt, eine Riva, wissen Sie?«

»Riva«, überlegte Duval, Bilder von Brigitte Bardot in einem eleganten Holzboot tauchten in seinem Kopf auf.

»Dieser Sechzigerjahre-Klassiker aus Mahagoniholz«, hatte sie schon weitergesprochen. »In meiner Jugend war es DAS Boot hier an der Côte d'Azur. Brigitte Bardot hatte eines ...«

Also doch, er lächelte leicht.

»... Gunter Sachs, Sean Connery ... ach, für mich ist es immer noch der Traum von einem Boot«, seufzte sie. »Mit dem neuen James Bond als Kapitän würde ich nicht Nein sagen«, lachte sie kokett. »Ah«, sie hob den Kopf, »jetzt legt die nächste Fähre an, Sie werden sehen, jetzt kommt ein erster Schwung der Mitglieder.« Eilig verteilte sie Gläser und Servietten auf dem Tisch, riss eine Tüte mit gerösteten Erdnüssen auf und schüttete sie in ein Schälchen.

»Wissen Sie, wie er heißt?«

Sie starrte auf den Anlegesteg und winkte mit großer Geste. »Huhuuu!«, rief sie. »Da kommen sie!« Sie war aufgeregt. »Pardon«, entschuldigte sie sich. »Was meinten Sie?«

»Wie heißt er? Der Italiener mit der Riva.«

Ein Grüppchen plaudernder Männer und Frauen im Seniorenalter kam um die Kurve und nahm Kurs auf das Häuschen. »Huhuu!«, riefen sie und winkten froh gelaunt.

»Oh, Jeanette, Jacqueline, wie schön, dass ihr gekommen seid«, rief sie zwei Damen entgegen, die in ihrer Mitte gemeinsam eine Tasche trugen. »Doria, glaube ich, Signore Doria«, sagte sie zu Duval gewandt. »Sie verzeihen«, sie lief dem Grüppchen entgegen, und die Damen und Herren

begrüßten sich wortreich und mit Küsschen und schnatter-
ten durcheinander.

»Aber ja, natürlich kommen wir, das ist doch wohl selbstverständlich und vor allem bei diesem Wetter!«

»Oh, là, là, was haben wir für ein Wetter heute!«

»Aber ja, kein Vergleich mit letztem Wochenende.«

»Da wäre ich nicht gekommen, das kann ich dir sagen ...«

»Ich habe eine Mangoldtarte mitgebracht und Jacqueline
hat karibische Stockfischbällchen gemacht.«

»Wie wunderbar!«

»Ich glaube, Janine bringt einen Schokoladenkuchen
mit.«

»Jeannot hat noch einen Karton mit sechs Flaschen Rosé,
den müssen wir schnell kalt stellen.«

»Mit der nächsten Fähre kommt Marie-Claire, sie hat
gefüllte Champignons dabei ...«

Das Grüppchen war mit sich selbst beschäftigt. Niemand
beachtete Duval, der sich in die Richtung entfernte, in die
die Dame gezeigt hatte. Den Müllsack trug er noch immer
in der Hand.

Er stieg die steile Treppe hinauf zu der kleinen Villa, aber
die grüne Holztür in der verwitterten Mauer, die das Grundstück umgab, war verschlossen. Duval suchte vergeblich
eine Klingel oder einen Türklopfer. »*Hehoo!* Jemand da?«,
rief er, stellte sich auf die Zehenspitzen, und versuchte über
die Mauer ins Innere zu sehen, erhaschte aber nur den Blick
auf das mit roten Ziegeln gedeckte Dach. Er drehte sich um.
»Hach«, entfuhr ihm ein leichter Seufzer.

Von hier sah man auf das Meer und die gegenüberliegende
Küste von Cannes. Dahinter erhoben sich die Hügel des Hinterlandes und darüber ragten die noch schneebedeckten Gip-

fel der Südalpen auf. Die kleinen Häuschen des winzigen Dorfes lagen ihm zu Füßen. Das große Hotel, das bei seinem letzten Inselbesuch zu einer tristen Ruine verkommen hinter hohen Bauzäunen seinem Schicksal entgegenharrte, war verschwunden. Er hatte davon gelesen. Trotzdem überraschten ihn der freie Blick und die große leere Fläche, die nun unter ihm lag. Er konnte sich nicht sattsehen an dem stillen Panorama, dem türkisen Blau des Meeres, dem hohen Blau des Himmels und den weißen Segeln, die in der Bucht kreuzten. Wie weiße Wattebäusche hingen die Wolken über Cannes und über den Hügeln des Hinterlandes. Es war so still. Selbst die großen Motorjachten, die vereinzelt weiße kurvige Schaumspuren hinter sich herzogen, hörte man nicht und sie wirkten von hier wie niedliche Spielzeugboote. Wie wohltuend dieser Anblick und diese Stille waren. Wie unablässig lärmig war hingegen die Stadt. Tief atmete er ein und aus und schaute. Langsam stieg er die Treppen wieder hinab. Unten stieß er auf den Postboten, der einen Umschlag in den Briefkasten einer Haustür versenkte.

»Entschuldigung!«

»Ja bitte?!« Der Briefträger, der schnellen Schrittes schon ein Haus weiter eine Zeitung in eine Plastikvorrichtung steckte, sah auf.

»Kennen Sie den Herrn, der hier wohnt? Haben Sie manchmal Post für ihn?« Duval zeigte auf das Haus am oberen Ende der Treppe.

»Monsieur Ernaux, meinen Sie? Oder meinen Sie den Italiener?«

»Den Italiener. Ernaux ist der eigentliche Besitzer?«

»Mh«, nickte der Postbote zustimmend. »Den sehen Sie hier aber nicht mehr, der vermietet das Häuschen schon seit Jahren, er selbst kann die Treppen nicht mehr gehen.«

Duval nahm die Information zur Kenntnis. »Und der Italiener, wie Sie sagen, der hat es jetzt gemietet?«

»Ja.« Er zögerte kurz. »Sind Sie von der Stadtverwaltung?!«

Duval schüttelte den Kopf.

»Ich weiß nichts Genaues«, wurde der Postbote jetzt doch vorsichtiger mit seinen Auskünften. »Er ist auf jeden Fall seit ein paar Jahren immer mal wieder hier. Aber er ist sehr diskret, man sieht ihn so gut wie nie.« Er warf einen kurzen Blick Richtung Haus. »Jetzt ist er nicht da.«

»Ich weiß, ich habe es schon probiert«, bestätigte Duval.

Der Postbote machte Anstalten weiterzulaufen.

»Und der alte Damien?!«, rief Duval ihm hinterher. »Ist der manchmal noch da?«

»Wollen Sie ein Haus mieten?«, der Postbote wandte sich um und sah Duval nun neugierig über die Schulter an. »Dann müssen Sie sich an die Stadt wenden. Gibt aber eine lange Warteliste, was man so hört.«

»Nein, ich möchte kein Haus mieten, ich hatte ihn mal kennengelernt vor ein paar Jahren«, setzte Duval an.

»Dann wissen Sie es gar nicht?«

»Was?«, fragte Duval.

»Na, also Damien hatte doch einen Schlaganfall im letzten Herbst«, setzte der Postbote an.

»Oh nein!«

»Wussten Sie das nicht? Ich dachte, Sie kennen ihn?«

»Na ja, kennen ist vielleicht zu viel gesagt«, reagierte Duval, »ich habe ihn bei einem Besuch auf der Insel kennengelernt, aber seither nicht mehr gesehen. Und er hatte einen Schlaganfall?«

»Ja. Halbseitig gelähmt ist er wohl. Also, das habe ich gehört. Ich weiß nicht, wie es ihm jetzt geht, er war lange in einem Rehazentrum, dem *Centre Hélio-Marin*«, er machte eine Geste zu dem von hier nur zu erahnenden großen weißen Gebäude, das über Cannes thronte. »Vielleicht ist er da auch immer noch, keine Ahnung. Hier ist er seitdem jedenfalls nicht mehr gewesen.«

»Verstehe«, Duval blickte zu dem kleinen Häuschen, das jetzt geschlossen war. »Das Leben hier wird ihm bestimmt fehlen.«

»Da können Sie sicher sein«, bestätigte der Postbote und sah nervös auf die drei Briefe, die er noch in der Hand hielt.

»Sie wollen weitermachen«, vermutete Duval.

»Ja«, der Postbote nickte erleichtert. »Ich versuche immer, die gleiche Fähre zurück zu nehmen, mit der ich auch komme«, erklärte er und schulterte schon seinen Rucksack.

»Das klappt?«, wunderte sich Duval.

»In der Nebensaison, wenn ich wenig Post habe, klappt das. In einer Viertelstunde bin ich rum.«

»Nur ganz kurz noch zu diesem Italiener«, bat Duval.

»Ich wüsste nicht ...«, begann der Postbote ausweichend, aber Duval zeigte ihm nun seinen Dienstausweis.

»Ach so!« Der Postbote war nun erschrocken. »Ist etwas passiert?«

»Nein«, sagte Duval beruhigend, »ich würde ihn nur gerne sprechen.«

»Ich komme jeden Tag, aber ich habe ihn seit etwa einer Woche nicht gesehen.«

»Wissen Sie, wo er sonst lebt?«

»Natürlich. Ich sende ihm manchmal Post nach. Er wohnt teils in Genua, teils in Mougins, also ich sende die Post nur nach Mougins, so ist es ausgemacht. Dort hat er wohl Personal, das ihm die Post gegebenenfalls nach Genua weiterschickt.«

»Haben Sie seine Anschrift?«

»Nur die von Mougins.«

»Das reicht mir völlig.«

»Domaine des Collines, wenn ich mich nicht irre. Warten Sie.« Er klickte sich durch seinen Handscanner. »Genau wie ich Ihnen sagte. Es ist die Villa Celesta, Domaine des Collines, und dort im Chemin des Collines 108.«

»Danke Ihnen.«

»Keine Ursache. Kann ich weiter?«

»Sicher.«

»Wiedersehen!«, rief der Postbote und eilte mit großen Schritten, zwei Stufen auf einmal nehmend, nach oben.

In Mougins, dachte Duval. Wie eigenartig, dass der Italiener sich hier aufgehalten hatte, als die junge Frau verletzt angeschwemmt wurde und sonst in Mougins lebte – wo sich auch die psychiatrische Klinik befand, aus der die junge Frau jetzt verschwunden war. Zufall? Er wurde sich des Müllsacks in seiner Hand wieder bewusst und bückte sich, um am Wegrand ein Stück Papier aufzuheben. Den Blick gesenkt lief er weiter und je mehr er darauf achtete, desto mehr Müll entdeckte er. Papier- und Plastikfetzen, Plastikstiele von Lutschern und Holzstiele von Eis. Manches lag nur ein paar Schritte von einer Mülltonne entfernt. Er sammelte alles auf und warf es in den Sack.

Vor der Festung, dem Fort Royal, wurde er beinahe von einer Gruppe von Kindern umgerannt, die laut und wuselig aus dem Tor herausströmten. Sie steckten teils in Sportkleidung, teils in Neoprenanzügen, die meisten trugen Flipflops an den Füßen und Handtücher unter dem Arm. Aus ihrem Geplapper schloss Duval, dass sie zum Segelkurs unterwegs waren. Und wieder dachte er an Alice. Er drehte unschlüssig eine Runde um die Festung, hob hier und da Müll auf und lief dann zügiger zurück Richtung Segelschule, die noch immer hinter dem kleinen Inseldorf am Strand lag. Im vergangenen Jahr sollte das Gelände mit dem etwas heruntergekommenen Gebäude darauf veräußert werden. Es war so üblich, dass der Staat ungenutzte Grundstücke oder Bauwerke verkaufte, um etwas Geld in die leere Staatskasse zu spülen. Das Grundstück der Segelschule, das einen eigenen Strandzugang hatte, wäre für einen reichen Investor ein lohnendes Projekt, aber Proteste der Stadt und eine sofortige Petition, die in kürzester Zeit von mehr als hunderttausend Bürgern und Freunden der Stadt unterzeichnet worden war, darunter viele Prominente, hatten den Verkauf bislang verhindert. Der Unmut darüber, dass der Staat ein bestehendes Hotel auf der Insel ersatzlos hatte abreißen lassen, weil es gegen Regeln der unter Naturschutz stehenden Insel verstieß, andererseits aber geneigt war, ein anderes Gelände, das direkt neben dem Vogelschutzgebiet lag, an einen privaten Investor zu veräußern, war groß. Man hatte in Cannes nicht nur einmal erlebt, dass neureiche Russen oder superreiche Scheichs aus den Erdölstaaten trotz unterzeichneter Charten am Ende auf ihren erworbenen Grundstücken machten, was sie wollten und sich kein bisschen um die Regeln des Landes scherten.

Duval sah den Kindern zu, die mit ihren Neoprenanzügen und den orangefarbenen Schwimmwesten bis zum Bauch im Wasser standen und kleine Optimisten mit weißen und zitronengelben Segeln hinausschubsten und dann selbst gelenkig hineinkletterten. Aufgeregt hielten sie dann das Steuer. Jungen und Mädchen, vielleicht zehn Jahre alt. Zwei junge Männer brüllten Befehle in den Wind. Er dachte an Lilly und Matteo, vielleicht wäre ein solcher Segelkurs etwas für sie?!

»Entschuldigung«, wandte er sich an einen jungen Mann, der in Neopren gekleidet war und ein Segelboot auf einem Anhänger manövrierte.

»Ja?«, fragte der Mann.

»Zwei Fragen, ich suche eine junge Frau, Alice, heißt sie. Sie hat hier mal als Segellehrerin gearbeitet.«

»Alice? Kenn ich nich'«, nuschelte der Mann. »Um was geht's? Kann ich vielleicht was helfen?«

»Sicher«, sagte Duval und versuchte seine Enttäuschung wegen Alice nicht zu zeigen. »Meine Kinder, die sind zehn und zwölf, könnten die hier einen Segelkurs machen?«

»Klar«, sagte der Mann. »Gehen die in Cannes zur Schule?«

»Das nicht, nein, ich lebe zwar hier, aber die Kinder leben bei ihrer Mutter – sie sind aber in den Ferien bei mir.«

»Hm, dann ist es komplizierter, keine Ahnung, da müssten Sie die in der Verwaltung fragen.« Der junge Mann machte ein skeptisches Gesicht. »Wenn nicht alle Plätze ausgebucht sind, geht es vielleicht. Haben Sie die Adresse?«

»Von *Cannes Jeunesse*?«

»Ja.«

»Die habe ich«, bestätigte Duval. »Ich werde mich dann dort mal erkundigen.« Er blickte über das Gelände zum Haus. Es sah noch genauso aus wie damals, als er hier mit Alice das Gebäude nach dem verschwundenen Matrosen durchsucht hatte. Alles war alt und ein bisschen verwahrlost. Nur die bunten Surfbretter, die Segel und die orangefarbenen Schwimmwesten, die herumlagen, gaben dem Ganzen etwas Farbe.

»Kann ich noch was ...«, der Mann ließ den Satz in der Luft hängen.

»Nein. Danke schön.«

Duval schlenderte über den Strand zurück zum Fähranleger. Auch am von Weitem so sauber aussehenden Strand bückte er sich immer wieder und hob angeschwemmte bunte Plastikteile auf, ein Stück weiße Plastikkordel, Flaschenverschlüsse, ein Haargummi und jede Menge Zigarettenstummel. Sein Müllsack hatte sich erheblich gefüllt, dabei hatte er nicht mal wirklich intensiv gesucht. Aber mit dem Müll verhielt es sich so ähnlich wie beim Pilzesammeln, erst sah man nur einen, dann viele. Kaum hatte er sich für das erste Eispapier gebückt, sah er einen Kronkorken, eine Chipstüte und dann schon die erste Bierdose, die achtlos im Gebüsch lag.

Am kleinen Häuschen der Inselfreunde nahmen ihm die anwesenden Damen seinen Müllsack mit großem Hallo ab, eine drückte ihm zur Belohnung ein Glas Rosé in die Hand und streckte ihm gleichzeitig einen Teller mit salzigen Häppchen entgegen. Eine andere suchte im Inneren des Häuschens sogar nach einem Formular, für den Fall, dass er Vereinsmitglied werden wollte. Duval steckte den Zettel ein, versprach, über eine Mitgliedschaft nachzudenken, trank gerne den Rosé und aß ein Stückchen Pissaladière, den salzigen Zwiebelkuchen mit Sardellen, der hier beinahe zu jedem Aperitif angeboten wurde. Die Fähre hupte dreimal und Duval verabschiedete sich, sprang eilig die Stufen zum Kai hinunter und als Letzter auf die Fähre, die zeitgleich tuckernd ablegte.

———

Eine Viertelstunde später ging er in Cannes wieder von Bord. Auf halber Strecke zum Kommissariat lag der kleine Kiosk, an dem er gern einen Imbiss zu sich nahm. Anders als die Kioske auf der Insel hatte dieser hier die Saison bereits eröffnet.

»Wegen Ostern«, erklärte ihm die Dame, die gerade die Tische und Stühle aufstellte. »Auch wenn die Wettervorhersage nicht so brillant ist, die Feiertage müssen wir mitnehmen. Ein Pan Bagnat wie immer?«, fragte sie.

Duval nickte. »Und ein Perrier, bitte.«

»Wir haben nur Badoit, geht das auch?«

»Dann Badoit.«

Während er auf das saftige Pan Bagnat wartete, schon der Gedanke daran ließ ihm das Wasser im Munde zusammenlaufen, rief er Annie an. Dieses Mal antwortete sie sofort.

»Ja?«

»Alles gut bei dir, Annie?«

»Ah, Léon. Ja, alles gut.« Sie klang etwas abgekämpft. »Ich habe gerade schon ein paar Sachen eingekauft und in deine Wohnung gebracht, die frischen Sachen besorge ich morgen noch. Denkst du an die Lammkeule und den Wein?«

Tatsächlich hatte er nicht mehr daran gedacht. Er war zu sehr mit der toten jungen Frau beschäftigt. Außerdem spukte ihm Alice im Kopf herum.

»Natürlich«, log er. »Die hole ich aber erst morgen ab, das reicht doch, oder?«

Annie hatte sich bereit erklärt, obwohl hochschwanger, das Ostermenü für die Familie zu kochen. Maurizio hatte zugesagt, sie dabei zu unterstützen, und auch Hélène hatte versprochen zu helfen.

46

»Ja sicher. Danke, dass du das übernimmst. Ich habe ein paar Schokoeier zur Deko gekauft, aber die Osterschokolade für deine Kinder besorgst du, oder?«

»Sicher.«

»Und den Wein besorgst du auch, ja?«

»Ja, mache ich. Sonst noch etwas?«

»Nein. Deine Mutter hat gesagt, dass sie den Champagner mitbringt, und den Rest bringt Maurizio.«

»Und Hélène macht etwas zum Apéro, das hat sie mir gesagt.«

»Fein, dann muss ich mich darum nicht kümmern. Wann kommst du heute?«

»Annie, ich habe einen neuen Fall«, begann er.

»Oh nein!«, stöhnte sie auf. »Nicht am Karfreitag!«

»Das ist schon vor ein paar Tagen passiert, deshalb konnte ich auch nicht bei dem Treffen mit der Hebamme dabei sein«, log er.

»Ach, deshalb.« Sie klang nicht so, als würde sie es glauben.

»Alles gut gelaufen?«, fragte er.

»Sicher.«

»Dann ist es ja gut.«

»Ja, ist es.« Sie blieb einsilbig. »Um was geht es denn diesmal?«, fragte sie dann doch.

»Eine Frau ist in einem Bistro tot zusammengebrochen. Undramatisch, aber die Umstände sind etwas dubios.«

»Soll das heißen, du wirst über Ostern dauernd unterwegs sein und du lässt mich mit deiner Familie, die ich nicht mal kenne, alleine?«

»Nein, nein«, beruhigte er sie. »Die beiden Osterfeiertage habe ich fest eingeplant.«

»Das hoffe ich!«

»Aber heute Nachmittag werde ich noch etwas unterwegs sein, ich weiß nicht, wann ich fertig bin.«

»Schon verstanden.« Sie seufzte. »Ich übernachte bei mir, dann warte ich nicht vergeblich.«

»Mach das«, stimmte er zu. »Gut, mein Essen kommt«, sagte er. »Ich mache Schluss.«

»Was isst du denn?«

»Oh, ich bin in einem noblen Sternerestaurant«, begann er hochtrabend.

»Bitte?« Sie klang befremdet.

»Pan Bagnat bei Philcat«, sagte er trocken.

Sie lachte gegen ihren Willen. »Machst du eine vorbeugende Diät?«

»Wenn du sehen könntest, wie üppig dieses Pan Bagnat belegt ist, würdest du nicht von Diät sprechen.«

Sie lachte. »Guten Appetit.«

»Danke. Bis morgen, Annie, ich rufe dich an.«

»Bis morgen.«

———

Weder besonders groß noch besonders klein, weder dick noch dünn, weder jung noch alt, Doktor Robert wäre absolut durchschnittlich gewesen, wäre da nicht hin und wieder in seinen graublauen Augen ein Leuchten. Ein Aufleuchten, das seinem Blick etwas Durchdringendes gab. In diesen Momenten ahnte man den leidenschaftlichen Mediziner, der sich für seine Patienten interessierte und engagierte.

Mit einer etwas beruhigend einschläfernden Stimme, wie sie vermutlich Psychiatern zu eigen ist, wiederholte und bestätigte er die Ausführungen von Madame Pommier. Aus dem geöffneten Fenster seines Büros sah man durch die noch zartgrünen Blätter der Laubbäume ein Stück hellblauen Himmels.

Ohne es zu wollen, nahm Duval beinahe den gleichen vertrauensvollen Tonfall des Psychiaters an. »Hat sie Besuch bekommen in all der Zeit, in der sie hier war?«

»Nein«, der Psychiater schüttelte den Kopf. »Anfangs kamen immer mal wieder Leute, die die Hoffnung hatten, sie könnten in ihr eine Vermisste wiederfinden, das war immer sehr frustrierend, auch für Eva, aber dann ...«

»Sie haben doch sicher lange Gespräche mit ihr geführt, hatte sie niemals geäußert, dass sie hier wegwollte?«

»Sie hatte natürlich die Hoffnung, dass sie sich eines Tages wieder an alles erinnern würde und dann, dann wollte sie ›nach Hause gehen‹, wie sie sagte, aber bislang war da immer nur ein schwarzes Loch. Sie erinnerte sich nicht. Und wusste daher nicht, wohin sie gehen sollte. Alles war gleich neu und gleich leer für sie. Und sie fühlte sich nirgends hingezogen.«

»Und Sie?«

»Ich?«

»Glaubten Sie, dass sie sich eines Tages wieder erinnern würde?«

Der Mediziner breitete die Arme aus: »Glauben? Hoffen, sagen wir so. Wissen Sie, seit wir Eva bei uns haben, hatten, meine ich, interessierte ich mich verstärkt für die Fälle von Gedächtnisverlust, und ich habe von einem Fall gehört«, fuhr der Mediziner fort, »da verlor ein Mann bei einem Unfall sein Gedächtnis, und lebte beinahe fünfzehn Jahre lang mit seiner Familie, seiner Frau, seinen Kindern, ohne sich an sie zu erinnern. Keines der Familienfotos, das man ihm gezeigt hatte, löste etwas in ihm aus. Und dann, *zack*, eines Tages, die Familie war bei Ikea, war sein Gedächtnis wieder da. Aber sie waren vorher schon hundertmal bei Ikea gewesen und nichts war passiert. Also, Sie sehen ...«

Es klopfte energisch und die Tür öffnete sich gleichzeitig. Es war Madame Pommier.

»Ich stehe zu Ihrer Verfügung, Commissaire. Wenn Sie das Zimmer ansehen möchten?!«

Zu dritt durchschritten sie eine große, leere Eingangshalle. Zwei Sitzgruppen waren unbesetzt, an der Wand hingen großformatige, abstrakte Bilder in leuchtenden Farben, in einer Ecke thronte eine üppige, rundliche, aber abstrakte Skulptur, und neben einem großen Aquarium standen ein paar Stühle. Die Halle war hell und sauber und es roch nur leicht nach Putzmittel. Durch die große Glasfront sah man auf eine Terrasse. Weiße Plastikstühle standen wahllos dort herum. Auf einem der Stühle saß eine Frau mit ausgestreckten Beinen und hielt mit geschlossenen Augen ihr Gesicht in die schwache Aprilsonne. Ein kleiner, dunkler Mann schritt nervös hin und her, blieb stehen und zog hastig an einer Zigarette. Dann lief er weiter.

Mit halblauter Stimme erläuterte Madame Pommier die Verteilung der Räumlichkeiten. »Hier im Erdgeschoss haben wir die Verwaltung, verschiedene Büros, dort vorne den Speisesaal«, sie zeigte in eine Richtung, »und daran anschließend die Küche.«

Sie stiegen die Stufen zur ersten Etage hinauf. Ein kleines Büro mit Glasfront zum Treppenhaus befand sich dort. Eine Krankenschwester sah kurz auf, grüßte und wandte den Blick wieder auf den Bildschirm ihres Computers. Rechts und links von ihrem Büro gingen Gänge ab. »Dies ist das Büro der Krankenschwester«, erklärte Madame Pommier. »Es ist immer besetzt. Auch nachts. Auf der gesamten Etage haben wir zwanzig Doppelzimmer und je zwei Vierbettzimmer.« Man hörte Stimmen und eine Tür knallte zu. Eine Frau mit rot geweinten Augen lief eilig an ihnen vorbei. Von irgendwo erklangen Klaviertöne und jemand begann dazu Tonleitern zu singen.

»Wie viele Patienten haben Sie derzeit?«

»Vierundvierzig. Mit Eva waren es fünfundvierzig.«

»Und mit welchen Krankheiten kommen sie?«

»Wir behandeln seelische Störungen, Angst- und Panikstörungen, Essstörungen, also Anorexie oder Bulimie«, antwortete Doktor Robert, »aber viele Menschen kommen auch mit Erschöpfungszuständen, Depression, Burn-out. Aber«, betonte er, »wir behandeln keine schweren Suchtkrankheiten, weder Alkohol noch Drogen, und wir nehmen keine suizidgefährdeten Menschen auf. Gedächtnisverlust wie bei Eva hatten wir zum ersten Mal.«

Sie waren in der zweiten Etage angekommen. Hier gab es kein Schwesternzimmer, aber vielleicht befanden sich hier auch keine Patienten?

»Richtig«, bestätigte Madame Pommier. »Auf dieser Etage befindet sich die Apotheke«, sie zeigte auf die entsprechende Tür, »daran anschließend ein kleines Labor.« Sie öffnete eine Tür. »Hier ist ein Raum, der für Meditation und Entspannungsübungen genutzt wird, und dort vorne«, sie zeigte an das Ende des Flurs, »ist ein Raum für Gruppentherapie. Auf der anderen Seite sind die Räume der Psychologen, die Musik- oder Maltherapie anbieten. Außerdem haben wir mehrere Einzelzimmer, in denen wir gelegentlich Patienten unterbringen, bevor sie wieder nach Hause gehen.«

»Manche Menschen müssen sich darauf vorbereiten, nach mehreren Wochen, in denen sie in der Klinik umsorgt wurden, ihren Alltag wieder alleine zu bewältigen«, erklärte

Doktor Robert. »Das kann für die Patienten sehr beängstigend sein. Alleine schlafen, morgens alleine aufstehen, sich selbst organisieren. Verstehen Sie? Und hier hatte auch Eva ihr Zimmer.«

Madame Pommier schloss eine Tür auf. Ein schlichtes, helles Zimmer, mit Krankenhausmöbeln eingerichtet: ein Bett, ein Nachttisch, ein Tisch und zwei Stühle. Ein weißer Einbauschrank und eine Waschgelegenheit hinter einem hellblauen Stoff-Paravent. Das Fenster mit Blick auf den Park war von zwei dunkelblauen Vorhängen gesäumt. Aber das Zimmer hatte dennoch eine persönliche Note. Ein kleiner Ast eines Obstbaumes stand in einem Wasserglas auf dem Tisch und seine Blüten waren dabei, sich zu entfalten. Ein offensichtlich handgeformtes Objekt aus Ton lag daneben. An der Wand zogen sich wie ein Fries stimmungsvolle Postkarten entlang. Auf dem Nachttisch stand ein kleiner Radiowecker. Daneben lag ein Buch mit einem Lesezeichen. »Buch der Sehnsucht«. Duval öffnete es und blätterte darin herum. Es war von einem Mönch geschrieben und stammte offensichtlich aus der Bibliothek der Klinik. »Wurde hier etwas verändert?«, wandte er sich an Madame Pommier.

»Nein. Also, jemand von der Gendarmerie war vor drei Tagen hier. Ich hatte das Zimmer auf Geheiß der Gendarmerie abgeschlossen.«

»Darf ich?«, fragte er und hatte, ohne eine Antwort abzuwarten, schon den Schrank geöffnet. Er sah schnell durch einige Kleider, Röcke und Hosen und suchte in den ordentlich zusammengelegten T-Shirts, Pullovern und Strickjacken. Duval schnüffelte. Es roch leicht nach einem Frauenparfüm. Sonst entdeckte er nichts. Er wusste plötzlich nicht mehr, was er hier tun sollte. Unschlüssig blickte er sich um.

»Spricht etwas dagegen, dass ich heute Nacht hier schlafe?«, fragte er plötzlich.

»Hier?«, fragte konsterniert Madame Pommier. »In Evas Zimmer?« Sie blickte irritiert zu Dr. Robert, der gleichgültig mit den Schultern zuckte.

»Ja, hier, oder meinetwegen nebenan, wenn Sie ein anderes Zimmer zur Verfügung haben. Ich würde trotzdem gern den Schlüssel zu diesem Zimmer behalten.«

»Na sicher, sie können auch hier ... wir müssen ja sowieso das Zimmer wieder frei machen«, stimmte sie dann zu. »Ich lasse Ihnen aber wenigstens das Bett frisch beziehen.«

»Nur keine Umstände«, sagte Duval. »Stört mich nicht.«

»Nein? Sind Sie sicher?« Sie sah erneut zu Doktor Robert, der erneut mit den Schultern zuckte. »Nun gut, wenn Sie meinen.« Madame Pommier war verwirrt.

»Also gut, Commissaire, wenn Sie uns nicht mehr benötigen, dann lassen wir Sie jetzt alleine. Finden Sie sich zurecht? Unsere Büros sind unten.« Doktor Robert verabschiedete sich.

Duval nickte. »Ich denke schon. Das Badezimmer?«, fragte er noch.

»Toiletten sind am Ende des Ganges und dort befinden sich auch die Duschen. Ich lasse Ihnen frische Handtücher bringen«, antwortete Madame Pommier.

»Danke.«

»Wenn Sie nachher im Speisesaal etwas essen wollen, würde ich Sie anmelden?«, schlug sie in fragendem Ton vor.

»Ja, das wäre schön. Danke.«

»Abendessen gibt es zwischen 19 Uhr und 19.30 Uhr. Frühstück morgens zwischen sieben und acht Uhr.«

Duval nickte.

»Gut, dann lassen wir Sie jetzt ...«

»Ah, einen Moment noch«, hielt Duval sie zurück. »Die Krankenschwester im ersten Stock, sie ist auch nachts da?«

»Es ist rund um die Uhr jemand da. Wir arbeiten hier mit einer Dreistundenschicht. Nachts kommt eine Nachtschwester. Wie in jedem Krankenhaus auch. Ab 21 Uhr soll in den Zimmern Ruhe herrschen. Die Nachtschwester macht ihre Runde in den Zimmern etwa alle zwei Stunden.«

»Kommt sie auch hier nach oben?«

»Natürlich nicht!« Madame Pommier schien amüsiert.

Natürlich nicht! Es war also ganz einfach gewesen für Léna oder Eva, Duval hatte eine Vorliebe für den ersten Namen. Hatte sie das schon einkalkuliert, als sie das Einzelzimmer erbeten hatte? Wollte sie nur ein normales, eigenständiges Privatleben haben, ohne stets überprüft zu werden, oder hatte sie gar ihre Flucht, ihren Ausbruch mit einkalkuliert? War es wirklich eine vorbereitete Flucht gewesen? Alles in dem Zimmer wirkte so, als sei sie nur mal kurz hinausgegangen. Die Nachttischschublade war halb geöffnet. Duval zog sie weiter auf. Stifte, ein Schreibblock, Nagellack, mehrere Parfümproben und ein hübscher eckiger Parfümflakon, ein Maniküre-Set, eine angebrochene Packung Butterkekse und ein Portemonnaie mit etwas Geld fand er dort. Flache Plüsch-Hausschuhe lagen unordentlich vor dem Schrank. Eine helle Leinenjacke hing über der Stuhllehne.

»Hatte sie keinen Computer? Oder ein Smartphone?«, fragte Duval.

»Wir sind eine Klinik, wir möchten, dass unsere Patienten sich auf sich selbst besinnen und sich nicht von außen berieseln oder ablenken lassen«, erklärte Dr. Robert. »Dies sind Krankenzimmer, sie sind weder mit Fernsehen noch mit Internet ausgestattet. Es gibt eine Bibliothek und einen

Medienraum. Dort steht ein Computer und dort ist es auch gestattet, seine Mails abzurufen.«

»Hatte sie denn Mailkontakte mit jemandem?«, fragte Duval dazwischen. »Facebook oder was auch immer?«

»Nein«, sagte Madame Pommier entschieden.

»Wir werden das überprüfen«, versicherte Dr. Robert und fuhr dann fort: »In diesem Zusammenhang: Auch das Telefonieren gestatten wir nur außerhalb des Geländes und nicht in den ersten vierzehn Tagen. Die Patienten sollen zu sich kommen, deswegen unterbinden wir zumindest anfangs den Kontakt nach draußen.«

»Hatte sie denn ein Telefon?«

»Nein.« Dr. Robert schüttelte den Kopf. »Oder sagen wir, nicht, dass ich wüsste«, schränkte er dann ein.

»Das leuchtet mir alles ein mit dieser Kontaktsperre«, sagte Duval, »aber die junge Frau war ja außergewöhnlich lange bei Ihnen. Vielleicht hätte sie sich über Kontakte nach draußen gefreut.«

»Sie kannte niemanden draußen«, wandte Madame Pommier ein. »Oder zumindest erinnerte sie sich an niemanden. Ich habe sie ein paarmal mit in die Stadt genommen, damit sie sich Dinge kaufen konnte. Kleidung vor allem, anfangs trug sie nur abgelegte Kleidung von einem Rot-Kreuz-Laden. Draußen ängstigte sie alles. Sie kannte sich nicht aus, alles war ihr fremd. Auch die Menschen. Sie war wie ein Kleinkind, das die Welt entdeckt. Sie war danach immer völlig erschöpft. Oft ließen ihr andere Patientinnen Dinge da, kleine Geschenke, ein Kleidungsstück. Der Nagellack zum Beispiel, das weiß ich, der stammt von einer sehr koketten Patientin. Sie hatte ja viele Kontakte hier drinnen. Wir hatten den Eindruck, dass ihr diese Welt genügte.«

Vielleicht war es so, dachte Duval. Vielleicht auch nicht.

Irgendetwas hatte sie bewogen, nachts heimlich die Klinik zu verlassen. Sicherlich dachte sie aber auch, dass sie wiederkommen würde. Sie hatte nichts mitgenommen. Weder die wenigen Schminksachen auf dem Bord über dem Waschbecken noch das Portemonnaie.

»Woher hatte sie eigentlich das Geld?«, fragte Duval.

»Wir haben ihr nach ein paar Monaten eine Art Minijob geschaffen. Sie half hier und dort aus. Mal in der Küche, mal in der Bibliothek, wo immer wir gerade jemanden zusätzlich brauchten. Es ging ihr gut hier«, ereiferte sich Madame Pommier nun. »Wirklich!«

Duval nickte. Dann war er endlich alleine in diesem Zimmer und sah ein zweites Mal ihre Sachen durch. In ihrer Kleidung hing dieser leichte Parfümduft. Er atmete ihn ein. Dann öffnete er den kleinen eckigen Parfümflakon, den er in der Schublade gefunden hatte, und schnupperte auch daran. Es war der gleiche Duft. Sehr angenehm, dachte er und notierte sich die Marke.

Was hast du gemacht, Léna? Einen kleinen Ausflug, bei dem etwas schiefgelaufen ist? Etwas sagte ihm, dass es einen Zusammenhang gab mit der Sache vor anderthalb Jahren, als man sie mit einer Kopfverletzung gefunden hatte. Was war damals vorgefallen?

Er legte sich einen Moment auf ihr Bett und dachte nach. Sie kannte niemanden draußen, hatte Madame Pommier gesagt. Wirklich nicht? Gab es wirklich keine Familie? Keine Freunde? Woher aber kannte sie diesen Mann, der sie in das Bistro begleitet hatte und der sie mit dem Namen Léna angesprochen hatte? Duval drehte sich hin und her. Der leichte Parfümgeruch fand sich auch in der Bettwäsche. Es roch warm und weich. Oder luftig und zart? Blumig? Nein, nicht blumig. Er überlegte.

Als er wieder erwachte, war es gerade noch Zeit, in den Speisesaal zu gehen und das Abendessen einzunehmen. Man hatte für ihn einen Tisch abseits der Patienten gedeckt und eine Servicekraft aus der Küche brachte ihm sogleich ein Tablett und stellte ihm eine Karaffe mit Wasser dazu. »Guten Appetit«, wünschte sie freundlich. Duval nickte und besah sein Abendessen mit einem verzweifelten Gesichtsausdruck. Eine graue, wässrige Suppe, eine lange warm gehaltene Portion Lasagne. Er tippte die Lasagneblätter mit dem Messer an, sie waren an den Rändern schon trocken. Er seufzte. Etwas Brot, ein Stück abgepackter Käse, ein Fruchtjoghurt und eine unreife Banane. Kein Wunder, dass sie hier rauswollte, dachte Duval. Wer soll so ein Essen denn aushalten? Aber er hatte Hunger und verschlang zur Freude des Küchenpersonals alles. Die unreife Banane nahm er mit auf das Zimmer. Er grüßte die Krankenschwester im ersten Stock, die ihm freundlich zunickte.

Im Zimmer lief er hin und her, sah einen Moment aus dem Fenster und blätterte dann ohne großes Interesse in den Büchern, die er auf dem Tisch gefunden hatte. »Spurensuche«, las er. Es war wohl therapeutische Literatur. »Identität entwickeln, die Lust, etwas Neues zu entdecken«, las er ein paar Überschriften und suchte, ob es Unterstreichungen gab. Er blätterte durch ein anderes Buch, die Lebensgeschichte einer jüdischen Dichterin, die in der Zeit des Nationalsozialismus verschiedene Identitäten angenommen hatte, um der Judenverfolgung zu entgehen. Zwischendurch lauschte er. Auf seinem Stockwerk gab es keine Geräusche. Von weiter weg hörte er Stimmen, eine Tür klappte zu. Er nahm die Postkarten von der Wand und sah auf die Rückseiten. Bis auf eine waren sie nicht beschrieben. »Wer bin ich?«, stand auf der Rückseite einer Karte, die einen sanft schwebenden Löwenzahnsamen zeigte, und diese Frage war mit vielen kleinen und großen Fragezeichen, Kringeln und Linien umrahmt. Dann hörte er draußen jemanden telefonieren. »Ich *kann* hier nicht sprechen, das habe ich dir gesagt«, zischte eine Frau unfreundlich. Duval spähte aus dem Fenster, doch in der Dunkelheit sah er sie nur schemenhaft. »Ja, ich will auch nicht«, sagte sie jetzt lauter. »Ach, lass mich doch in Ruhe! Ruf mich nicht mehr an, hörst du! Ich kann das alles nicht mehr!«, schrie sie jetzt erregt. »Nein! NEIN!« Mit einer heftigen Geste warf sie das Mobiltelefon auf den Boden, nur um es gleich darauf wimmernd und fluchend wieder aufzuheben. »HerrgottsoeineScheiße, lassmichbloß-inRuheduDreckskerl«, schimpfte sie dabei.

Duval wartete, bis die Frau wieder im Innern des Hauses verschwunden war und bis es auch dort ruhig wurde. Draußen war es jetzt dunkel. Leise öffnete er die Zimmertür und lauschte. Vorsichtig lief er die Stufen hinab und beugte sich über das Geländer, gerade genug, um zu sehen, wie die Nachtschwester in einem Zimmer im rechten Gang des ersten Stocks verschwand. Schnell huschte er an ihrem nun verwaisten und nur schwach erleuchteten Büro vorbei und eilte die Treppenstufen hinunter zur Eingangshalle. Léna hatte es vermutlich genauso gemacht. Die Tür nach draußen war nicht verschlossen und schon befand er sich auf der Terrasse. Geräuschlos schloss er die Tür und blieb absichtlich einen Moment dort stehen und lauschte. Im gleichen Augenblick nahm er den süßlichen Geruch wahr. Jemand rauchte hier Haschisch! Kein Zweifel. Er hob den Kopf und weiter oben wurde nun ein Fenster geschlossen. Er wartete noch ein paar Sekunden, schließlich verschwand er seitlich in den weniger erleuchteten Park. Er hatte kaum zwei Minuten gebraucht. Es gab also absolut kein Problem, ungesehen aus dem Haus zu kommen, vielleicht war sie auch nach dem Abendessen nicht mehr in ihr Zimmer gegangen, sondern im Park geblieben, um »Luft zu schnappen«. Er lief den geschwungenen Weg durch das Gelände hinab bis zum Haupttor. Ein grelles Licht sprang an und Duval zuckte augenblicklich zurück. Er hatte den Sensor für die Lichtschranke ausgelöst, ein helles Licht überstrahlte den Eingangsbereich. Es gab zwar neben dem großen Tor, das sich mit einer Fernbedienung oder einem Code öffnen ließ, auch eine kleine Tür, die sich ebenfalls mit einem Code öffnen ließ, über beiden aber waren die Kameras angebracht, mit denen die Ein- und Ausfahrt überwacht wurde. Vielleicht war sie tatsächlich versteckt in einem Auto hinausgefahren, oder sie musste das Gelände anderswo verlassen haben. Duval lief zurück, verließ den gepflegten Park und suchte sich einen Weg durch den angrenzenden Wald, der an manchen Stellen wild und undurchdringlich wurde. Dornenhecken und wuchernde Stechwinde verhinderten ein Durchkommen. Manches Mal kam er nicht weiter und er musste kehrtmachen. Dennoch schritt er zügig durch das Gelände. Nach seinem überraschenden Schläfchen fühlte er sich frisch und ausgeruht und es tat ihm gut, in der kühlen Nachtluft zu laufen. Es roch nach feuchter Erde und Baumharz. Da! Er zuckte kurz zusammen. Dann lachte er leise. Es war nur eine kleine Fledermaus, die mehrfach in einem wilden Bogen um ihn herumzischte. Das Gebäude der Klinik sah man in der Dunkelheit von Ferne nur als großen Block. In ein paar Zimmern brannte noch Licht. Und dann entdeckte er den kleinen Trampelpfad. Bingo! Er endete jäh vor dem Zaun. Duval leuchtete mit der Taschenlampe seines Mobiltelefons und erspähte dahinter einen Feldweg. Jemand hatte mehrere abgesägte Baumstümpfe so hingelegt, dass man sie wie eine Treppe nutzen konnte. Er stieg hinauf und testete wippend die Stabilität. Trotzdem bedurfte es noch einer gewissen Geschicklichkeit, um hier über den Zaun zu klettern. Und um auf der anderen Seite hinunterzuspringen. Und wie machte man es auf dem Rückweg? Ohne Hilfe von außen war es sicher nicht möglich. Aber es schien die einzige Möglichkeit zu sein. Er leuchtete den Zaun und den Waldboden ab. Er würde morgen früh bei Tageslicht noch einmal hierherkommen.

Kurz nach Mitternacht stand er wieder in der Eingangshalle und lauschte am Fuß der Treppe. Die Nachtschwester schien ihre Runde zu drehen und Duval erreichte unbemerkt wieder sein Zimmer. Lénas Zimmer. Evas Zimmer. Mechanisch zog er sich aus und legte sich ins Bett. Die Leintücher waren kühl, er zog die kratzige Wolldecke nach oben. Das Kissen roch noch immer leicht nach ihrem Parfüm. Übertrieb er es nicht gerade ein wenig, fragte er sich plötzlich. Was machte er hier eigentlich? Vielleicht war sie eines natürlichen Todes gestorben? Herzversagen? Das kam auch bei jungen Menschen vor. Er dachte an Serge, einen sportlichen Kollegen aus Paris, der vor Kurzem bei einer harmlosen Wanderung einen Infarkt erlitten hatte. Als er in den Armen seiner Lebensgefährtin zusammensackte, war er schon tot. »Ich dachte, er sei gestolpert, und wollte ihn stützen«, hatte sie vor und nach der Beerdigung immer wieder unter Tränen erzählt, »aber als ich nach ihm griff, spürte ich, er ist schon weg. Innerhalb einer Sekunde war er weg.« Duval dachte an Serge und war wieder so berührt wie bei der Beerdigung. Dreiundvierzig Jahre war er nur geworden. Jeden Tag waren sie mit dem Tod konfrontiert bei der Polizei. Man ging damit um, als sei es eine Banalität. Und dann traf es ein junges Mädchen oder einen Freund und alles war wieder da. Die Unruhe, die Angst. Angst vor dem Tod. Jeden Moment konnte es zu Ende sein. Serge hatte eine Lebensgefährtin gehabt, eine Tochter im Teenageralter aus erster Ehe, die Ex-Ehefrau hatte, anders als die Lebensgefährtin, keine Träne vergossen. Beinahe zeitgleich dachte er an Annie und Hélène und seine Kinder. Hélène würde am Sonntag erstmals auf Annie treffen. Er hatte lange gebraucht, um ihr von Annies Schwangerschaft zu berichten. Ihre Reaktion war äußerst merkwürdig gewesen. Er hatte mit einer Eifersuchtsszene gerechnet, dass sie ihm Unverantwortlichkeit gegenüber seinen ersten Kindern vorwerfen würde, aber nichts dergleichen war geschehen. In seinem Kopf verschwamm Annie mit Hélène und das parfümierte Kissen lullte ihn ein.

———

»Schicken Sie mir die *Police Scientifique* zur Klinik, vielleicht finden die was«, gab Duval seine Anordnung an Villiers weiter. »Ich denke, ich weiß, wo sie über den Zaun gestiegen ist. Die Erde ist feucht, vielleicht gibt es Spuren. Das bringt uns möglicherweise zu dem verschwundenen Unbekannten.«

»Wird erledigt. Sie sind schon wieder in dieser Klinik?«

»Ich bin immer noch da, sagen wir so, und ich werde hier auf die PTS warten. Gibt's was Neues?«

»Léa hat mit dem Wirt das Phantombild fertiggestellt.«

»Und?«

»Und na ja. Ein mittelalter Kerl mit genauso vielen Haaren auf dem Kopf wie am Kinn.«

»Also doch ein Hipster?«

»Nein, nicht diese Art Kerl. Es sieht eher aus wie ein

Rundumdreitagebart. Salz-und-Pfeffer-gesprenkelt. Nicht besonders auffällig. Trotzdem sagt mir seine Visage was, aber ich weiß nicht, wo ich ihn hinstecken soll.«

»Haben Sie was von Dr. Charpentier gehört?«

»Noch nicht.« Er zögerte kurz. »Ähm, Chef?«

»Ja?«

»Ich verabschiede mich jetzt ins Wochenende, wenn nichts dagegen spricht. Meine Eltern und meine Schwiegereltern kommen über Ostern. LeBlanc und Leroc sind noch einen Moment hier. Die melden sich, wenn was Neues reinkommt.«

»In Ordnung. Schöne Feiertage. Grüßen Sie Ihre Familie!«

»Mache ich! Bis Dienstag.«

»Ja, bis Dienstag!«

Duval sah auf die Uhr. Er würde sich, sobald die PTS eingetroffen war, auch aus dem Staub machen.

Die Lammkeule, dachte er. Und der Wein. Und die Osterschokolade. Die Kinder konnten noch so groß sein, das Ostereiersuchen im Park gehörte dazu. Sogar Matteo rannte durch den Park und suchte die für ihn versteckte Schokolade. Dieses Mal würde Duval ihn sogar auf die Bäume klettern lassen, allzu einfach sollte es nicht werden.

———

3

Duval näherte sich der Küche und hörte Annie und Hélène leise sprechen. Er hörte seinen Namen, stoppte und spitzte die Ohren.

»Na, ich hätte sie für mich auch anders gemacht«, hörte er Annie gerade sagen, »aber Léon wünscht sie sich seit jeher so, wie seine Großmutter sie gemacht hat. Ich dachte, ich tue ihm mal den Gefallen zur Feier des Tages. Ich habe damit jetzt so ein bisschen experimentiert. Haben Sie vielleicht das Rezept?«

»Wir können uns auch duzen, oder?«, hörte er Hélène antworten.

»Gern«, gab Annie zurück. Einen Moment war es ruhig. Vermutlich lächelten sich die Frauen an. Seine Frauen, dachte Duval mit einer leichten Rührung. »Gibt es ein Familienrezept für die *Petits farcis*?«, fragte Annie erneut.

»Also das ... keine Ahnung. Das muss eine Nostalgie-Anwandlung von Léon sein, die ihn im Süden überfallen hat. Ich habe kein einziges Mal *Petits farcis* gemacht, und ich weiß nichts davon, dass seine Großmutter ein spezielles Rezept gehabt haben soll.«

»Mit nur wenig Wurstbrät, dem Inneren der ausgehöhlten Zucchini und Reis«, sagte Annie. »Vermutlich die Arme-Leute-Variante, um Fleisch zu sparen.«

Duval lächelte. Sie hatte gut zugehört.

»Aha«, sagte Hélène, »keine Ahnung. Es wundert mich, dass Léon sich so genau daran erinnert.«

»Wie dem auch sei«, sagte Annie. »Ich habe sie jetzt so gemacht, ein Experiment, mal sehen.«

»Ich finde, du bist noch superaktiv, dafür dass du ...«, Hélène sprach nicht weiter.

»Dafür, dass ich schon bis über beide Ohren schwanger bin«, lachte Annie.

»Na ja«, offenbar war Hélène verlegen, »ich war am Ende jedes Mal so erschöpft.«

»Ich bin froh, dass ich die letzten Monate nicht im Sommer habe, das kann ich dir sagen. Es ist hier so heiß im Sommer ...«

Einen Moment war es wieder ruhig.

»Geht es dir gut damit?«, fragte Hélène.

»Womit?«, fragte Annie zurück.

»Nun, mit allem – ein Kind zu bekommen, meine ich, und mit Léon ...«

Annie schnaufte hörbar. Duval rührte sich nicht und lauschte.

»Es wechselt«, sagte sie dann leise. Duval musste sich anstrengen, um sie zu verstehen. »Es geht mir gut mit dem Kind in meinem Bauch. Es hat bislang alles mitgemacht, ohne zu mucken, und ich habe es nicht geschont. Ich meine, ich habe gearbeitet wie vorher auch. Ich wollte ihm sagen, hallo, ich bin deine Mama, aber ich bin auch eine Frau, die arbeitet. Das muss es ja wissen, also, ich wollte, dass mein Kind weiß, worauf es sich einlässt. Verstehst du?«

»Wolltest du es nicht?«

»Doch«, sagte Annie. »Doch, ich wollte und will es sehr, aber ich dachte, ich bin alleine mit dem Kind, ich muss alles

Für und Wider bedenken, und ich habe es mit dem Kind besprochen, weißt du?« Ihre Stimme klang rau.

»Léon wollte es nicht?«

»Na ja«, Annie druckste herum. »Er sagt, du weißt es ja selbst, er hat schon Lilly und Matteo, um die er sich nicht ausreichend kümmert, er sagt, er hat deswegen ständig ein schlechtes Gewissen und er wollte nicht noch ein drittes.«

»Er ist immerhin realistisch.«

»Es hat mich dennoch sehr verletzt.«

»Ich verstehe. Ich meine, ich verstehe euch beide.«

»Ich fürchte, ich werde im Prinzip doch alleinerziehend sein.« Es klang wie eine Frage.

»Hm«, machte Hélène.

Wieder war es einen Moment still. Duval wollte sich schon entfernen, da hörte er Hélène sich räuspern.

»Weißt du«, begann sie leise und Duval spitzte die Ohren, um zu hören, was sie sagte. »Es ist merkwürdig, ich bin vor allem sehr gerührt über deine Schwangerschaft, das hat mich selbst am meisten überrascht. Als mir Léon eröffnete, dass er, dass du, also ich meine, dass ihr ein Kind bekommen würdet, das war ganz eigenartig. Ich glaube, er hatte Angst, dass ich durchdrehe, dass ich eifersüchtig werden würde, dass ich dir die Augen auskratzen würde. Einen Moment war das vielleicht auch so. Aber dann ...« Sie schwieg. »Ich war noch mal schwanger von Léon, weißt du?« Ihre Stimme klang rau. Duval glaubte nicht richtig zu hören. »Man schläft ja immer dann besonders leidenschaftlich miteinander, wenn man sich trennt«, sie seufzte. »Ich wollte es nicht.« Duval schluckte.

»Oh Gott«, sagte Annie leise und schluchzte. »Das tut mir so leid. Entschuldige, dass ich heule, das ist tatsächlich anders, seit ich schwanger bin, ich bin superempfindlich geworden und heule ständig. Was hast du gemacht? Darf ich das fragen, entschuldige, ich will dir nicht zu nahe, also, ich meine, wenn du es mir erzählen willst ...«, stammelte sie.

»Ich habe es nicht gewollt damals. Und ich wollte kein Kind, das spürt, dass es nicht gewollt wurde, ich wollte auch Léon, der gedanklich schon so weit weg war von uns, nicht zwingen zu bleiben, all das war so verworren.«

»Und wie hat León reagiert?«

Duval hielt die Luft an. Er hörte das alles zum ersten Mal. Hélène schwieg.

»Er wusste es nicht? Er weiß es bis heute nicht?«, hörte er nun Annie leise fragen.

Duval atmete nicht.

»Danach habe ich mich aber so schlecht gefühlt«, hörte er jetzt wieder Hélène leise sprechen, »so leer, so elend.« Sie räusperte sich und zog schniefend die Nase hoch. »Entschuldige, ich bin auch ganz bewegt.« Sie lachte verlegen. »Und nun kommt es mir so vor, als trügest du das dritte Kind in dir, weißt du?« Sie schien zu weinen.

»Oh, wie traurig«, schluchzte Annie, »und wie schön auch, ach Hélène!« Duval spürte, dass seine beiden Frauen sich weinend in den Armen lagen. Er schlich sich davon. Er musste auch erst einmal verdauen, was er gehört hatte.

Zwei Minuten später knallte er hörbar die Eingangstür zu und lief rufend durch die Wohnung. »Hallo? Jemand da? Wo seid ihr denn alle? Es riecht schon köstlich! Trinkt jemand mit mir einen Apéro? Oh, ihr seid beide in der Küche«, tat er überrascht. »Alles gut bei euch?!«, fragte er betont munter, sah von Annie zu Hélène und tat so, als sähe er ihre roten Augen nicht. Er küsste Hélène auf die Wange und Annie auf den Mund. »Oh, ihr habt *Petits farcis* gemacht!«, begeisterte er sich dann, und diese Freude war nicht gespielt.

»Annie hat *Petits farcis* für dich gemacht«, erläuterte Hélène, »ich wusste nicht mal, dass du die magst, geschweige denn, dass du ein bestimmtes Rezept bevorzugst.«

»Ich glaube«, erklärte Duval, »das war, als ich hier in Cannes mein allererstes Mal zum Essen ausgegangen bin, ich habe *Petits farcis* bestellt und gekostet und in mir ist eine ganze Erinnerungswelle hochgeschwappt, und ich wusste plötzlich, wie die *Petits farcis* von meiner Großmutter geschmeckt haben – die ich nie wieder bekommen habe!«

»Ah, *la Madeleine de Proust* in Form einer gefüllten Zucchini ...«, spottete Hélène. »Heute bekommst du sie.«

»Es ist ein Versuch«, berichtigte Annie.

Die Haustür knallte erneut zu. »*Maman!* Schau, wie viele Eier ich gefunden habe!« Lilly rauschte in die Küche und schlenkerte wild einen riesigen Bastkorb. Sie hatte einen schokoladenverschmierten Mund.

»Wie viele Schokoeier hast du denn schon gegessen?«, fragte Hélène entsetzt. »Wir essen doch gleich!«

»Was ist das?«, fragte Lilly und zeigte auf das Blech mit den gefüllten runden Zucchini, Auberginen, Tomaten und Zwiebeln.

»*Petits farcis*«, erklärte Duval. »Die gibt's als Vorspeise und sie sind superlecker!«

»Hast du das gemacht?«, fragte sie ihre Mutter.

»Nein, das war Annie, und ich weiß jetzt schon, dass sie köstlich sein werden!« Hélène griff nach einer großen Platte mit goldgelben kleinen Windbeuteln. »Ich habe aber Käsewindbeutel für den Apéro gemacht«, sagte sie und bewegte sich Richtung Wohnzimmer. »Können wir anfangen?«, fragte sie Annie.

»Sicher, fangt nur schon an, ich mach hier nur schnell noch was fertig.« Sie war erhitzt und atmete etwas schwer. Duval nahm eine Flasche Champagner aus dem Kühlschrank. »Geht's dir gut, Annie?«, fragte er leise. Sie schnaufte erneut, nickte aber. »Kommst du klar mit Hélène?«

»Hm«, machte sie zustimmend und lächelte leicht. »Besser als erwartet.«

»Schön.« Er strich ihr zärtlich eine Haarsträhne aus der Stirn. »Was willst du trinken? Saft?«

»Nein, bitte nur ein Glas stilles Wasser.«

»Hier«, Duval reichte ihr ein Glas kaltes Wasser und sie trank durstig einen großen Schluck. »Kann ich dir was helfen?«

»Du kannst mir nachher die Schüsseln und die Platten tragen und die Lammkeule schneiden, aber jetzt kümmere dich um deine Familie, dann mache ich hier in Ruhe weiter.«

»Wie geht's dem Kleinen?«, fragte er dennoch und legte leicht die Hand auf ihren Bauch.

»Er tritt mich hin und wieder«, seufzte sie. »Vermutlich will er Fußballspieler werden, oder vielleicht wird es auch eine Fußballspielerin«, korrigierte sie sich. »Ich würde mich an deiner Stelle nicht so auf einen Jungen versteifen.«

»Der Champagner! Wo bleibt der Champagner?«, rief es aus dem Wohnzimmer.

»Kommt!«, rief Duval zurück und lief ins Wohnzimmer, wo die ganze Familie versammelt war. Lilly und Matteo hingen jeweils auf der Lehne der beiden sich gegenüberstehenden Sofas. Matteo klebte schon wieder an seinem Mobiltelefon, tippte mit zwei Daumen in affenartiger Geschwindigkeit, als habe er nie etwas anderes getan und blies sich seine Haarsträhne aus dem Gesicht. Lilly hielt den zappelnden Kater umklammert und versuchte ihn zu streicheln, aber er entwischte und verschwand ins Schlafzimmer. Es war ihm hier eindeutig zu viel los.

»Wo bleibt denn Annie?«, fragte Duvals Mutter.

»Sie kann nicht«, erklärte Duval, »sie ist in der Küche unabkömmlich.« Ploppend entkorkte er den Champagner und schenkte ihn in die ihm entgegengestreckten Gläser.

»Nein, das ist doch nicht möglich! Annie, einen Moment müssen Sie dazukommen!«, rief Duvals Mutter Richtung Küche.

Es war Maurizio, der sich erhob und in die Küche eilte. Er stellte sein Glas Champagner auf den Küchentisch. »Geh«, sagte er und schubste Annie liebevoll aus der Küche. »Eine schwangere Frau lässt man nicht so arbeiten! Das ist eine Schande! Ich kümmere mich, keine Sorge, ich kann das«, unterbrach er ihre Einwände und hob hier und da den Deckel und warf einen Blick in den Backofen.

»Du bist ein Engel.« Sie küsste ihn auf die Wange. »Ich weiß«, grinste er. »Jetzt geh!«

Im Wohnzimmer stritten sich Matteo und Lilly um den Eistee. »Ich will aber Pfirsich-Eistee«, quietschte Lilly gerade wütend. »O.k.«, Ben öffnete kurzerhand zwei verschiedene Dosen. »Nein! Ben, bitte«, mischte sich Hélène verärgert ein. »Das ist zu viel, danach essen sie nichts mehr, es ist immer dasselbe.« »Es ist Ostern, bitte Darling«, beschwichtigte Ben. Hélène verdrehte die Augen. »Lilly, du bietest jetzt bitte die Käsewindbeutel an«, forderte sie Lilly auf. Lilly erhob sich. »Habt ihr Hände gewaschen?«, fragte Hélène dann streng. »Du hast eben noch den Kater gestreichelt!«

Lilly und Matteo verschwanden im Bad, danach machte Lilly brav die Runde um den Tisch und hielt jedem höflich das Tablett mit den luftigen goldgelben Käsewindbeutelchen entgegen. »*Merci, ma chérie*«, sagte Léons Mutter und bediente sich. »*Merci,* meine Kleine«, sagte Annies Mutter und lächelte süß. »Sie ist so reizend«, wandte sie sich an Léons Mutter. »Sie müssen stolz sein, so reizende Enkelkinder zu haben.« Léons Mutter nickte huldvoll. Es wurde geklatscht, als Annie erschien. »Endlich!« Alle redeten durcheinander und auf sie ein. »Setz dich Annie, möchtest du auf das Sofa?«

»*Ça va, ma chérie?*«, fragte auch Annies Mutter besorgt. »Setz dich in den Sessel, der ist noch bequemer«, schlug sie vor.

»Nee«, stöhnte Annie, »nachher komme ich nicht mehr hoch, ich nehme lieber den hier«, sagte sie und plumpste schwer auf einen Stuhl.

»Lilly«, sagte Hélène auffordernd und Lilly streckte nun auch Annie folgsam das Tablett mit den Windbeuteln entgegen.

»*Merci,* Lilly. Die sind so lecker!«

»Die hat *Maman* gemacht!«

»Ich weiß.«

»Es ist wahr, du hättest die Arbeit noch mehr aufteilen sollen. Das ist doch zu viel für eine Person und dann in deinem Zustand«, sagte Annies Mutter.

»Was soll das denn heißen, Zustand? Sie ist schwanger, das ist alles«, widersprach Duval.

»Léon!« Hélène verdrehte die Augen.

»Was denn?«, fragte er.

»Ich erinnere mich noch, als ich mit Léon schwanger

war«, warf Duvals Mutter ein. »Es war mitten im Sommer und ich hatte geschwollene Beine und dicke Krampfadern.« Sie zeigte mit den Händen den Umfang ihrer Beine. »Es war schrecklich.«

»Ja, ich bin auch froh, dass ich dem Sommer entgehe«, stimmte Annie zu.

»Trinken wir jetzt mal?!«, forderte Duval auf und hob das Glas. »Maurizio!«, rief er laut, »komm zum Anstoßen! Auf was trinken wir?«, fragte er in die Runde.

»Auf den Weltfrieden«, sagte Annie ironisch.

»Gute Idee«, stimmte Ben ganz ernsthaft zu und erhob bereits sein Glas.

»Auf Ostern«, schlug Léons Mutter vor. »Es ist doch Ostern! Kennen die Kinder eigentlich die Bedeutung von Ostern?«

Hélène stöhnte leicht auf. »Natürlich, *Maman*«, sagte Duval.

»Auf die Familie«, warf Maurizio dazwischen, der, aus der Küche geeilt, sich sein bereits leeres Glas wieder auffüllen ließ.

»Ach, du hast schon ausgetrunken«, frotzelte Duval.

»*Eh*, es ist warm in der Küche!«, verteidigte sich Maurizio.

»*Allez*. Auf die Familie!«, griff Duval auf und hob das Glas. »*Tchin, Santé!*«

»*À table!*«, rief kurz darauf Maurizio und die Familie setzte sich mit viel »Oh« und »Ah« an den festlich gedeckten Tisch.

»Wir haben zwei verschiedene Sorten der *Petits farcis*«, erklärte Annie. »Einmal habe ich sie so gemacht, wie ich hoffe, dass es Léons Erinnerungen an die *Farcis* seiner Großmutter entspricht, und einmal habe ich sie so gemacht, wie ich sie am liebsten mag. Hier ist also etwas mehr Fleisch drin – und hier«, sie zeigte auf die zweite Platte, »ist die Füllung, die sich Léon wünschte. Es sind aber genug da, jeder kann beide Varianten probieren. Madame Duval, was darf ich Ihnen geben?«

»Ich probiere von beiden, aber nur zwei kleine, bitte.«

»Die sind alle klein«, sagte Annie, »es sind die ersten Zucchini, die es hier lokal gibt. Und die ersten kleinen Auberginen. Alle ganz frisch und klein, richtig hübsch. So bekommt man sie nur jetzt, noch vor dem Sommer.«

»Was ist das für ein Rezept? Stammt es von Ihrer Mutter?«, erkundigte sich Annies Mutter bei Madame Duval.

»Nein, nein.« Madame Duval schüttelte entschieden den Kopf. »Es stammt von der Mutter seines Vaters, ich habe aber nie ein Rezept gesehen.«

»Ah, solche Rezepte werden von der Mutter an die Kinder weitergegeben. Oft gibt es da gar nichts Schriftliches. Man sieht, wie die Mutter es macht und so führt man es weiter«, sagte Maurizio. »Ist es nicht so?« Er blickte in die Runde.

»Genau, und es gibt eine Lücke wie in unserem Fall, wenn es nur einen Sohn gibt, weil man den früher nicht ins Kochen mit einbezogen hat«, sagte Madame Duval trocken.

»Ich bin auch Sohn und ich koche«, wandte Maurizio ein.

»Macht ihr in Italien auch gefüllte Zucchini?«, fragte Hélène. »Und habt ihr ein Familienrezept?«

»Natürlich machen wir gefüllte Zucchini!«, empörte er sich gespielt. »Das habt ihr Franzosen von uns übernommen! Nizza gehörte ja bis 1860 zum Großherzogtum Savoyen und war, wenn wir es mit heutigen Begriffen benennen wollen, italienisch«, erklärte er in Richtung Lilly und Matteo.

»Lilly und Matteo, hört mal zu«, sagte Duval, »und leg mal das Telefon zur Seite bitte, Matteo, wir essen jetzt!« Matteo gehorchte mit genervtem Gesichtsausdruck.

»Wir in Italien verwenden lange Zucchini dafür, die wir halbieren und füllen. Die *Farcis* hier«, Maurizio zeigte auf die kleinen runden Zucchini, »die sind typisch für Nizza. Und ja es gibt ein Familienrezept, aber jede Familie hat ihr eigenes, wie bei euch auch, es gibt tausendundein Rezept dafür, genau wie es tausendundein Rezept für die Nizzaer *Farcis* gibt«, sagte Maurizio. »Ich habe am Anfang in Frankreich lange nach dem besten Rezept gesucht, weil ich es auf meine Karte setzen wollte. Ich habe damals so viele kleine *Farcis* gegessen«, er verzog das Gesicht zu einer Grimasse, »dass ich am Ende eine große *Farci* hatte.« Er streckte den Bauch heraus und streichelte darüber, »fast so wie Annie.« Lilly gluckste über Maurizios komödiantisches Talent. »Aber es ist einfach so: In jeder Familie ist man davon überzeugt, dass es die besten *Farcis* nur bei ihnen gibt. Jede Familie, jede Mutter macht sie ein bisschen anders. Man ist mit einem bestimmten Geschmack groß geworden und den will man immer wieder haben. So ist es wohl auch mit Léons Suche nach dem Geschmack von früher, nicht wahr?«

»Vermutlich«, sagte Duval, leicht ungeduldig. »Sind jetzt alle bedient? Können wir anfangen? Mir läuft nämlich das Wasser im Mund zusammen, wenn ich die kleinen runden Dinger hier auf meinem Teller sehe.«

»Ich schlage vor, dass ihr mit den milderen anfangt, mit denen, die ich mit Reis gemacht habe, auf bestimmten Wunsch eines einzelnen Herrn.« Sie warf Duval einen fre-

73

chen Blick zu. »Und danach erst die anderen. Ich fürchte, die milde Füllung schmeckt sonst zu fade.«

»Von wegen fade!«, ließ sich Duval schon mit vollem Mund hören.

»Und?«, fragte sie gespannt und sah in die Runde, als niemand etwas sagte.

Alle beeilten sich, den Geschmack der gefüllten Zucchini zu loben. »Sehr fein, Annie, wirklich!« Nur Duval schwieg.

»Und Léon, was sagst du?«, fragte Annie.

Duval hatte das Besteck kurz aus der Hand gelegt. »Entschuldigt«, sagte er, »aber mir kommen fast die Tränen. Sie sind geschmacklich perfekt. *Merci*, Annie.«

Sie lächelte froh.

»Hohooo, bravo!«, machte Maurizio. »Es gibt sie doch, die perfekten *Farcis*!«

»Nur ...«, wandte Duval ein.

»Nein«, fiel ihm Maurizio ins Wort. »Sie sind perfekt, reicht das nicht?«

»Geschmacklich sind sie perfekt, aber die Form ...«

»Oh, là, là ...«, unterbrach Hélène, »die Form ... runde Zucchini sind nun mal rund!«

»Meine Großmutter hat größere Zucchini genommen, sie in der Mitte durchgeschnitten, sodass es zwei gleich große Hälften wurden und sie mit Paniermehl und ein klein bisschen Olivenöl beträufelt. Das hat sie mit den Tomaten auch gemacht und mit den Gemüsezwiebeln.«

»Ich fand es niedlicher und etwas festlicher, sie auszuhöhlen, sie zu füllen und ihnen den abgeschnittenen Deckel wieder aufzusetzen«, verteidigte sich Annie. »Ich habe extra diese ganz kleinen gewählt. Es sind die ersten der Saison!«

»Das ist perfekt so, Annie, und sehr hübsch, ich mache es

im Restaurant genauso«, sagte Maurizio. Annie lächelte ihn dankbar an.

»Der Geschmack ist aber der richtige?«, fragte Hélène ein bisschen aggressiv.

»Der Geschmack ist perfekt«, stimmte nun auch Madame Duval ihrem Sohn zu. »Ich erinnere mich genau daran, wir haben das tatsächlich bei meiner Schwiegermutter so gegessen. Ich hätte es nicht beschreiben können, aber es ist erstaunlich, den Geschmack wiederzuentdecken. Und Léon hat recht. Die Großmutter schnitt das Gemüse in zwei gleich große Hälften ...«

»Also, wenn ich ehrlich sein soll, und ohne, dass ich hier Gefühle verletzen möchte«, Hélène blickte Madame Duval an, »ich finde das sehr hübsch so, und ich mag die fleischigere Variante lieber.«

Das Gespräch drehte sich noch eine Weile um die *Farcis,* Annie gab ihre beiden Rezepte detailliert weiter und Maurizio ergänzte mit seinem Lieblingsrezept, das er von einer alten Dame in einem kleinen Restaurant im *Vieux Nice,* in der Altstadt von Nizza, bekommen habe. »Ich habe es lange für das authentische Rezept gehalten«, erzählte er, »bis ich begriffen habe, dass man dir zwei Straßen weiter in einem anderen kleinen Restaurant mit einer ebenso netten alten Dame entsetzt sagt, ›aber doch nicht mit Reis!‹ Oder: ›Aber doch nicht mit Wurstbrät! Gekochter Schinken muss da rein!‹ Letzten Endes ist es wie so oft in der heute so hochgelobten familiären regionalen Küche: Es war ein Resteessen, man nahm das, was herumlag und hat etwas daraus gemacht. Ich hab kein Fleisch? Dann nehme ich eben Schinken oder eben Reis. Basta«, sagte er.

»Ja, basta«, unterbrach Hélène, »nur noch eine kleine Zucchini ist übrig, wer nimmt die? Léon, du?«

»*Allez*, ich opfere mich«, sagte Léon gespielt gequält. »Sie sind köstlich, Annie!«

Danach trug Maurizio die kross gebratene Lammkeule auf. Dazu gab es ein Dreierlei an karamellisiertem Wurzelgemüse und klitzekleine Ofenkartoffeln.

»Oh, sind das *La Ratte*-Kartoffeln?«, fragte Madame Duval.

»Nein, ich habe leider keine bekommen«, bedauerte Annie, »ich habe aber danach gesucht. Das sind *Grenailles*, neue Babykartoffeln. Man kann die Schale mitessen, sie ist noch ganz zart.«

»Ich will kein blutiges Fleisch«, jammerte Lilly dazwischen, die Maurizio beim Schneiden des Fleisches gebannt zusah.

»Bekommst du auch nicht, mein Schatz«, versicherte Maurizio. »Sie ist *perfetto*, deine Lammkeule«, sagte er anerkennend zu Annie. »Am Knochen noch leicht blutig, aber nicht zu sehr, *perfetto*! Jeder bekommt ein Stück, wie er es will. Wir haben durchgebratenes und rosa gegartes Fleisch.«

»Ich will durchgebratenes Fleisch«, beeilte sich Lilly zu rufen, »und ohne Fett!«

»Das habe ich verstanden und das bekommst du Schätzchen, keine Sorge. Hier«, er legte ihr ein Stück Fleisch auf den Teller.

»Das Fett will ich nicht.«

»Das ist kein Fett, das ist die Kruste, das ist das Allerbeste«, widersprach Maurizio.

Lilly sah unglücklich aus.

»Lass«, sagte Hélène und schnitt die Kruste ab und legte sie sich selbst auf den Teller.

»Madame?«, wandte sich Maurizio an Duvals Mutter.

»Ein Stück *à point*, hellrosa, wenn Sie haben.«

»Haben wir, Madame, haben wir.«

Über die Zubereitung der Lammkeule und die Qualität des Fleisches wurde nun mindestens so lange diskutiert wie vorher über die Zubereitung der *Farcis*. »Ich habe das Fleisch hier beim Metzger bestellt. Er hat sehr gutes Lammfleisch aus Sisteron.«

»Ihr habt es gut hier im Süden mit den malerischen Märkten und den regionalen Erzeugern«, seufzte Hélène.

»Aber in Paris gibt es das doch alles auch«, widersprach Annie. »Ihr habt doch viel mehr Auswahl. Ich erinnere mich an all die Feinkosthändler, die Griechen, die Libanesen.«

»Na ja, das Budget musst du aber auch erst einmal haben, um immer beim *traiteur* einzukaufen«, widersprach Hélène. »Und all die kleinen Läden, das ist nett, aber wenn ich für jede Sache in einen anderen Laden laufen würde, käme ich zu nichts. Ich kaufe doch das meiste im Supermarkt, oder im Biosupermarkt. Aber es ist nichts gegen einen echten Markt im Süden.«

»Ich versuche, vor allem regional und saisonal einzukaufen. Was wir heute essen, ist alles regional – angefangen von den kleinen Zucchini über das Fleisch und Gemüse, selbst der Käse ist regional und der Salat.«

»Und das Dessert auch«, ließ sich Maurizio vernehmen, »ich habe die *Tarte au Citron* mit meinen Zitronen aus Menton gemacht! Und den Limoncello auch. Und den Kaffee für den Espresso habe ich aus einer italienischen Rösterei. Geht es uns nicht gut?«

Alle stimmten laut und leise murmelnd zu. »*Allez*, nimmst du noch ein paar von den Mini-Mairübchen, Lilly?«

Bereitwillig hielt Lilly Maurizio den Teller hin.

———

Gegen sechzehn Uhr war das Mahl allmählich beendet. Die Damen hatten sich für den Kaffee ins Wohnzimmer zurückgezogen. Duval, Ben, Maurizio und Matteo saßen noch am Tisch und betrachteten auf Bens Tablet einige seiner Werke.

»Doch«, sagte Maurizio gerade, »ich kann gerne einmal Bilder von dir ausstellen, ich habe Platz für vier oder fünf große Sachen wie diese hier.« Er tippte auf eines der quadratischen Formate. »Oder ein paar kleinere Gemälde. Ich mag, was du machst. Diese kleinen Papierwürfel.« Er zog eines der Fotos größer und besah sich ein Bild genauer. »Und dann machst du ein Pixel-Bild daraus. Ich finde das amüsant.« Er besah ein anderes von Bens Werken. »Aber es ist vielleicht eher im Winter interessant, wenn die Leute drin sitzen und an die Wände schauen. Im Sommer sind alle draußen auf der Terrasse.«

»Cool«, sagte Ben, »das wäre cool. Vielleicht hast du recht mit dem Winter. Ich dachte, ich könnte vielleicht eine Galerie finden, die Werke von mir in Kommission nimmt und mich ausstellt. In *Mouhschäh* soll es viele Galerien geben.« Er sprach es mit seinem amerikanischen Akzent aus. Fragend sah er Duval an.

»Wo?«

»*Muhschäh*«, versuchte Ben es nun anders auszusprechen.

»Ich glaube, Ben meint Mougins, Papa«, vermittelte Matteo.

»*Yes, thanks*, Matteo«, Ben klopfte Matteo auf die Schulter.

»Ah, Mougins, ja kann schon sein. Das alte Dorf soll sehr hübsch sein, das ist sogar bis zu mir vorgedrungen«, stimmte Duval zu.

»Du warst noch nicht da? Es ist nur ein paar Kilometer entfernt«, wunderte sich Ben.

Duval schnaufte. »Ich komme nicht so viel rum, wie ihr alle vielleicht glaubt«, sagte er ein bisschen bitter. »Ich bin nämlich nicht im Urlaub hier und mache Besichtigungen wie ihr, ich arbeite, und nicht zu knapp!« Das Letzte dachte er jedoch nur. Wer hatte eigentlich den Slogan »Arbeiten, wo andere Urlaub machen«, erfunden, fragte er sich. So ein Quatsch. Man lebte und arbeitete zwar da, wo andere Urlaub machten, aber man selbst war eben im Arbeitsmodus. Und wenn man freihatte, dann musste man einkaufen und jede Menge erledigen oder sank einfach müde aufs Sofa und starrte auf den Fernseher.

»Und wenn wir einen Ausflug machten?«, schlug Ben gerade vor. »Nach Mougins? Alle zusammen?«

»Jetzt?«, fragte Duval schockiert, der sich auf eine *sieste* gefreut hatte. Nach dem, was er alles gegessen und getrunken hatte, fühlte er sich schwer und unbeweglich. »Bei dem Wetter?«, setzte er noch hinzu, aber die Familie, die Pariser Wetter gewohnt war, störte sich nicht an dem dunklen Himmel und den kühlen Temperaturen. Es regnete nicht, das war die Hauptsache.

Am Ende fuhren sie in zwei Autos nach Mougins. Annie hatte nur den Kopf geschüttelt. »Fahrt ihr nur, ich räume hier auf und dann lege ich mich ein bisschen hin.« Duval blickte sehnsüchtig zu ihr und zum Bett, aber er fügte sich in den Familienausflug.

Der alte Ortskern von Mougins lag auf einem Hügel und man hatte bereits von dem unterhalb liegenden Parkplatz einen weiten Blick über die Ebene, die Dörfer und das hügelige Hinterland. Die letzten Tage hatte es viel geregnet, im Hinterland hatte sich der Regen in Schnee verwandelt und die Gipfel der Alpen waren wieder frisch überzuckert. Der riesige Parkplatz ließ vermuten, dass in der Saison hier ordentlich was los war. Aber heute war das kleine Dorf überraschend leer, die Südfranzosen brauchten Sonne und wärmere Temperaturen, um Ausflüge zu machen. Lilly, die zunächst wenig Lust gehabt hatte, durch ein langweiliges »Kunst-Dorf« zu laufen, war plötzlich Feuer und Flamme, als sie die Skulpturen entdeckte, die im ganzen Dorf ausgestellt waren: Ein rosafarbenes Schaf stand in einer Blumenrabatte, Bronze-Elefanten versuchten übereinandergestapelt das Gleichgewicht zu halten, drei niedliche Ballerinen schaukelten vergnügt vor sich hin, und lackierte Luftballons aus Gießharz schienen sich in die Luft erheben zu wollen. Am besten aber gefiel Lilly die überdimensionale knallbunte Skulptur eines fröhlichen Mädchens in rotem Badeanzug, das gleich am Eingang des Dorfes die Besucher zu begrüßen schien. »Und das ist alles Kunst?«, staunte sie.

»Ja«, murmelte Duval, »das kann man sich tatsächlich fragen.«

»Du hast die wirklich entscheidende Frage gestellt, Lilly«, antwortete Ben jedoch ernsthaft. »Und darüber streiten sich die Menschen seit eh und je. Was ist Kunst? Kann man Kunst verstehen? Muss Kunst schön sein? Muss Kunst allen gefallen?«, dozierte Ben enthusiastisch und vollkommen in seinem Element. »Nun, Kunst ist immer etwas Schöpferisches, das bedeutet, wenn man etwas erschafft, bastelt, malt, töpfert, dann gibt man etwas von sich mit hinein, das mache ich mit meinen Bildern und du ja auch, Lilly. Und wenn dabei etwas Besonderes entsteht, oder jemand etwas zum ersten Mal macht, etwas, was man noch nicht gesehen hat, dann ist es im besten Falle Kunst.«

Lilly nickte brav und sah das Badeanzugmädchen aufmerksam von allen Seiten an.

»Ein Namensvetter von dir, Ben, ein Künstler aus Nizza,

sagt, Kunst entsteht, wenn man einen Rahmen um etwas macht«, warf Duval ein.

»Ah, ja, dieser Ben, dessen Haus will ich mir auch noch ansehen«, Ben war Feuer und Flamme. »Warst du schon mal da?«

»Nein, ich war nur einmal mit den Kindern im MAMAC, das ist das Museum für moderne Kunst in Nizza, dort gibt es auch viel von ihm. Da war auch dieses tolle Kleid aus blauen Plastikflaschen, erinnerst du dich, Lilly?«

Aber Lilly war schon weitergerannt auf der Suche nach der nächsten Skulptur und hörte ihn nicht.

»Aber Ben ist so kommerziell geworden, finde ich«, sagte Duval. »Kein Gegenstand, auf dem nicht in seiner krakeligen Schrift irgendetwas steht, damit es sich besser verkauft.«

»Aber das ist Teil seines Konzepts«, erklärte Ben. »Er sagt, ich signiere es und dann ist es Kunst. Ich finde ihn cool in gewisser Weise. Denn ich meine, Kunst ist schön, aber von irgendwas muss man auch leben als Künstler. Ich verkaufe manchmal monatelang nichts. Die Leute schauen sich meine Bilder an, finden sie amüsant und originell, aber kaufen tun sie sie nicht. Ich habe lange als Dekorateur in den *Galeries Lafayette* gearbeitet, um ein regelmäßiges Einkommen zu haben. Andere Künstler arbeiten als Nachtwächter oder machen Gelegenheitsjobs, um zu überleben.«

»Ich dachte, du hast den Durchbruch geschafft, Hélène sagte so etwas.«

»Ich habe letztes Jahr ein großes Werk an eine Werbeagentur verkauft, dort hängt es im Eingangsbereich. Und seitdem interessieren sich ein paar Menschen für das, was ich mache«, erzählte Ben. »Vor allem, weil es Recyclingkunst ist. Ich mache das ja alles mit gebrauchtem Papier.

Das Thema war ein Aufmacher in einer Zeitschrift und dort haben sie auch mich vorgestellt. Recyclingkunst ist total in. Ich habe bloß noch keine Galerie gefunden, die mich ausstellen will, bislang kann man meine Sachen nur in unseren Atelierräumen sehen, ich teile mir ein paar Räume mit ein paar anderen Künstlern, Schmuck, Leder, Keramik und meine Bilder. Oft stelle ich auf Märkten aus. Da kaufen dann manchmal amerikanische Touristen meine kleinen Collagen, auf denen *I love Paris* steht oder auch mal was mit dem Eiffelturm. *I love Paris* könnte ich öfter verkaufen, aber ich habe keine Lust, immer wieder dasselbe zu machen.« Er seufzte. »Nun, ich mache jetzt seit zehn Jahren diese dreidimensionalen Pixelbilder mit gepresstem Papier, reich bin ich damit noch nicht geworden.«

»Guckt mal!«, rief Lilly dazwischen und zeigte entzückt auf eine weitere Skulptur des kleinen Mädchens im Badeanzug. Sie lag auf einer Bank vor dem *Office de Tourisme* und schien vergnügt mit den Füßen zu wackeln.

»Siehst du, Lilly, das ist es. Kunst soll etwas in uns auslösen. Wenn man sich darüber unterhalten oder auch streiten kann, dann ist es vielleicht Kunst. Kunst gefällt nicht immer allen und Kunst muss man nicht immer verstehen. Und diese Skulpturen hier machen, wie sagt man, *they make you smile,* sie bringen dich zum Lächeln. Schau mal, alle Leute, die daran vorbeigehen, lächeln. Das ist doch toll, oder?«

Im Moment waren sie zwar die einzigen Menschen, die daran vorbeiliefen, aber Lilly lächelte dennoch glücklich.

Vor dem *Office de Tourisme* entdeckten sie einen Plan des Dorfes, auf dem die Skulpturen verzeichnet waren und sie nahmen sich vor, alle zu besuchen. Die Gruppe durchlief die verwinkelten Gässchen, in denen sich Galerien, Ateliers und Boutiquen versteckten. Sie begegneten nur wenigen

Menschen. Auch viele Galerien waren noch geschlossen, war es die Vorsaison oder das schlechte Wetter? Sie betrachteten die Werke der Künstler durch die großen Fenster und schlenderten vorbei an großformatigen Bildern, die blendend weiße Boote auf schmerzhaft blauem Grund zeigten, an Kinder- und Tierporträts in Pastell und an knallbunten Landschaften. Ben besah alles mit einem leicht verächtlichen Blick. »Alles Kunstgewerbe«, murmelte er abfällig. »Dieses in Serie produzierte Zeug nervt mich!«, begann er, aber Duval hatte keine Lust zuzuhören und ließ sich stattdessen etwas zurückfallen. Das ununterbrochene Geplauder strengte ihn an. Nur von Weitem hörte er, wie Ben über den Unterschied von Kunst und Kunstgewerbe sprach. Zwischen den Galerien fanden sich Schmuckboutiquen, Läden mit Hüten und allerlei Krimskrams. Niemand entkam dem Künstlerdorf, ohne hier etwas zu kaufen. Hatte man kein Geld für ein großes Gemälde, dann kaufte man eben eine Halskette oder einen Krug im Töpferladen. Für jeden Geschmack und für jeden Geldbeutel gab es etwas. Alles war handgemacht und somit in den Kunststatus erhoben. Musik tönte über den kleinen Platz vor der Kirche. Jemand sang dort zu Orgelmusik. Madame Duval und Annies Mutter entschlossen sich, der Musik nachzugehen und verschwanden im Innern der Kirche. Matteo, der mit seinem Smartphone sämtliche Skulpturen ablichtete, nahm auch die blaue Tierskulptur vor der Kirche auf.

Hélène war vor einer Galerie stehen geblieben und betrachtete die ausgestellten Bilder. »Ben, schau mal«, sagte sie, »der Künstler hier macht so etwas Ähnliches wie du. Collagen mit recycelten Plakaten.«

Ben besah aufmerksam die großformatigen Bilder, auf denen Buchstaben, Farbschnipsel und Bilder zu einer Collage zusammengefügt worden waren. »*Not too bad*«, sagte er.

»Ich finde, die sehen alle scheiße aus«, sagte Matteo abfällig.

»Matteo!«, rief Hélène ihn zur Ordnung. »Ich will weder dieses Wort noch diesen Ton hören!«

»Ich finde nur, dass Bens Collagen besser sind«, maulte Matteo. »Du machst große Bilder aus kleinen Würfeln und jeder Würfel ist auch ein Bild. Das ist Kunst in Kunst. Das ist auch viel mehr Arbeit als das hier.« Er zeigte mit dem Kinn Richtung Schaufenster und klang immer noch verächtlich.

»Danke, Matteo, für deine Unterstützung«, sagte Ben und lächelte Matteo freundlich an. »Ich schätze das sehr. Aber jeder hat seinen Stil, und ob und wem Kunst gefällt, ist wirklich eine Sache des persönlichen Geschmacks.«

»Na, mir gefällt's nicht«, grummelte Matteo.

»Das haben wir verstanden, Matteo«, sagte Hélène scharf.

»Ich geh mal rein«, erklärte Ben und verschwand in der Galerie. Hélène folgte ihm.

Duval lehnte an der Hauswand gegenüber und gähnte. »Sollen wir mal einen Kaffee trinken gehen?«, fragte er Richtung Maurizio. Maurizio nickte dankbar. »Kommst du mit, Matteo? Wo ist denn Lilly?«

———

»Er nennt sich *Biehdschieh,* ist ein Künstler aus der Region und er hat gute Kontakte«, berichtete Hélène später. »Man findet seine Werke überall«, sagte mir die Galeristin. »Sie hält ihn für einen aufsteigenden Stern, der sich noch suche, aber sehr viel Potenzial habe.«

»Ich finde, er hat so einen sehr coolen Pop-Art-New-York-Style«, sagte Ben. »Für einen Franzosen finde ich das erstaunlich.«

»Vielleicht hat er mal in den USA gelebt?!«

»Ja, vielleicht, er war wohl ein paar Jahre von der Bildfläche verschwunden, hat die Galeristin gesagt. Sie hat mir das hier über ihn gegeben.« Er faltete einen Flyer auseinander. »Ich versuche die Tage mal, ihn zu erreichen. Vielleicht hat er ein paar Tipps.«

Auch der zweite Osterfeiertag stand noch im Zeichen der Kunst. Das Ausflugsgrüppchen war dieses Mal deutlich kleiner: Maurizio und Denise waren zurück nach Menton gefahren, Madame Duval besuchte eine entfernte Cousine in Cannes und Annie war auch dieses Mal nicht mit von der Partie. Zu fünft hatten sie sich in den kleinen Fiat gequetscht, der, wie Duval stolz sagte, immerhin für fünf Personen ausgelegt war. »Das müssen dann aber fünf sehr dünne Menschen sein«, stöhnte Hélène, die sich mit Matteo und Lilly auf den Rücksitz quetschte. Dieses Mal machten sie einen Ausflug in die Hügel über Nizza, um das Haus des Künstlers Ben Vautier anzusehen. Von innen konnte man es nicht besichtigen, aber sie standen lange vor dem Tor und bestaunten von Weitem das Sammelsurium, das im Garten zu Skulpturen zusammengefügt worden war. Die komplett bemalte und beschriebene Hausfassade mit den roten, blauen und weißen Fensterläden betrachteten sie von der Straße aus. ›Das Wichtigste ist Mut!‹ stand an der Hauswand. Damit hat er sicherlich recht, dachte Duval, den diese Art von spielerischem Umgang mit Dingen einerseits anzog und gleichzeitig abstieß. Machte Ben sich nicht ein bisschen lustig über die Menschen, fragte er sich. Oder vielleicht nur über den Kunstbetrieb, auch wenn er doch Teil desselben sein wollte.

»Manchmal denke ich, man braucht nur eine Idee, und wenn man sie lange genug durchhält, wird sie irgendwann zu Kunst erklärt«, sagte Duval.

»Manchmal klappt das«, sagte Ben. »In Paris gibt es diesen John Hamon, erinnerst du dich?«

Duval machte ein fragendes Gesicht.

»Dieser Street-Art-Plakatkünstler, der so eine Art Passfoto von sich an die Wände kleistert«, erklärte Hélène. »Der hängt überall. Erinnerst du dich nicht? Warte«, sie suchte ein Foto in ihrem Smartphone. »Hier, da habe ich es!« Sie zeigte Duval ein Foto des kleinen Plakats auf einer Hauswand, auf dem ein bebrillter und dunkel gelockter junger Mann in einem Kapuzenpulli den Betrachter mit einem dämlichniedlichen Lächeln angrinste. »John Hamon« stand darunter. Mehr nicht.

»Stimmt, ich erinnere mich«, nickte Duval. »Und was ist mit ihm?«

»Na, der hat das vor über zwanzig Jahren angefangen, damals war das Foto vermutlich aktuell, wie er heute aussieht, weiß kein Mensch, und die einzige Botschaft, die er hatte und hat, ist: Kunst entsteht durch stete Werbung. Und das hat er durchgehalten. Immer wieder nur dieses Foto von sich illegal an die Wände gekleistert. Gerne weit oben, wo man es schlecht wieder entfernen kann. Kürzlich hat er seinen Kopf in ein Mona-Lisa-Plakat integriert, John Hamon als Mona Lisa. Das hängt dann plötzlich in der Nähe des Louvre. Hin und wieder projiziert er sein Foto auch auf den Eiffelturm oder auf Museumswände. Er hat neuerdings Fans, die sein

Plakat in etwas anderes integrieren. Dank der sozialen Medien hat er in den letzten Jahren zusätzlich an Bekanntheit gewonnen, weil er jetzt jedes angeklebte Plakat und jede Projektion über Instagram und Facebook noch mal zeigt, aber das gab es zu der Zeit, als er begonnen hat, noch gar nicht.«

»Plötzlich spricht man von ihm und sogar die Presse hat ihn entdeckt«, ergänzte Ben. »Und ich glaube, bald ist die Zeit reif und es wird eine Ausstellung von ihm geben. Im *Centre Pompidou* oder anderswo.«

»So was mache ich später auch«, sagte Matteo bewundernd.

»Aha«, sagte Duval leicht befremdet. »Du willst illegal Wände plakatieren?«

»Street-Art«, widersprach Matteo. »Ich mache Street-Art und sprühe überall meinen Namen an die Wand, so lange, bis ich berühmt bin.«

»Sehr gutes Konzept«, sagte Duval ironisch. »Und von welchem Geld kaufst du die Farbe?«

»Ph«, machte Matteo. »Ben hat Farbe ohne Ende.«

»Super«, sagte Duval trocken. »Mach das.«

»Mach ich auch«, sagte Matteo trotzig.

»Was ist mit deiner Begeisterung für alles Technische?«, fragte Duval nach. »Wolltest du nicht sogar auf ein weiterführendes technisches Gymnasium gehen und ein *Bac Pro* machen?« Er konnte nicht verhindern, dass er streng klang und sich gleichzeitig spießig vorkam. Aber die Idee, dass sein Sohn zukünftig nur noch Graffitis an Hauswände sprühen würde, gefiel ihm gar nicht.

»Ach«, winkte Hélène beschwichtigend ab, »bis dahin ist ja noch ein bisschen Zeit. Matteo weiß schon, dass es nicht einfach ist, als Künstler über die Runden zu kommen, nicht wahr, Matteo?«

Aber Matteo hatte sich die Kopfhörer seines Smartphones in die Ohren gestöpselt und hörte nichts mehr oder zumindest tat er so.

Lilly hingegen war fasziniert von den Objekten, die sie nach und nach entdeckte. »Da oben ragt ein Bein aus der Wand!«, staunte sie.

»Hast du das Nashorn schon gesehen?«, fragte Duval und deutete nach oben.

»Ist das ein echtes?«, fragte Lilly erschrocken.

»Keine Ahnung, Lilly. Ich hoffe nicht.«

————

»Schaut mal«, sagte Duval und zeigte nach oben, »da fahren wir jetzt hin! Ich wollte schon immer mal den Blick von dort oben haben!« Sie kurvten in eines der hoch gelegenen Dörfer, das spektakulär auf dem Berggipfel klebte. Aber dort oben war seine Familie enttäuscht: »Das ist alles?«, fragte Lilly. »Deswegen sind wir all die Kurven hier hochgefahren? Hier ist ja gar nichts!« Auch Ben war enttäuscht. Ihm hatte das niedlich zurechtgemachte Mougins mit den arrangierten Blumentöpfen überall besser gefallen.

»Aber das hier ist noch authentisches Hinterland!«, sagte Duval. »Keine Dorffolklore für Touristen.« Ben zog die Mundwinkel nach unten. »Da könnte man noch mehr draus machen«, sagte er mit abfälligem Blick auf das eine oder andere heruntergekommene Haus.

»Die Côte d'Azur ist zum Glück noch kein flächendeckendes Disneyland«, hätte Duval gerne gesagt, aber er verbiss es sich. Dass ihn der Blick von der Aussichtsterrasse auch enttäuschte, gab er nicht zu. Er hatte einen Blick bis zum Meer erwartet, aber man sah nur auf die Ebene, in der sich der Var grau dahinwand. Außerdem war es diesig. Aber immerhin gab es dort oben eine kleine Ausflugs-Crêperie und nach dem üppigen Essen vom Vortag reichten ihnen eine salzige Galette und ein süßes Crêpe als Mittagessen vollkommen. Lilly konnte sich lange nicht entscheiden, ob sie zum Nachtisch eine Crêpe mit Nutella oder mit Vanilleeis essen wollte, entschied sich dann für Nutella, weil sie die zu Hause nicht bekam. Dann aber blickte sie neidvoll auf Matteos riesige Kugel Vanilleeis, die auf dem warmen Crêpe langsam schmolz.

»Wir gehen nachher in Vence noch ein Eis essen«, versprach ihr Hélène, als sie die kurvigen Straße hinunter- und auf der anderen Seite des Var wieder hinauffuhren. »Wenn bis dahin niemandem schlecht geworden ist. Kannst du vielleicht ein bisschen sanfter fahren«, bat sie Duval.

»Ist jemandem schlecht?«, rief Duval nach hinten.

»Nei-in!«, Beteuerte Lilly, und Matteo schüttelte stumm den Kopf. Immerhin schien er trotz seiner Ohrstöpsel doch etwas zu hören.

»Halt!«, rief Hélène plötzlich und zeigte auf die andere Straßenseite. »Das ist doch diese Matisse-Kapelle, können wir die nicht noch schnell ansehen?«

Duval seufzte, hielt aber an. Die Kapelle, die nach den Entwürfen des Malers Matisse dekoriert worden war, war aber geschlossen. »Am besten, wir nehmen mal an einer Messe teil«, seufzte Hélène, als sie die raren Öffnungszeiten studierte.

»Dann lasst uns stattdessen zur Fondation Maeght fahren«, schlug Hélène jetzt vor, die in einem Kunstreiseführer blätterte. »Die ist gleich hinter Vence. Ich weiß nicht, ob es gerade eine lohnende Ausstellung gibt, aber es gibt dort jede

Menge moderne Kunst. Das wär doch was für die Kinder?! Was meint ihr?«

»Sicher«, stimmte Ben begeistert zu. »Wenn es was für die Kinder ist, dann ist es auch was für mich.«

»Meinst du nicht, dass es reicht an verwirrenden Eindrücken für heute?«, spottete hingegen Duval und erntete dafür einen strafenden Blick von Hélène.

Zunächst aber tranken sie in der Altstadt von Vence einen Kaffee. In einem schlecht geheizten Bistro drängten sie sich um einen kleinen Tisch und die Kinder bekamen ein Eis. In der Kathedrale am Platz, in die sie eher beiläufig gingen, entdeckten sie einen überraschenden Kirchenschatz: Örtliche Künstler und Holzhandwerker hatten im 17. und 18. Jahrhundert große Skulpturen für einen Kreuzweg geschaffen. Bestimmt vierzig unterschiedliche, teils naive, aber allesamt sehr expressive Figuren waren in einem Raum versammelt. Ben war hingerissen und konnte sich kaum sattsehen. Lilly aber betrachtete lange ein großes Mosaik über dem Taufbecken in der Ecke. »Das ist ja hübsch«, sagte Lilly, »schau mal, Ben, der macht auch Kunst mit so kleinen Würfeln wie du!«

»Das ist ein schönes Kompliment, danke Lilly.« Ben strich ihr liebevoll über das Haar. »Es ist ein Mosaik von Marc Chagall. Chagall war vor allem ein toller Maler«, erklärte er, »er war sehr fantasievoll. Es gibt in Nizza auch ein Museum mit seinen Bildern. Vielleicht gehen wir da in den nächsten Tagen noch hin.«

»Die Tage werden nicht ausreichen für alles, was wir anschauen wollen«, seufzte Hélène. »Ich sehe schon, wir müssen wiederkommen.« Sie grinste Duval an. »Was meinst du?«

»Klar«, antwortete Duval, aber vielleicht nicht mit der von ihm erwarteten Begeisterung.

»Verstehe«, lachte Hélène kurz auf. »Dann lasst uns mal weiterfahren zur Fondation Maeght, damit wir die wenigstens gesehen haben.«

Mit erstaunlich wenig anderen Besuchern, die allesamt aus dem Ausland kamen, wie man den Nummernschildern der Autos auf dem Parkplatz entnehmen konnte – das kühle und unbeständige Aprilwetter lockte die Südfranzosen weiterhin nicht nach draußen –, spazierten sie durch den Skulpturengarten, der sich um das moderne Ausstellungsgebäude erstreckte, und besahen sich die etablierte moderne Kunst: das Labyrinth von Miró, Skulpturen von Max Ernst, einen verspielten Brunnen von Pol Bury und die dürren Gestalten von Giacometti. Warum ist das jetzt mehr Kunst als das Nashorn an der Hauswand von Ben?, fragte sich Duval. Aber vielleicht würde das Nashorn in ein paar Jahrzehnten genauso bewundert werden. Alle die heute so verehrten Künstler waren zu Lebzeiten auch für verrückte Spinner gehalten worden. Vielleicht aber waren sie nur ihrer Zeit voraus. Vielleicht musste man auch nur einfach Glück haben, einen reichen Mäzen oder Galeristen finden, der einen förderte und ausstellte.

4

Am Dienstag nach Ostern ging Duval beinahe erleichtert zur Arbeit, auch wenn Hélène nörgelte, dass er sich wenigstens noch einen Tag hätte freinehmen sollen. Aber noch einen Tag mit der gesamten Familie im wie auch immer gearteten Kunstambiente würde er nicht ertragen, ohne seine Ungeduld und sein Unverständnis etwas zu brüsk auszudrücken. Er war nicht mit einer künstlerischen Ader ausgestattet, so viel war sicher. Er mochte klassische Landschaftsmalerei und er mochte es vor allem, wenn er etwas wiedererkannte. Von seinem Vater hatte er zwei Gemälde von Louis Pastour, einem Cannoiser Maler, geerbt: Segelschiffe auf dem Meer, die Farbe war dick aufgetragen, gespachtelt, wie es eine Zeit lang Mode gewesen war, und ein zartes Pastell, das den Blick auf den Suquet, den Altstadthügel, zeigte. Er hatte beide Bilder aus ihren altmodischen, klobigen Rahmen befreit und sie schlichter rahmen lassen und mochte das Ergebnis sehr. Alles andere sagte ihm nichts, er konnte es hier und da als amüsante Spielerei betrachten, aber irgendwann reichte es. Die nüchterne, um nicht zu sagen ernüchternde Atmosphäre des Kommissariats kam ihm heute geradezu wohltuend vor. Hier ging es bodenständig zu und dies war sein Terrain. Allerdings fuhr er schon wenig später wieder los, nicht ahnend, dass er der Kunst auch heute nicht entgehen würde.

Doch zunächst las er den Bericht der PTS durch. Auf dem Feldweg hinter dem Klinikgelände waren massenhaft Abdrücke gefunden worden. Zu viele, um etwas daraus zu schließen. Der Feldweg führte zu einem Reiterhof. Zu Fuß, zu Pferd und im Auto mit und ohne Pferdeanhänger schienen sich unzählige Menschen dorthin und von dort wegzubewegen. Übereinstimmungen mit den Fußspuren auf der Klinikseite, die im Übrigen auch zahlreich waren, Duval zog an dieser Stelle die Augenbrauen hoch, konnten nicht festgestellt werden. Allerdings waren auf der Feldwegseite auch zwei Baumstümpfe gefunden worden, die vielleicht als Hilfstreppe fungierten. Zu viele Spuren. Kletterten noch mehr Menschen dort über den Zaun? Und wenn ja, warum?

———

Er war sich sicher, dass er sich verfahren hatte. An den diversen Kreisverkehren hatte ihn die Stimme des Navigationsgeräts mehrfach irritiert, weil sie »am nächsten Kreisverkehr die vierte Ausfahrt nehmen« säuselte, dann aber unvermittelt befand, er solle »jetzt« den Kreisverkehr verlassen, zu einem Zeitpunkt, wo er die vierte Ausfahrt noch nicht erreicht hatte. Was denn jetzt, dachte er genervt. Hier oder die nächste?! Die Kreisverkehre hinter Cannes sahen alle gleich aus und schon zweimal hatte er sich so vor dem Tor einer Softwarefirma wiedergefunden. Das Navigationsgerät schwieg in diesen Fällen diskret. Vermutlich wollten die Hersteller verhindern, dass man wütend auf das Gerät einschlug. Er fluchte. Auf diese kurvige Straße, die offensichtlich nirgendwohin führte, war er sicher ebenso durch eine falsche Abzweigung geraten. Das Navigationsgerät hielt sich weiterhin vornehm zurück. Er hoffte auf eine Haltebucht, in der er wenden konnte, aber es kam nichts. Ein schwarzer Porsche mit getönten Scheiben rauschte ihm entgegen. Und in der nächsten Kurve stand er unverhofft vor einem riesigen, geöffneten Portal. »Domaine de la Colline« stand in großen Stahlbuchstaben an der Steinmauer daneben. Na, sieh an! Auf einem dezenten Tastaturfeld ebenfalls in Stahl konnte man einen Nummerncode eingeben. Wenn man denn einen hatte. Duval gab Gas, und das zweiflügelige Portal, das gerade zuschwang, öffnete sich langsam wieder. Er fuhr in einen waldähnlichen Park hinein. Alles war großzügig und gepflegt. Hinter Hecken, Mauern und Toren versteckten sich die Villen der Reichen. Nur manchmal erhaschte er durch die Tore den Blick auf einen Kiesweg, ein Auto, ein zurückliegendes Haus. Hier sah er ein Stück Dach. Dort ragte ein Türmchen vorwitzig über die Mauer, aber nirgends sah er Menschen. Er fuhr die Hauptallee entlang, rechts und links führten kleinere Straßen ab, die sich alle ähnelten und nach Singvögeln benannt waren: Meisenallee, Drosselallee, Amselallee. Er blickte erneut auf seinen Zettel. 108, Chemin des Collines. Vergeblich suchte er nach Hausnummern. So etwas Banales schien man hier nicht zu brauchen. Noch einmal machte der Weg eine Kurve und erneut fuhr er hügelauf. »Ihr Ziel befindet sich in 50 Metern auf der linken Seite«, mischte sich das Navigationsgerät überraschend wieder ein. Aha. Und schon setzte die Stimme nach: »Sie haben Ihr Ziel erreicht.« Sieh an. Duval parkte vor der Mauer und näherte sich dem schmiedeeisernen Tor. Durch die Stäbe hindurch erblickte er ein riesiges Grundstück, in dessen Mitte sich eine Villa aus Naturstein erhob. In der ersten Etage fand sich vor einer durchgehenden Fensterfront eine ausladende Aussichtsterrasse. Er drückte vergeblich gegen das Tor. Kein Namensschild, nur ein Klingelknopf. Beherzt drückte er darauf. »Ja bitte?!«, erklang eine krächzende weibliche Stimme.

»Ich möchte zu Monsieur Doria bitte.«

»Monsieur Doria empfängt nicht. Sie sind nicht angemeldet.«

»Ich bin von der Police Nationale in Cannes. Es ist dringend. Ich muss ihn sprechen.«

»Polizei?«, krächzte die Stimme durch den Lautsprecher.

»Ja.«

Es rauschte und schnaufte in der Sprechanlage. Es schien, als überlege die Dame schwer atmend. »Dann kommen Sie bitte«, sagte sie endlich. *Klack,* machte es leise und das Tor gab nach.

Duval schritt über einen gepflasterten Weg Richtung Villa und hörte außer dem Geräusch seiner Schritte nur Vogelzwitschern. Die Amseln, Meisen und Drosseln, die den Alleen ihre Namen verliehen hatten, schienen sich alle in diesem Park zu versammeln.

»Hier, bitte!« Eine Stimme bat ihn die Treppe hinauf. Eine schwere Eichenholztür öffnete sich und eine kleine, rundliche, ganz in Schwarz gekleidete ältere Dame begrüßte ihn.

»Sie sind von der Polizei?«

»Ja.« Duval zeigte seinen Dienstausweis. »Duval ist mein Name.«

»Haben Sie auch eine Karte?«

Duval stutzte und zog dann seine Visitenkarte aus der Brieftasche.

Sie blickte darauf und bat ihn nun herein. »Sie können hier warten. Monsieur Doria hat sich gerade hingelegt, aber ich werde Sie anmelden.«

»Sie sind ...«, Duval zögerte, »eine Verwandte?«, fragte er dann.

»Ich bin sein Kindermädchen«, antwortete sie.

»Sein Kindermädchen?« Duval fragte sich, ob ihn eigentlich alle zum Narren gehalten hatten. War Monsieur Doria tatsächlich noch ein Kind?

»Ich war zwanzig Jahre alt, als Monsieur Doria geboren wurde«, erklärte sie. »Ich habe mich von Anfang an um ihn gekümmert. Seine Mutter war krank und ist früh verstorben. Sein Vater hatte weder Zeit noch Lust, sich um seinen Sohn zu kümmern. Ich bin immer noch für ihn da, so lange ich es eben kann. Ich bin jetzt 85«, setzte sie hinzu. Dann schwieg sie abrupt, als habe sie schon zu viel gesagt. »Warten Sie hier«, sie schob ihn nun beinahe in den Salon. »Ich werde Sie anmelden.«

Allein in dem großen Salon wusste Duval nicht, wo er zuerst hinsehen sollte. Auf das Panorama, das sich ihm hinter der halb geöffneten Fensterfront bot, auf die enorme Terrasse davor oder auf die riesigen Kunstwerke, die in dem Salon verteilt waren. Bilder und großformatige Fotografien hingen an den Wänden, die Skulptur eines menschengroßen knallrot lackierten Gorillas beherrschte einen Teil des Raumes, im anderen hing ein runder Kaminofen von der Decke und darum waren locker große, moderne Sessel gruppiert. Alles sah hier nach Kunst und Design aus. James Bond, dachte er, dies könnte eine Villa in einem James-Bond-Film sein. Er machte ein paar Schritte auf die Aussichtsterrasse und schaute auf die unter ihm liegende Ebene. Umwerfend, dieser Blick! Offenbar war er am höchsten Punkt der Domäne. Unter ihm erstreckte sich das hügelige Hinterland bis zum in der Sonne glitzernden Meer. Er versuchte, sich zu orientieren. War das da vorne schon Nizza? Er schnüffelte leicht. Von irgendwoher kam ein leichter Zigarettengeruch.

»Monsieur Doria kommt sofort. Wenn Sie bitte hinein-
kommen wollen?!«

Duval gehorchte und sie schloss hinter ihm die Schiebetür und entzog ihm den Panoramablick, indem sie die weißen, bodenlangen Stores zuzog. »Monsieur Doria ist sehr
lichtempfindlich«, erklärte sie.

»So«, machte Duval höflich, als verstünde er das und ver-
tiefte sich nun in den Anblick der Gemälde. Da hatte er
heute dem Kunstdiskurs entgehen wollen und entkam ihm
doch nicht.

»Bonsoir, Commissaire, verzeihen Sie, dass ich Sie warten ließ. Ich habe ein wenig ungewöhnliche Zeiten und ich
hatte mich schon zurückgezogen.«

Duval sah zunächst nur den rot schimmernden Morgenmantel im Halbdunkel, bevor er Monsieur Dorias Gesicht
wahrnahm. Blass war er, groß und hager und dennoch mus-
kulös. Wie ein Tänzer, dachte Duval. Für einen Mitte Sech-
zigjährigen schien er gut in Form zu sein.

»Ich bin, zugegeben, auch etwas überraschend gekommen«, entschuldigte sich Duval.

Monsieur Doria hatte sich umgewandt und nahm aus
den Händen seines Kindermädchens ein Glas und eine
Karaffe entgegen. »Kann ich Ihnen ein Glas Wasser anbieten?«

»Danke, gern.«

»Setzen Sie sich doch.« Er wies auf einen der modernen
Sessel. Vorsichtig ließ Duval sich nieder und balancierte
dabei sein Wasserglas.

Monsieur Doria setzte sich ihm gegenüber mit dem
Rücken zum Licht.

»Beeindruckend«, begann Duval und deutete auf den
nun nicht mehr sichtbaren Blick.

Monsieur Doria nickte dankend. »Ich fühle mich wohl hier. Ich habe das Haus vor noch nicht allzu langer Zeit erworben. Ich wollte Moderne, ich wollte Luft und einen freien Blick. Die Fensterfront geht nach Osten. Ideal. Sie sind aber nicht gekommen, um mit mir über das Haus zu sprechen, vermute ich. Ihr Besuch hat sicher einen dringlicheren Grund?«

»Monsieur Doria«, begann Duval, das Glas noch immer in der Hand. Er suchte vergeblich eine Möglichkeit, es abzustellen, trank einen winzigen Schluck und stellte das Wasserglas auf den Boden. Dann zog er die Fotografie des jungen Mädchens aus seiner Brieftasche hervor. »Ich wüsste gerne, ob Ihnen dieses Gesicht etwas sagt.« Er erhob sich leicht und hielt Monsieur Doria die Fotografie entgegen. Doria streckte seinerseits die Hand danach aus.

Duvals Hände waren trocken und rau und seine Fingernägel waren kurz, aber schlecht geschnitten. Er war rothaarig und seine Haut vertrug ebenfalls nicht viel Sonne, dennoch hatte er bereits leichte Sommersprossen unter den rötlichen Härchen seiner Hände. Die Hände Luciano Dorias hingegen waren feingliedrig, blass, weich und die Fingernägel wohl maniürt.

Er hielt die Fotografie in seinen gepflegten Händen und betrachtete sie. »Nein«, sagte er dann. »Nie gesehen. Was sollte sie mir sagen?«

»Sie sind sicher?«, fragte Duval nach. »Diese junge Frau ist am Mittwochabend in einem Bistro in Cannes auf noch ungeklärte Art ums Leben gekommen. Sie war am gleichen Abend aus einer Klinik verschwunden, die hier ganz in der Nähe liegt, das aber nur am Rande. Die Klinik La Grange, vielleicht kennen Sie sie? Ich bin mit der Ermittlung beauftragt, da uns ihr Tod suspekt erscheint.«

»Und inwieweit betrifft mich das?« Monsieur Doria zeigte keine besondere Gefühlsregung.

»Es betrifft Sie insofern, als Sie diese junge Frau vor anderthalb Jahren auf der Insel Ste. Marguerite vor Cannes entdeckt haben. Damals war sie verletzt.«

Monsieur Doria erhob sich und lief ein paar Schritte hin und her. »So«, sagte er, »sehen Sie! Wenn ich sie damals nicht gefunden hätte, mitten in der Nacht mit dieser Kopfverletzung, dann wäre sie vermutlich schon früher gestorben. In dieser Nacht nämlich. Und jetzt ist sie trotzdem tot. Ich habe mich immer wieder gefragt, ob es richtig war, sie damals gerettet zu haben. Sie hatte ihr Gedächtnis verloren, nicht wahr?« Mit gesenktem Kopf sprach er weiter. »Ist das nicht auch schon eine Art Tod? Eine Art Tod auf Raten. Ihr Körper ist noch da, aber ihr Ich ist schon woanders. Wie grausam, nicht mehr zu wissen, wer man ist!«

Duval schwieg.

»Weshalb waren Sie damals nachts draußen?«, fragte er dann.

»Ich bin ein Anhänger des Mondes«, antwortete Doria sehr ernsthaft. »Sie werden es nicht glauben, aber der Mond hat mich gerettet, in gewisser Weise. Und die Yogaübungen.«

»Aha«, machte Duval und gab sich verständnisvoll.

Doria schien es zu genügen, um weiterzusprechen: »Ich richte mich in allem nach dem Mond! Auch wenn alle der Sonne huldigen, ich lebe im Einklang mit dem Mond. Der Mond ist der Spiegel unserer Seele, wissen Sie? Und ich mache täglich, genauer genommen, jede Nacht Yogaübungen, und ich mag es, meinen Körper dabei zusätzlich dem Mondlicht auszusetzen, soweit es im Winter die Temperaturen erlauben. Ich versuche, diskret zu sein, aber vermutlich hat mich schon der eine oder andere dabei gesehen. In der besagten Nacht wollte ich danach im Mondlicht schwimmen gehen, es war Vollmond, wissen Sie?! Und dabei habe ich sie gefunden.«

»Sind Sie häufig auf Ste. Marguerite?«

»Hin und wieder. Das einfache Leben dort gefällt mir. Es ist für mich wie eine Atempause, eine Erholung von allem. Ich faste dann und meditiere. Mache Yoga.«

Das einfache Leben, dachte Duval, aber er ließ sich mit einer Riva bringen und abholen. »Das könnten Sie doch auch hier tun, oder?«, fragte er dann.

»Es ist nicht dasselbe.«

»Aha. Sonst leben Sie hier? Oder in Genua?«

»Sie sind gut informiert.« Monsieur Doria lächelte fein. »Mal hier, mal da. Man muss sich um seinen Besitz kümmern, die Häuser bewohnen. Ich besitze noch ein Haus auf Sizilien.« Er atmete hörbar aus. »Es ist anstrengend, wissen Sie?! Immer gibt es Reparaturen, die anstehen und die überwacht werden wollen. Der Palazzo in Genua ist ein Fass ohne Boden in dieser Hinsicht.« Er seufzte. »Ich habe es satt. Diese alten, düsteren Gemäuer, die Verantwortung für den Erhalt und all diese Familienschwere seit Jahrhunderten.« Einen Moment schwieg er. »Dieses schlichte Häuschen auf der Insel ist für mich wie eine Befreiung. Ich weiß nicht, ob Sie das verstehen können?«

Duval nickte halb, halb hob er die Schultern. Was er verstand, war, dass auch die Reichen nicht einfach glücklich waren. »Sie sprechen perfekt Französisch«, sagte er plötzlich. »Wie kommt das?«

»Meine Mutter war Französin. Sie verstarb kurz nach meiner Geburt. Marie-France, mein Kindermädchen, wurde beauftragt, mit mir in der Sprache meiner Mutter zu kommunizieren. Zu ihrem Andenken.«

Duval verabschiedete sich alsbald. »Wie komme ich eigentlich hinaus, wenn das Portal der Domäne nicht zufällig geöffnet ist?«, fragte er schon auf der Treppe. »Gibt es einen Code?«

»Sie müssen anrufen. Wir öffnen dann. Ein Code kann auch missbräuchlich verwendet werden, wissen Sie?! Wenn wir nicht da sind, öffnet niemand und es kommt niemand hinein.« Er sah Duval an. »Zumindest ist das die Theorie.«

»Danke.«

Binnen fünf Minuten stand Duval von innen vor dem Portal der Domäne. Er stieg aus und suchte in dem elektronischen Verzeichnis des Türöffners den Namen Doria. Dann klingelte er.

Er wartete neben der Sprechanlage, aber er hörte nur ein kurzes Knacken und das Portal schwang langsam auf. Er hob den Blick. Zwei Kameras waren über dem Portal angebracht, die vermutlich direkt mit den Villen verbunden waren. Er stieg ein und fuhr die schmale, kurvige Straße wie aus einem Traum wieder hinab in das wuselige Gewühl der städtischen Realität. Er hatte schon viele gesicherte Villen und Wohnanlagen zu Gesicht bekommen, manche hatten auch eine Art Concierge, bei dem man sich anmelden musste, diese Domäne aber hatte eine ganz besondere Atmosphäre. Er hätte gut noch ein paar Fragen stellen können, aber er wollte sein Pulver nicht vorzeitig verschießen.

———

»Dieser Doria«, sagte Duval gerade, »das ist ein komischer Kauz. Können wir mal schauen, was wir über den finden?!«

»Doria wie weiter?«

»Luciano Doria. Alter italienischer Adel, wenn mich nicht alles täuscht, ansässig in Genua.«

»Und in welche Richtung soll ich suchen?«, fragte LeBlanc.

»In jede.«

»Aha.«

»Vielleicht finden Sie was zu seiner Villa in der Domaine Les Collines in Mougins. Ich habe die ganze Zeit überlegt, wo ich so eine Villa schon einmal gesehen habe. Ich dachte, in einem James-Bond-Film, da könnte ich sie mir zumindest gut vorstellen. Aber ich glaube, sie erinnert mich an ein Haus aus einem alten Hitchcock-Film mit Cary Grant. *North by Northwest*. Wissen Sie, der Film, in dem Cary Grant mitten im Nirgendwo auf einen Kontakt wartet und dann in ein Maisfeld fliehen muss.«

Léa zog die Augenbrauen hoch.

»Das ist doch eine grandiose Szene! Mögen Sie Hitchcock nicht, Léa?«

»Doch, doch«, sagte sie lahm. »Und das Haus?«

»Sieht man am Ende des Films, irgendwo in den Rocky Mountains. Sehr moderne Villa, große Glasfront ...«

In dem Moment rauschte Villiers in Duvals Büro und knallte ihm einen Stapel Papier auf den Tisch. »Hier! Ihr werdet es nicht glauben! Man hat sie vergiftet! Mit einem Herzmittel!«

»Ach was!« Duval griff schnell nach den Papieren und blätterte den Obduktionsbericht von Dr. Charpentier durch. Er überflog die Ergebnisse der äußeren Leichenschau, in der Größe, Gewicht und Körperbau der Toten angegeben waren, sie hatte eine fast nicht sichtbare Blinddarmnarbe, kleine Kratzer an den Beinen, ein paar Leberflecken auf dem Rücken. Eine Rippe war angebrochen, vermutlich von der Reanimation. Hastig blätterte er weiter. Da! Digitalisglykoside. Er überflog die ausführlichen medizinischen Erklärungen des Gerichtsmediziners. Alle Digitalisglykoside verringerten die Herzfrequenz, was herzinfarktgefährdeten Patienten bei Aufregung einen solchen vermeiden half, er überflog es nur, er wusste das alles schon, bei gesunden Menschen jedoch verlangsamten die sogenannten Herzglykoside die Herzfrequenz und führten bei Überdosierung zu Bradykardie, zu einem langsameren Herzschlag als üblich. Damit einher gingen Übelkeit, Erbrechen, Müdigkeit.

In der Niere der Toten wurde eine hohe Dosis eines Herzglykosids nachgewiesen. Davon ausgehend, dass die Hälfte des Wirkstoffs nach etwa ein bis zwei Tagen nach der Verabreichung den Körper wieder verlassen hat, konnte man von einer starken Überdosierung eines Herzmittels ausgehen. Welches Medikament dafür infrage kommen konnte, vermutete Doktor Charpentier nur. Digoxine Nativelle war das in Frankreich am häufigsten verschriebene Medikament. Es wurde in Ampullen, Tabletten- und in Tropfenform hergestellt. Da sich keine Einstiche in den Armen der Toten fanden, schloss er eine intravenöse Gabe aus. Das Medikament war vermutlich oral verabreicht worden. Die Wirkung trat bei einer oralen Gabe, je nach Dosierung, etwa nach einer Stunde ein.

Was hatte Luciano Doria gesagt? Wenn er sie nicht gefunden hätte, wäre sie vielleicht damals schon gestorben. Wenn man sie jetzt vergiftet hatte, dann war vielleicht auch die Verletzung, die sie sich vor anderthalb Jahren zugezogen hatte, ein Anschlag auf ihr Leben gewesen?

»Können wir denn mit Bestimmtheit ausschließen, dass sie nicht doch eine Herzschwäche hatte?«

Villiers zuckte mit den Schultern.

Digoxine, dachte Duval. Noch immer eines der meistver-schriebenen Medikamente bei Herzschwäche oder Herz-rhythmusstörungen. Wer hatte es ihr verabreicht? Wo war sie gewesen? Sie müssten diesen Kerl endlich finden, mit dem sie in das Bistro gekommen war. Oder hat sie es selbst genommen? War sie depressiv? Wollte sie dieses Leben ohne Erinnerung nicht mehr leben? Das müsste der Arzt in der Klinik doch wissen. Verschwieg er ihnen etwas?

»Ich will diesen Kerl haben, der mit ihr unterwegs war!«, rief er lauter als gewollt. »Wie weit sind wir denn mit dem Phantombild? Und rufen Sie mal diesen Klinikarzt in Mou-gins an. Oder versuchen Sie an die Unterlagen des Kranken-hauses zu kommen, die haben damals doch sicher ein EKG gemacht. Oder Villiers, wissen Sie was ... wir fahren eben noch mal in diese Klinik.«

»Sie haben das Phantombild schon seit gestern in Ihrem Rechner, Commissaire«, ließ Léa sich vernehmen.

»Ah, danke.« Duval klickte es an, besah es kurz und druckte es dann aus. Er hatte immer noch gerne Papier in der Hand, nur mit digitalisierten Dokumenten zu arbeiten, war ihm zu abstrakt.

»Soll ich trotzdem noch nach diesem Dario suchen?«, rief LeBlanc.

»Doria«, korrigierte Duval. »Unbedingt!«

»Und wir gehen vorher noch mal in diesem Bistro vor-bei«, sagte Duval und war schon zur Tür hinaus. Villiers folgte ihm eilig.

Im Bistro ließ sich Duval vom Wirt einen doppelten Espresso servieren und noch einmal bestätigen, dass das Phantombild mit seiner Erinnerung an den unbekannten Begleiter des Opfers, zum ersten Mal sprach Duval von der jungen Frau als Opfer, übereinstimmte. Ein ovaler Kopf,

wenig Haare, schon leicht grau und ein längerer Dreitagebart. Er hat einen Eierkopf, dachte Duval grimmig.

―――――

»Aber das ist doch Monsieur Martin!«, rief Madame
Pommier überrascht aus. »Docteur, schauen Sie!« Sie hielt
ihm das ausgedruckte Phantombild entgegen.

»Stimmt«, sagte der Arzt und nickte. »An den Namen
erinnere ich mich nicht, aber er war Patient hier.«

Duval war perplex. Dieser Eierkopf, dessen Bild er nur
mit sehr wenig Hoffnung gezeigt hatte, war Patient in dieser Klinik gewesen!

»Sind Sie sicher?«

»Absolut.«

»Wann war das?«

»Also, das müsste ich nachsehen, um es Ihnen korrekt
wiederzugeben. Um Weihnachten herum, glaube ich.«

Madame Pommier nickte bestätigend und suchte in
ihrem PC. Sie saßen zu viert in ihrem Büro. Aus dem Fenster sah man auf den Park, in dem das Grün bislang nur
spärlich spross, und Duval erblickte einen Mann und eine
Frau, die Händchen haltend spazieren gingen.

»Da haben wir es«, sagte sie triumphierend. »Stéphane
Martin. Aufnahme am 22. Dezember«, las sie vor. »Er hat
uns am 2. Januar bereits wieder verlassen.«

»Ach«, machte Duval. »Das ging ja schnell. Was hatte er
denn?«

»Albträume«, ließ sich Doktor Robert vernehmen. »Wie-
derkehrende Albträume, die ihm Schlafstörungen verursachten. Nervosität. Leichte Angstzustände. Ich erinnere
mich wieder. Er hatte etwas Übernervöses, Überaktives. Ich

erinnere mich nicht mehr exakt an das, was er von seinen Albträumen erzählte. Aber er sprach hastig und schnell, es trieb ihn um.«

»Und nach zehn Tagen war er schon geheilt?«

Der Arzt zuckte mit den Schultern. »Er war deutlich ruhiger, als er ging. Manchmal tun den Patienten schon ein paar Tage Auszeit ganz gut, wissen Sie. Die Feiertage am Ende des Jahres sind eine emotional hoch belastete Zeit. Ich dachte, er suche einen Rückzugsort für einige Tage und dass ihm das schon geholfen habe, viel von dem Druck loszuwerden, den er mit sich herumtrug. Ich hatte keinen Grund, ihn zurückzuhalten.«

»Stéphane Martin«, wiederholte Duval. »Sie haben doch sicher seine Daten in Ihrem Computer. Gibt es eine Adresse? Haben Sie ein Geburtsdatum?«

Der Arzt wand sich etwas. Er berief sich auf seine Schweigepflicht.

Duval zog sein Mobiltelefon heraus und rief die Untersuchungsrichterin an. »Ich bräuchte ein Rechtshilfeersuchen, *Madame la Juge*«, begann er, aber Madame Pommier drehte ihm den Bildschirm entgegen, sodass Duval Einsicht hatte.

»17. 2. 1976 in Aix en Provence«, las Duval und notierte sich auch gleich die Anschrift. Er nickte Madame Pommier dankend zu, während er Madame Marnier lauschte, die sich, wie üblich, darüber beschwerte, dass Duval sie nicht über sein Vorgehen informiert hatte. »Ja, *Madame la Juge,* in Ordnung, ich melde mich umgehend, *Madame la Juge,* vielen Dank«, beendete er das Gespräch.

»Na, das ist doch schon was. Danke. Fragen Sie mal nach?«, wandte Duval sich an Villiers, »und veranlassen Sie, dass jemand zu dieser Adresse fährt, um das zu überprüfen.« Er hielt ihm den Zettel hin, auf den er die Anschrift notiert hatte. Villiers nickte und verließ das Büro. Duval sah ihn, wie er vor dem Fenster hin und her lief und telefonierte. Dann blickte er Duval durch das Fenster an und gestikulierte. Stéphane Martins gab es vermutlich wie Sand am Meer, da hatte Léa einiges durchzusehen.

»Haben Sie ein EKG machen lassen, bei Léna, seinerzeit, meine ich?« Duval sah den Arzt fragend an.

»Für uns heißt sie Eva«, korrigierte der Arzt. »Ein EKG? Bei uns?« Er überlegte kurz. »Nein. Es wurde aber sicher im Krankenhaus in Cannes gemacht. Ich kann das später in meinem PC nachsehen.«

»Sie hatte kein Problem mit dem Herzen?«

»Das ist mir nicht bekannt, sagen wir so.« Er sah Madame Pommier fragend an.

»Wenn Sie es nicht wissen, Docteur«, gab sie brüsk zurück, »woher soll ich bitte Kenntnis davon haben? Ich habe genug mit der Verwaltung dieser Klinik zu tun«, sagte sie. »Die gesundheitlichen Probleme der Patienten streife ich nur. Eva war ein Sonderfall, das gebe ich zu, aber dennoch. Aber«, setzte sie an, »habe ich richtig verstanden, dass dieser Stéphane Martin mit unserer Eva zusammen in diesem Bistro war, kurz bevor sie dort starb?«

»Richtig«, bestätigte Duval.

»Sie wollen sagen, sie haben sich hier kennengelernt?«

»Das ist möglich. Das können Sie aber sicher besser beurteilen«, antwortete Duval.

»Und Sie meinen, er ist in diese traurige Geschichte verwickelt?«

»Sehen Sie, das ist genau der Punkt«, hakte Duval ein, »diese traurige Geschichte, wie Sie sagen, hat sich jetzt als Mord herausgestellt. Ihre junge Patientin wurde nämlich mit einem überdosierten Herzglykosid vergiftet.«

»Wie bitte?« Madame Pommier schrie nicht, aber ihre Stimme klang schrill. Sie biss sich gleich danach auf die Lippen. Doktor Robert starrte den Kommissar an.

Villiers, der den Moment der Recherche genutzt hatte, um auf der Terrasse zu rauchen, klopfte kurz an das Fenster und schüttelte den Kopf. Nichts. Dieser Mann hier tauchte nicht im Polizeiregister auf. Er war ein unbeschriebenes Blatt. Villiers machte eine Geste mit der Zigarette. Ich rauche noch fertig, schien er sagen zu wollen. Duval zog nur leicht die Augenbrauen hoch.

»Das ist doch nicht möglich«, sagte Doktor Robert nun.

»Es ist nicht nur möglich, sondern gewiss. Insbesondere, wenn, wie Sie mir ja gerade bestätigten, Léna keine Veranlassung hatte, ein Medikament dieser Art zu nehmen. Wir haben den Obduktionsbericht«, ergänzte er noch. »Sie haben eine Apotheke hier, nicht wahr?«, fragte er dann. »Im zweiten Stock, in dem auch die Einzelzimmer liegen, wenn ich mich recht erinnere. Digitalis, Herzglykoside in irgendeiner Form, haben Sie so etwas dort?«

»Was wollen Sie denn damit andeuten?«, fragte Madame Pommier aggressiv. »Die Apotheke ist immer verschlossen. Nur die Oberschwester, Doktor Robert und ich haben Zugang! Und der Schlüssel dazu befindet sich in meinem Büro!«

»Gewiss haben wir Herzmedikamente dort. Es kann immer vorkommen, dass einer unserer Patienten an einer Herzinsuffizienz leidet.« Doktor Robert ließ sich nicht aus der Ruhe bringen.

»Würden Sie, Madame, nur um sicherzugehen, meine ich, in der Apotheke überprüfen wollen, dass alle Medikamente an ihrem Platz sind? Mein Assistent wird Sie begleiten«, fügte er hinzu und machte Villiers ein Zeichen, der immer noch auf der Terrasse rauchte, auf seinem Telefon tippte und gelegentlich zu ihnen sah.

»Nun, wenn Sie es anordnen«, sagte Madame Pommier spitz und erhob sich. Sie sah ehrlich gekränkt aus.

»Das tue ich«, sagte Duval.

»Marlène, bitte«, versuchte Doktor Robert zu beruhigen.

Duval öffnete die Tür zur Terrasse. »Villiers«, bat er den Commandanten, »würden Sie Madame bitte in die Apotheke begleiten?«

»Nun denn«, schnaufte sie und knallte ihre Absätze auf den Boden, als sie das Büro verließ. Villiers schloss sich ihr an.

»Sollten wir nicht vielleicht auch zur Apotheke gehen?«, schlug Doktor Robert vor.

Duval schüttelte den Kopf. »Ich möchte, dass Sie mir etwas mehr von diesem Stéphane Martin erzählen.«

»Ach so? Ich habe Ihnen alles gesagt«, setzte der Arzt an, dann schwieg er und dachte nach. »Ich praktiziere noch zweimal pro Woche in Mougins in einer Gemeinschaftspraxis, wissen Sie. Eines Tages tauchte er dort auf und erzählte mir von seinen Albträumen, die ihn umtrieben. Er wirkte in der Tat sehr nervös und fahrig, und ich wollte ihm ein leichtes Beruhigungsmittel verschreiben, das ihn, so hoffte ich, auch traumlos schlafen lassen würde, aber er bat darum, in der Klinik aufgenommen zu werden.«

»Hat er darum gebeten? Oder haben Sie es ihm vorgeschlagen?«

Der Arzt stutzte kurz. »Nein«, sagte er langsam. »Das war seine Idee. Ich sah keine Veranlassung dazu, aber er insistierte, und ich spürte so etwas wie eine große Not. Und wie ich schon sagte, die Tage um Weihnachten und Silvester sind eine emotional enorm belastete Zeit. Wir hatten Betten frei in der Klinik und zu einem privat zahlenden Patienten, da sage ich nicht Nein.«

»Haben Sie denn viel mit ihm gesprochen?«

»Nein, hier in der Klinik nur einmal, wenn ich mich recht erinnere. Ich fand alles etwas wirr, was er mir erzählte, ich schlug ihm vor, bis zum nächsten Termin alles aufzuschreiben, auch die Albträume, denn ich hatte ein paar Tage frei, Weihnachten, Sie verstehen, da läuft hier auch alles auf Sparflamme. Also natürlich ist ausreichend Personal da, aber die Therapien und Gespräche sind für ein paar Tage ausgesetzt. Und dann sagte er mir, dass er sich bedeutend besser fühle und verließ uns wieder.«

»Und das fanden Sie nicht merkwürdig?«

Der Arzt lachte kurz auf. »Ich bin Psychiater. Dies ist eine psychiatrische Klinik. Wissen Sie, wie viele merkwürdige Menschen ich jeden Tag erlebe? Er schien mir ruhiger zu sein, weniger nervös. Ich dachte, die Auszeit habe ihm gutgetan. Was weiß ich. Die Ruhe, die Abgeschiedenheit des Ortes, das Spazierengehen, ich hatte ihm für alle Fälle ein Beruhigungsmittel verschrieben. Ich hatte keinen Grund ihn zurückzuhalten. Aber jetzt, wo Sie den Zusammenhang mit Eva herstellen, da frage ich mich ...«

»Ob seine Albträume nicht nur erfunden waren, um in Kontakt mit ihr zu treten«, ergänzte der Kommissar.

Der Arzt nickte.

»Ich glaube das nicht nur, ich bin davon überzeugt«, sagte Duval. »Wissen Sie, er hat Ihre Eva an besagtem Abend in dem Bistro Léna genannt. Ich denke, dass er sie schon vor ihrem Gedächtnisverlust kannte und dass Léna ihr richtiger Name ist.«

Doktor Robert schwieg.

»Eine Frage noch. Ich glaube mich zu erinnern, dass

Madame Pommier mir sagte, Eva oder Léna, wie auch immer sie nun heißt, habe sich ein Einzelzimmer erbeten, nicht wahr?«

»Richtig.«

»Die Initiative ging von der jungen Frau aus? Oder haben Sie es ihr vorgeschlagen, um autonomer zu werden?«

Der Psychiater sah Duval lange an. »Ich weiß, worauf Sie hinauswollen«, sagte er. »Es ist richtig, Sie hat das Zimmer erbeten. Und jetzt, wo Sie mich fragen, sehe ich auch den Zusammenhang. Ich kann das noch mal überprüfen, aber ich bin ziemlich sicher, dass sie in diesem Zeitraum darum gebeten hat. Ich meine, zu der Zeit, in der Stéphane Martin hier war.«

»Wo war denn Monsieur Martin in dieser Zeit untergebracht?«

Der Arzt sah Duval düster an.

»Lassen Sie mich raten«, Duvals Ton klang resigniert, »in einem Einzelzimmer auf derselben Etage?« Der Psychiater nickte leicht. Beide Männer schwiegen.

Doktor Robert sah zur Tür und setzte dann an: »Unter uns, Commissaire, glauben Sie wirklich, dass Eva das Herzglykosid eingenommen hat, bevor sie die Klinik verlassen hat?!«

Duval zuckte mit den Schultern. »Wenn ich es richtig in Erinnerung habe, dann setzt die Wirkung von Herzglykosiden innerhalb einer Stunde nach Einnahme ein. Etwas früher oder später, je nach Dosis, je nach Körpergewicht. Ist das richtig?«

Doktor Robert nickte bestätigend.

»Der Tod der jungen Frau ist zwischen halb zwölf und Mitternacht eingetreten. Eine Stunde vorher, also gegen 22 Uhr 30, muss sie es zu sich genommen haben. Die Frage könnte man nur beantworten, wenn man wüsste, wann sie die Klinik verlassen hat.«

Man hörte sie sprechen und lachen. Madame Pommier und Villiers schienen sich blendend zu verstehen. Demonstrativ stieß Madame Pommier ein glockenhelles Lachen aus, als sie die Tür öffnete. Villiers' Wirkung auf Frauen gleich welchen Alters war immer wieder verblüffend. Kokett und etwas spöttisch sagte sie: »Tut mir leid, Sie enttäuschen zu müssen, Commissaire, aber wir haben Digoxin Nativelle in Tablettenform in unserer Apotheke und die Packung ist noch nicht angebrochen.«

»Ich wollte nur sichergehen, Madame, das verstehen Sie bestimmt.«

»Selbstverständlich.« Sie lächelte gnädig.

Die beiden Polizisten verabschiedeten sich gleichzeitig mit der untergehenden Sonne. Auf der gesamten Strecke Richtung Cannes blinzelte Duval mühsam in den tief stehenden und ihn blendenden Sonnenball. Die schmutzige Autoscheibe machte es nicht besser. Hin und wieder sah er absolut nichts und Dorias Mondtheorie schien ihm in diesem Moment gar nicht so unverständlich.

»Was haben Sie eigentlich mit der Direktorin gemacht?«

»Wie Sie das schon fragen, Commissaire«, empörte sich Villiers gespielt. »Glauben Sie, ich habe sie in der Apotheke flachgelegt?«

»Keine Ahnung, ich habe nur dieses vielsagende Lächeln gesehen, das sie Ihnen zum Abschied zugeworfen hat. Und mir scheint, ich rieche dieses aufdringliche Parfüm immer noch.« Er schnüffelte leicht Richtung Villiers.

»*Quelquefois si seules, parfois elles le veulent*«, sang Villiers mit gespielt dramatischer Stimme, um dann noch eins draufzusetzen: »*Femmes, je vous aime*«, schmetterte er den

Refrain von Julien Clercs Hymne an die Frauen. Abrupt hörte er auf. »Was soll ich machen, Commissaire«, grinste Villiers. »Die Frauen und ich, so ist es eben.«

Duvals Mobiltelefon klingelte, er blickte darauf und gab es an Villiers weiter. »Léa«, sagte er.

Villiers nahm das Gespräche entgegen. »O. k. Aha. Na dann. Danke dir«, hörte Duval ihn sagen. »Nix«, sagte er dann und reichte das Mobiltelefon an Duval zurück. »An der angegebenen Adresse ist der Knabe nicht bekannt.«

»Wäre auch zu schön gewesen. O. k.«, sagte Duval. »Wir machen Schluss für heute. So kommen wir beide mal früh zu unseren Familien, was halten Sie davon? Und morgen versuchen wir aktiv diesen Stéphane Martin zu finden. Kann doch nicht sein, dass der wirklich unauffindbar ist.«

———

»Wer ist das, Papa?«, fragte Lilly und betrachtete neugierig das Phantombild, das Duval leichtsinnigerweise auf der Kommode im Eingangsbereich abgelegt hatte.

»Ach das«, sagte Duval und versuchte ihr das Blatt aus der Hand zu nehmen. »Das gehört zu meiner Arbeit, mein Schatz.«

»Ist das ein Verbrecher?«

»Ich weiß es nicht. Im Moment suchen wir ihn. Er ist verschwunden. Das ist ein Phantombild, das heißt so, weil wir es aus dem Gedächtnis am Computer gemalt haben. Jetzt zeigen wir es herum und hoffen, so den Mann zu finden.«

Hélène sah nachlässig auf das Blatt Papier in der Hand ihrer Tochter. »Na«, sagte sie überrascht, »das ist doch der Maler!«

»Welcher Maler?« Duval war perplex.

»Der Maler, mit dem Ben Kontakt aufnehmen wollte. Ben«, rief sie aufgeregt, »komm mal, wo hast du denn diesen Flyer, den dir die Galeristin gegeben hat?«

»Was ist los?«, rief Ben von Weitem.

»Komm mal! Bitte!«

»Was ist los?« Ben näherte sich und sah fragend von ihr zu Duval.

»Hier«, Hélène hielt ihm das Phantombild entgegen. »Das ist doch der Pop-Art-Maler, oder?«

»Was ist das?«, fragte er irritiert. »Ein Bild aus einer Verbrecherkartei?«

»Ein Phantombild«, erklärte Lilly altklug. »Papa sucht diesen Mann.«

»Im Ernst?« Ben sah Duval an.

Der nickte.

»Was hat er getan? Ja, das ist der Maler, ich bin sicher. Den Flyer mit seinen Eckdaten und einem Foto von ihm habe ich in der Ferienwohnung, aber ich habe seine Karte.« Er suchte in der Brieftasche und zog das Visitenkärtchen heraus. »Da«, sagte er. »*Grehgorieh Bernaah*«, mühte er sich mit dem Namen. »Oh! Er hat keine Adresse angegeben, nur E-Mail und ein Mobiltelefon.«

»Grégory Bernard«, korrigierte Hélène schnell.

»That's what I say! *Grégory Bernaah.*« Ben sah sie verärgert an. »Das IST sein Name. Er signiert *Biehdschie.*«

»Was?«, fragte Duval verständnislos.

»*Behschee,* BG, seine Signatur auf den Bildern«, erklärte Hélène erneut. »Steht für Bernard Grégory, also zumindest, wenn er den Nachnamen zuerst nennt.«

»*Oh, come on*«, winkte Ben ab. »Ich bin sicher, er sagt *Biehdschieh.* Mit dieser New-York-Pop-Art will er bestimmt gerne Amerikaner sein.«

»*Behschee* heißt auch *Beau gosse*«, ließ sich Lilly dazwischen hören.

»Ach so?«, sagte Hélène überrascht. »Woher weißt *du* das denn schon?«

»Das sagt Mathilde zu Matteo.«

»Ach was?« Jetzt war auch Duval verblüfft. »Wer ist denn Mathilde?«

»Matteos Verliebte.« Offensichtlich war sie stolz, das weiterzugeben.

Duval sah Hélène an, die mit den Schultern zuckte.

»Soso«, machte Hélène.

Duval verstand plötzlich das ununterbrochene Getippe seines Sohnes auf dem Smartphone. Er war erst zwölf, na gut zwölfeinhalb. So schnell ging das. Mathilde. »Nun«, begann er, »er ist vielleicht auch ein *beau gosse*, ein hübscher Kerl, unser Grégory Bernard, kommt halt drauf an, für wen. Ich dachte bis eben noch, er hieße Stéphane Martin.«

Hélène betrachtete erneut das Phantombild. »*Beau gosse* oder nicht, hol mal diesen Flyer«, bat sie Ben. »Da war sein Foto drauf!«

»Jetzt?«

»Ja, jetzt«, sagte sie eindringlich.

»Ich kann dich hinfahren«, schlug Duval vor.

»Aber wenn der hier doch Stéphane *Mahtain* heißt«, wandte Ben ein, »das hast du doch gesagt, oder habe ich das falsch verstanden? Und der Maler heißt *Grehgorieh Bernah* ...« Er sprach die Namen mit den vielen »r« mühevoll aus.

»Stéphane Martin ist ein Allerweltsname«, unterbrach Duval schnell. »Hunderttausend Männer heißen in Frankreich so«, erklärte er. »Sogar bei uns in der STUP arbeitet einer!«

»Wo? Was ist *Stüpp?*«, fragte Ben dazwischen.

»Die Drogenfahndung, *Brigade des stupéfiants,* hier sagt man STUP«, erklärte Duval. »Was ich sagen will, er hat sich diesen unauffälligen Namen vermutlich gegeben, um, ohne Spuren zu hinterlassen, in eine Klinik zu kommen. Jetzt bin ich sicher, er heißt Grégory Bernard oder vielleicht heißt er auch noch mal ganz anders, aber es ist DIESER Mann! Das ist entscheidend!«

5

Sieh an, dachte Duval und klickte sich durch das Polizeiregister. Grégory Bernard war der richtige Name des Mannes, den sie suchten, und nun fanden sich auch Spuren von dessen Existenz. Tatsächlich betätigte er sich in Cannes als Kunstmaler, allerdings hatte er auch einen mehrjährigen Gefängnisaufenthalt vorzuweisen. Totschlag im Affekt. Von wegen ein paar Jahre in den USA. Ein paar Jahre im Knast war er gewesen, der Herr Kunstmaler. Die letzten zwei davon hatte er im nagelneuen Gefängnis in Draguignan verbringen dürfen. So lange war er noch gar nicht wieder draußen. Anfang Dezember. Und knapp drei Wochen später hatte er sich selbst unter einem falschen Namen wegen Albträumen in die Klinik La Grange eingewiesen.

»Jetzt weiß ich auch wieder, woher ich seine Visage kenne«, sagte Villiers. »Das war vor ein paar Jahren. Ich war ganz neu in Cannes. Er hatte diesen Immobilienfuzzi, diesen Jean-François Bellutini, im Streit erschlagen. Das machte einen ziemlichen Wirbel.«

»Und jetzt ratet mal«, mischte sich LeBlanc ein, »von wem unser italienischer Adliger aus Genua seine James-Bond-Villa gekauft hat?«

»Nein?! Von Bellutini?«

»Genau der! Und jetzt haltet euch fest, er hat die Villa von

Bellutini für eine ordentliche Summe gekauft und knapp zwei Monate später war Bellutini tot.«

»Na, das ist ja merkwürdig.«

»Allerdings.«

»Bellutini, Bellutini. Kann ich mal ein bisschen mehr erfahren über diesen Kerl? Und diesen Herrn Kunstmaler würde ich wirklich gern mal sprechen«, seufzte Duval, »aber der ist anscheinend untergetaucht.«

»Na, ich würde an seiner Stelle auch untertauchen. Hast gerade deine Strafe abgesessen, kommst raus und gehst einmal mit einem Mädchen aus und es stirbt neben dir. Je nachdem an welchen Flic du gerätst, sitzt du schneller wieder im Knast, als du ›piep‹ sagen kannst.«

»Hat er sie in dieser Klinik kennengelernt?«

»Ich denke, er kannte sie schon vorher. Er hat sie mit einem anderen Namen angesprochen, als mit dem, den sie ihr in der Klinik verpasst haben.«

»Oder sie hat sich auch einen falschen Namen gegeben.«

»Ist das logisch? Sie trägt sowieso schon einen Namen, der vermutlich nicht der ihre ist. Wieso sollte sie noch einen neuen Namen erfinden?«

»Nur so eine Idee.« Léa zuckte mit den Schultern.

»Mein ...«, Duval zögerte, »der neue Mann meiner Ex-Frau«, setzte er dann mit bewusst schrägem Lächeln an, »ist auch Künstler und vielleicht können wir über ihn Kontakt aufnehmen. Von Maler zu Maler.«

»Sie sind ja cool, schicken Ihren Nebenbuhler mal eben zu einem Mörder. Versuchen Sie, ihn loszuwerden?«, lachte Léa frech.

»Mörder. Immer langsam. Im Moment suchen wir ihn als eventuellen Tatverdächtigen«, korrigierte Duval. »Nein, mein ... Herrgott, wie nennt man denn den neuen Lebensgefährten seiner Ex-Frau, gibt's da nicht einen Begriff, irgendetwas Kürzeres?«

»Cousin«, schlug Léa immer noch lachend vor. »Cousin geht immer.«

»Der neue *Mec* meiner Ex«, schlug Villiers vor.

Duval machte eine Grimasse.

»Wie wär's mit dem Vornamen?«, mischte sich die Sekretärin ein, die die letzten Sätze in der Tür stehend vernommen hatte. »Wie heißt er denn, der neue Mann Ihrer Ex-Frau?«

»Danke, Emilia«, sagte Duval. »Er heißt Ben. Ben suchte tatsächlich Kontakt zu ihm. Wir haben kürzlich Bilder von dem Knaben in einer Galerie in Mougins ausgestellt gesehen. Der macht Pop-Art-Recyclingkunst. Und Ben ist auch im Recyclingkunst-Segment.«

»Aha.«

»Ja. Mehr versteh ich davon auch nicht«, gab Duval zu. »Also ich finde die Werke meines Schwa – von Ben meine ich, ganz nett. Also ohne transzendentalen Sinn, aber es ist nett. Amüsant, sagen wir so.«

»Und die Sachen von, wie heißt er noch?«, fragte Léa.

»Sachen«, wiederholte Duval ermahnend. »Leroc! Das ist Kunst! Mit einem großen K«, sagte er eindringlich. Er verdrehte spöttisch die Augen und zuckte mit den Schultern. »Ich kann mit alldem nicht viel anfangen. Bin aber vielleicht schon zu alt.«

Léa lachte erleichtert. »Sie haben mir schon Angst gemacht.« Sie klickte sich durch den PC. »Hm«, machte sie. »Smarter Junge. Aber die Collagen finde ich banal. Er hat früher auch andere Sachen gemalt«, sagte sie. »Mehr gegenständlich. Gefällt mir besser.«

»Wie finden wir ihn jetzt? Suchen? Rumfragen? Alle

Kneipen, am Bahnhof, alle Hotels, das Übliche?«, fragte LeBlanc.

»Genau so. Und solange wir ihn nicht haben, schauen wir uns alles drum herum an. Was ist mit diesem Bellutini? Warum hatte unser Maler Streit mit ihm? Kann man das mal in Erfahrung bringen? Wo wurde er verurteilt? Nizza? Aix? Oder in unserem lieblichen Grasse?«

»Von der Strafkammer des TGI in Nizza, wenn ich mich recht erinnere«, sagte Villiers.

»O. k.« Duval sah auf die Uhr. »Dann fahre ich da mal hin und versuche, Akteneinsicht zu bekommen.«

»Commissaire«, Emilia streckte erneut den Kopf herein. »Sie sollen sich dringend bei Louis Martinez von der STUP melden, ich habe ihn gerade im Treppenhaus getroffen.«

»Aha. Und um was geht's?«

»Hat er mir nicht gesagt.«

»Danke, Emilia.«

———

»Duval, gut, dass du kommst.« Louis Martinez drückte ihm die Hand. »Wir haben deinen Bruder gestern Nacht hochgenommen.«

»Ihr habt was?«

»Wir haben eine Razzia im *Gotha's* gemacht. In diesem Club am Cap Croisette, weißt du?«

Duval nickte vage. Er hatte davon gehört. Ein angesagter Musikclub.

»Wir sind seit Monaten hinter einem großen Fisch her und hatten einen Tipp, dass er da sein würde, um Geschäfte zu machen.«

»Geschäfte? Was denn für Geschäfte?«

»Wir sind hier bei der STUP, Léon, was glaubst du wohl?«

Drogen, natürlich. Aber was hatte sein Bruder damit zu tun? »Und?«, fragte er.

»Unser großer Fisch war nicht da, aber dein Bruder ist uns zufällig ins Netz gegangen.«

»Kann nicht sein.«

»Frédéric Duval, das ist doch dein Bruder, oder?«

»Jo.«

»Von was lebt er so, dein kleiner Bruder?«

»Keine Ahnung. Chauffeur, glaube ich. Wir sind uns nicht sehr nah. Er ist im Prinzip nur mein Halbbruder. Was werft ihr ihm vor?«

»Wir haben bei ihm illegale Substanzen gefunden, Koks und Pillen und jede Menge Bargeld. Kleine Scheine, große Scheine. Genug für ein paar Monate Knast.«

Duval sah Martinez düster an. »Wo ist er jetzt?«

»Unten in einer der Zellen. Erst hat er behauptet, der Stoff wäre nicht seiner, hätte ihm jemand gestern untergejubelt, aber wir haben bei ihm zu Hause noch mehr gefunden. Eine Pistole, eine Präzisionswaage und noch ein paar Gramm weißes Pulver. Und es ist kein Puderzucker, das kann ich dir sagen.«

»Ich fasse es nicht.«

»Du weißt also nichts davon?« Louis Martinez sah ihn prüfend an.

»Na hör mal! Natürlich nicht.«

»Er ist dein Bruder.«

»Er ist mein Bruder, na und? Ich kenne ihn kaum, er ist halb so alt wie ich, mein Vater war noch einmal verheiratet mit einer sehr viel jüngeren Frau. Die familiären Beziehungen waren zu Lebzeiten meines Vaters sehr angespannt und das hat sich nach seinem Tod nicht geändert. Ich habe so gut wie keinen Kontakt zu Frédéric. Was heißt so gut wie, ich habe keinen Kontakt zu ihm. Oder er nicht zu mir.«

»Das scheint sich gerade zu ändern. Er hat sofort nach dir verlangt.«

»Ach ja?«

»Ja, er sagte, ›ruft meinen Bruder an, der holt mich hier raus‹.«

»Hm.«

»Vielleicht sprichst du mal mit ihm, so unter Brüdern, was meinst du? Wenn er uns was zu *Tartar* erzählen könnte ... du verstehst, was ich sagen will?!«

»*Tartar*? So heißt der Typ, den ihr sucht?«

»Ja.«

»Ich versuch's, habe aber nicht viel Hoffnung. Wir sind uns nicht sehr nah. Er wird nicht auf mich hören.«

»Versuch's. Wäre auf jeden Fall besser für ihn.«

——— /

»Endlich!« Frédéric sah seinen Bruder wütend an. »Das hat ja gedauert.«

»Guten Tag erst mal, kleiner Bruder. Was hat gedauert?«

»Dass du mich hier rausholst.«

»Aha«, machte Duval. »Beim Rausholen sind wir noch nicht. Vielleicht erzählst du mir erst mal, wie du hier überhaupt reingekommen bist.«

»Irgendein Arsch hat mich gelinkt.«

Natürlich. Schuld sind immer die anderen. Duval hasste das. »Du dealst?«, fragte er kurz angebunden.

»Ach was«, Frédéric winkte ab. »Nicht der Rede wert. Ich verkaufe ein bisschen was an Freunde. Bisschen Taschengeld zusätzlich.« Er grinste.

»Nimmst du selbst Kokain?«

»Léon!« Sein Bruder verdrehte genervt die Augen.

»Was? Ja oder nein?«

»Was ist schon dabei? Alle tun das!«

»Alle. Aha. Ich nicht«, sagte Duval.

»Sei nicht so spießig, Léon.« Frédéric sah ihn verächtlich an.

»Spießig. Schönen Dank auch. Weißt du, was das für ein widerliches Dreckszeug ist? Weißt du, wie viel Benzin und buchstäblich Dreck da drin ist? Und wie viel zig Chemikalien sie später noch reinknallen? Mir kommt das Kotzen, wenn ich nur daran denke. Die Hersteller, wenn man die so nennen kann, arbeiten mit Masken und Handschuhen, um nur nichts davon zu inhalieren, und du ziehst dir diesen ekelhaften Dreck durch die Nase?«

Frédéric zuckte nur mit den Schultern. »Hin und wieder. Ist eben cool.«

»Cool, ja. Macht dich zu einem größenwahnsinnigen Arschloch. Hin und wieder. Von wegen. Sie haben noch Kokain bei dir zu Hause gefunden!«

»Aber nie im Leben! Das haben die mir untergejubelt. Die wollen mir was anhängen.«

»Wer will dir was anhängen?«

»Die Flics natürlich, diese Arschlöcher.«

»Schön den Ball flach halten, ich bin auch Flic.«

»Ja, ja, entschuldige«, rang Frédéric sich ab.

»Warum wollen sie dir denn was anhängen?«

»Was weiß ich. Holst du mich jetzt hier raus?«

»Das liegt nicht in meiner Macht.«

»Was? Du willst mich hier drin versauern lassen? In diesem verpissten Kabuff mit all den Pennern und Asozialen? Ich bin dein Bruder! Und du tust nichts für mich?«

»Hör zu Fréd, ich habe mit der STUP nichts zu tun. Das ist deren Geschichte. Aber wenn du ihnen was erzählen könntest zu einem Typen, der sich *Tartar* nennt, kann ich vielleicht was erreichen.«

»Aber das habe ich denen schon zigmal gesagt, ich weiß nichts!«, schrie Frédéric aufgebracht. »Ich kenne den Typen nicht mal. Ich weiß, dass er existiert, aber ich habe ihn nie gesehen!«

Duval sah seinen Halbbruder zweifelnd an. »Bei wem organisierst du denn deinen Bedarf?«

»Mann, Léon, du weißt doch gar nichts. Das gibt's heute an jeder Straßenecke.«

»Wenn du es sagst. Von was lebst du eigentlich? Bist du noch Chauffeur bei Madame Carlotto?«

»Nein, sie hat mich gefeuert, diese alte Schnepfe.«

»Warum?«

»Warum, warum. Was weiß ich, warum.«

»Und was machst du jetzt?«

»Ich fahre andere Leute.«

»*Tartar?*«

»Nein! Merde! Ich fahre Titi Winterstein.«

»Winterstein? Den Zigeuner?«

»Du bist rassistisch, Léon! Mein Bruder ist ein rassistischer Flic, was für eine Scheiße!«

Duval ging nicht darauf ein. »Winterstein hat nicht genug Brüder, Onkel oder Neffen, die ihn fahren können? Wieso braucht er dich?«

»Was weiß ich. Ist mir egal. Ich fahre ihn, er bezahlt mich und basta.«

»Er bezahlt dich in bar.«

»Hast du schon mal eine Bank gesehen, die einem Winterstein ein Konto einrichten würde?«

»Wo fährst du ihn hin?«

»Wo immer er hinwill. Gerade waren wir in Spanien.«

»Weshalb?«

»Weshalb? Was du für Fragen stellst. Weil er seine Familie in Spanien besuchen wollte.«

»Seine Familie?! Sicher?«

»Oh Mann Léon, bist du schwer von Begriff oder was? Ich fahre ihn, er zahlt, alles andere ist mir egal.«

»Weißt du, dass sie dich in den Knast stecken können, mit dem Stoff, den sie bei dir gefunden haben?«

»Ich habe damit nichts zu tun, León! Das musst du mir glauben!«

»Hast du nicht eben noch gesagt, dass du selbst das Zeug nimmst und an Freunde verkaufst?«

»Ja, aber nur ein paar Gramm hin und wieder.«

»Und die Waffe?«

»Waffe! Das ist eine Schreckschusspistole! Die habe ich als Fahrer von Winterstein bekommen. Für alle Fälle.«

»Und wieso hast du neuerdings ein Standbein in der Pâtisserie?«

»Was?«

»Musst du zur Herstellung irgendwelcher raffinierter Pralinen zehntelgrammweise die gemahlenen Mandeln abwiegen?«

»Hä? Was redest du denn da für eine gequirlte Scheiße?«

»Sie haben eine Präzisionswaage bei dir gefunden, Fréd!«

»Was?«

»Eine Präzisionswaage dient zum Abwiegen sehr kleiner Mengen. In deinem Fall vielleicht gemahlene Mandeln für Pralinen. Oder Kokain.«

»Quatsch. Ich habe nur eine Waage zu Hause. Das ist

eine normale Küchenwaage, Léon. Die sind heute so. So fein tariert, meine ich.«

»Ach was.«

»Sicher. Mann, Léon. Holst du mich jetzt hier raus oder was?«

»Das liegt nicht in meiner Macht, Fréd.«

»Was? Wozu bist du denn überhaupt gekommen? Du bist doch Flic! Du willst mir nicht helfen!«

»Fréd. Ich bin nicht bei der STUP. Und wenn sie Kokain und jede Menge Bargeld bei dir gefunden haben, dann haben sie dich am Kragen und du landest entweder im Knast oder du arbeitest mit ihnen zusammen. Darauf wird es hinauslaufen. Ich lasse dich das überlegen. Jetzt habe ich was anderes zu tun. Salut, Fréd.«

»Ich hab dir doch erklärt, wo ich das Bargeld her habe«, schrie Fred ihm nach. »So sieht's aus. Du lässt mich hier versauern! Papa hätte mich rausgeholt, sofort! Aber du! Papa hat immer gesagt, dass du nichts taugst, und er hat recht!«, brüllte ihm Fréd gehässig hinterher.

Duval spürte, wie die Wut in ihm aufstieg. Die Geschichte mit seinem Vater hatte er noch immer nicht verdaut. Dein Vater, Fréd, dein Vater war krankhaft eifersüchtig und er hat einen Menschen auf dem Gewissen, damit du es weißt! Und diese krankhafte Eifersucht hat er an dich vererbt. Er sagte es nicht. Fréd würde ihm sowieso kein Wort glauben.

———

»Diesen *Tartar* kennt er nicht«, berichtete Duval Louis Martinez. »Ich glaube es ihm. Er ist Chauffeur, derzeit wohl für Titi Winterstein, mit dem war er in Spanien und der bezahlt ihn in bar. Daher all die Scheine.«

»Winterstein. Den Zigeuner?« Er pfiff durch die Zähne. »Sieh an.«

»Mein Bruder ist kein Dealer«, sagte Duval. »Zumindest keiner im großen Stil. Er hat weder die Intelligenz noch die Kaltblütigkeit dafür. Mein Bruder ist ein kleiner Pisser, der zu jung zu viel Kohle geerbt hat. Das hat ihm den Kopf verdreht. Vielleicht lebt er über seine Verhältnisse und vielleicht zieht er sich Koks durch die Nase, weil das schick ist, in gewissen Kreisen, aber mehr ...« Er zuckte die Schultern.

»Lasst ihn laufen«, bat Duval.

»Wir haben Koks bei ihm zu Hause gefunden«, setzte Martinez an.

»Na ja«, machte Duval mit einem skeptischen Gesichtsausdruck. »Vielleicht wollte ihm jemand was anhängen?!«

»Wer sollte das denn sein?«, fragte Martinez leutselig zurück.

»Keine Ahnung«, sagte Duval ebenso leutselig.

Martinez sah Duval lange an. »Na gut«, sagte er. »Dein Bruder hat noch keine Vorstrafen. Aber er soll mit dem Stoff aufpassen. Wenn wir ihn noch mal damit erwischen, wird es nicht so glimpflich ablaufen.«

»Danke«, sagte Duval. »Wenn ich bei Gelegenheit etwas für dich tun kann, melde dich.«

Martinez nickte. »In Ordnung«, sagte er und streckte Duval die Hand entgegen. Duval schlug ein.

Die A8 war frei und in weniger als zwanzig Minuten nahm er bereits die Ausfahrt nach Nizza. Dann aber wählte er nicht die pragmatische Variante über die Schnellstraße, sondern entschied sich für die Abzweigung *Centre Ville über die Promenade.* Er genoss es, sich der Innenstadt entlang der weit gezogenen Promenade des Anglais zu nähern. Hin und wieder musste man es ausnutzen, dass man da arbeitete, wo andere Urlaub machten. Seine Familie würde heute auch in Nizza sein, sie hatten ausgemacht, sich zu treffen. Insofern betrachtete er Nizza heute auch mit dem Auge des Urlaubers. Es fiel ihm leicht. Das Blau in Nizza war ein anderes als das Blau in Cannes. Vermutlich war es der blendend weiße Kieselstrand, der zusätzlich zur Weite alles in ein anderes Licht versetzte. Die blaue Küste verdiente sich hier noch einmal neu ihren Namen. Denn das Wasser war nicht nur blau, es war das reinste und intensivste Azur, das man sich nur vorstellen konnte. Immer von Neuem fand er die Fahrt entlang der Bucht befreiend und großartig. Blaue Atempausen, dachte er und fühlte sich einen Moment sehr poetisch und erhaben. Im Vorüberfahren erhaschte er Farbflecken. Hier eine orangefarbene Mütze, dort eine grüne Jacke, ein pinkfarbener Luftballon schwebte hoch oben durch die Luft und dahinter immer das Blau. Die breite Promenade war eine einzige Theaterbühne und das Blau war ihre Kulisse. Mit einem Auge sah er akrobatische junge Skater rasant gleiten oder Sprünge vollführen, in schrille Farben gekleidete Jogger lässig laufen und rundliche Spaziergänger gemächlich flanieren. Dazwischen trippelte eine alte Dame, die an einer langen Leine ein winziges Hündchen hinter sich herzerrte. Beinahe brachten sie damit einen Fahrradfahrer zu Fall, der in einer Schlangenlinie auswich und wütend eine Faust hob. An jeder roten Ampel betrachtete Duval die Menschen, die auf weißen Bänken oder auf den blauen Stuhlreihen saßen und sich von dem Blick auf das Meer einlullen ließen. Wintertouristen, *les Hivernants,* die nichts zu tun hatten und ihre Zeit vertrödelten. Es war ein blauer Tag, aber weder richtig sonnig noch besonders warm, und die Blätter der Palmen schwangen im Wind hin und her. Viele der so Sitzenden trugen dicke Jacken mit hochgestelltem Kragen, Frauen hatten Tücher um Hals und Kopf geschlungen.

Es wurde voller auf der Promenade, je näher er dem Stadtzentrum kam. Hier entdeckte man nun auch Soldaten in Tarnkleidung, mit grimmigem Blick und mit Maschinengewehren zwischen den Spaziergängern. Ein Anblick, an den man sich auch nach Jahren nicht wirklich gewöhnt hatte. Sicherheit sollten sie vermitteln, nach dem grausamen Attentat, das 2016 hier über 80 Tote und Verletzte gefordert hatte. Sicherheit sollten auch die Betonpflanzenkübel und Palmenpflanzungen geben, mit denen man die Promenade nun von der Straße getrennt hatte.

Er wählte das Parkhaus unter dem Cours Saleya, um noch ein paar Schritte durch die Innenstadt zu laufen, einen Blick auf den Markt und, durch die Torbögen der *Ponchettes,* einen letzten Blick auf Palmen und Meer zu erhaschen.

Drei Männer und zwei Frauen überquerten eilig den Platz vor dem Gerichtsgebäude und erklommen die Stufen. Sie trugen schwere Taschen und hatten ihren schwarzen Talar über dem Arm hängen. Noch war die Place du Palais nur wenig belebt. Zwei Obdachlose hatten ihre Rucksäcke und Schlafsäcke am Springbrunnen abgelegt und ließen ihre Hunde aus dem Bassin Wasser trinken. Erst mittags würden sich der Platz und die Restaurantterrassen füllen. Im Bistro an der Ecke trank Duval einen schnellen Kaffee im Stehen und eilte dann die weißen Stufen zum Gerichtsgebäude hinauf.

———

»Der Fall Bellutini? Haben Sie die Akte bestellt? Nein? Dann tut es mir leid.« Die Justizbeamtin hob die Schultern und ihr Blick war von herablassender Empörung. Was sich alle immer einbildeten, schien sie zu denken. Einfach so hereinzuplatzen und Akten anzufordern. Als habe sie nur das zu tun. »Es gibt Regeln, die befolgt werden müssen!«, sagte sie streng und leierte sie hinunter: Akten mussten schriftlich und vorzugsweise über das Internet angefordert werden, die Anfrage wurde geprüft und die Akten wurden bei einem positiven Bescheid aus dem Archiv ausgehoben. Das nahm im besten Fall drei Tage in Anspruch. Eine Woche war realistisch. Unter Umständen konnte es auch zu längeren Wartezeiten kommen. *On n'a que ça a faire,* sagte ihr Blick erneut. Akten ausheben. Als hätten sie nichts anderes zu tun. Das Prozedere war auch auf der Internetseite des Landgerichts zu finden. Die Polizei müsste das doch wissen!

Service Public, stand auf einem Schild, das vor ihr auf der Theke stand. Duval betrachtete es schweigend und tippte dann darauf »Stimmt, ich habe davon gehört, dass die Dienstleistung der Justiz für die Öffentlichkeit zu wünschen übrig lässt«, sagte er. »Ich dachte jedoch nicht, dass es schon so weit ist, dass auch wir als Kollegen davon betroffen sind. Wir sitzen doch alle im gleichen Boot, finden Sie nicht?!«

Sie starrte ihn giftig an. Herrje, er hatte es wieder verbockt. Er hätte sein Bedauern über die offensichtliche Personalknappheit ausdrücken sollen. Irgendetwas Verbindliches über die Mühen der Verwaltungsarbeit. Wie würde Villiers vorgehen, fragte er sich. Wie schaffte er es immer wieder, auch die schwierigsten Klippen der Administration in Form von missgelaunten Beamtinnen zu umschiffen?

»Nun«, begann er und versuchte ein Lächeln, um seinem Blick die Härte zu nehmen.

Aber sie sah ihn nicht mehr an. Ihr Blick war auf den jungen Mann gerichtet, der an einem kleinen Schreibtisch in der Ecke des Raumes saß und in einer Akte las.

»Monsieur Sampiero!«

Der junge Mann zuckte zusammen. »*Oui,* Madame la Greffière?«

»Begleiten Sie *bitte* den Commissaire zum Archiv!« Es war keine Bitte, sondern ein Befehl, und der junge Mann sprang eilfertig auf. »Selbstverständlich!«, nickte er gehorsam.

»Ich danke Ihnen, Madame la Greffière«, bemühte sich Duval, aber sie übersah ihn geflissentlich.

So kam es, dass Duval gegen alle Regeln und nach erträglicher Wartezeit im holzgetäfelten Lesesaal des Gerichtsarchivs, in dem es nach trockenem Staub und altem Papier roch, die Akte Bellutini in Empfang nehmen konnte. Die es, das war selbstverständlich, ausschließlich im Lesesaal zu konsultieren galt. Er blätterte die Dokumente einmal durch und begann mit der Aussage der Putzfrau, die Bellutini am Morgen gefunden hatte. »Ich dachte zunächst, dass Monsieur Bellutini einen Schwächeanfall erlitten habe. Die Fensterläden waren noch geschlossen, erst als ich sie geöffnet hatte, sah ich all das Blut ...«

Duval blätterte weiter und las den Bericht des Gerichtsmediziners, die Ergebnisse der *Police Scientifique,* die Befragung des Verdächtigen vor dem Untersuchungsrichter Dorignac, das Geständnis und dann die komplette Aufzeichnung der Verhandlung. Obwohl die Akte nicht besonders umfangreich war, hatte das sorgfältige Lesen Zeit in Anspruch genommen. Er wollte seine Lektüre nicht unterbrechen, so dass er sich um zwölf Uhr im Lesesaal einschließen ließ und eine SMS an Hélène schickte: »Bin noch im Gericht. Wo seid ihr?«

»Wir sind noch im Museum. Wollen dann Socca am Hafen essen. Wir warten dort auf dich!«, schrieb sie zurück.

Um 13 Uhr legte er die letzte Seite aus der Hand und seufzte erleichtert. Die Untersuchung war schnell und unkompliziert verlaufen, die oft monatelangen Wartezeiten bis zur Verhandlung waren hier auf ein Mindestmaß reduziert, schon nach drei Monaten war sie angesetzt worden, die Verhandlung selbst war in knapp zwei Tagen beendet. Der Angeklagte war geständig. Nur wenige Zeugen waren vorgeladen, darunter die Putzfrau, die den Körper entdeckt hatte. Madame Bellutini, die nicht besonders traurig wirkende Witwe, die erstaunlicherweise keine Anklage erhoben hatte. Drei weitere Zeugen, die Monsieur Bernard zumindest moralisch entlasteten. Er sei kein gewalttätiger Mensch, weder alkohol- noch drogenabhängig, auch wenn er in der besagten Nacht deutlich zu viel Alkohol im Blut hatte, wie Blutanalysen ergaben, nachdem er sein Geständnis abgelegt hatte. Unter den Zeugen waren die frühere Vermieterin von Bernard, ein Barmann der *Bar Nautic* in einer eher schlecht beleumundeten Straße der Innenstadt von Cannes und ein Maler, mit dem Bernard befreundet war und mit dem er sich zeitweise ein Atelier geteilt hatte.

Keine Spur der jungen Léna oder Eva oder wie auch immer sie heißen mochte. Oder aber ... Duval nahm sich noch einmal die Befragung durch den Richter vor.

Richter Dorignac: Wann genau begann der Streit zwischen Monsieur Bellutini und Ihnen?

Grégory Bernard: Gegen Mitternacht.

RD: Gegen Mitternacht. Könnten Sie das präzisieren?

GB: Präzisieren inwiefern? Ich hatte getrunken, mehr als ich vertrage, anscheinend. Ich vermute, dass es Mitternacht war, aber habe nicht auf die Uhr gesehen.

RD: Waren andere Personen anwesend?

GB: Nein. Wir waren alleine.

RD: Sie und Monsieur Bellutini?

GB: Ja.

RD: Worum ging es in dem Streit?

GB: Um meine Bilder. Er hatte mir versprochen, mich in gewisse Kreise der Gesellschaft einzuführen. In den Golf-club zum Beispiel. Dort sollte ich ausstellen. Das wäre ein großer Coup geworden. Ich habe viele Bilder extra dafür produziert. Es war eine wahnsinnige Arbeit gewesen. Aber jetzt wollte er davon nichts mehr wissen. Er sagte mir, er hielte meine Bilder für Schrott. Und das, obwohl ich ihm eines geschenkt habe!

RD: Er hat Sie gekränkt?!

GB: Er hat mich beleidigt. Vulgär beleidigt. Und er hat meine Arbeit beleidigt.

RD: Was hat er gesagt?

GB: Ich sei ein kleiner Pisser, der nichts in der Hose habe und meine Bilder seien nur Dreck. Zusammengeklebter Müll, hat er gesagt. Er verstand überhaupt nichts von Kunst.

RD: Verstehe. Was ist dann passiert?

GB: Ich war außer mir und versuchte, ihn an sein Ver-sprechen zu erinnern, aber er hat nur gelacht. Dann habe ich wohl diese Flasche gegriffen und ihn geschlagen.

RD: Sie wissen es nicht mehr?

GB: Nein. Ich erinnere mich nicht genau.

RD: Benutzen Sie ein Eau de Toilette, Monsieur Bernard?

GB: Wie bitte? Was tut das denn zur Sache?

RD: Beantworten Sie meine Frage!

GB: Nein. Wie Sie sehen trage ich einen Dreitagebart. Ich gehe hin und wieder zu einem Barbier, ansonsten rasiere ich mich selbst und ich benutze kein Eau de Toilette.

RD: Nutzte Monsieur Bellutini ein Parfum oder ein Eau de Toilette?

GB: Das entzieht sich meiner Kenntnis.

RD: Manchmal riecht man es einfach, nicht wahr?!

GB: [zuckt mit den Schultern]

RD: Wie erklären Sie sich die Tatsache, dass die Putzfrau, die Monsieur Bellutini morgens fand, noch den Duft eines Parfüms wahrnahm?

GB: [zuckt erneut mit den Schultern] Keine Ahnung.

RD: Man hat keine Fingerabdrücke auf der Whiskyflasche gefunden. Wie erklären Sie sich das?

GB: Ich denke, dass ich sie instinktiv abgewischt habe.

RD: Instinktiv, so. Womit?

GB: Ich weiß es nicht mehr. Mit einem Taschentuch vielleicht.

RD: Es war keine Frau anwesend, während Ihrer Zusammenkunft?

GB: Nein! Wie oft soll ich das noch sagen? Wir waren alleine! Vielleicht hatte Monsieur Bellutini noch Damenbesuch, bevor ich kam, das ist gut möglich. Er hatte einen gewissen Ruf.

RD: Haben Sie eine Idee, wer diese Frau gewesen sein könnte?

GB: Nein. Ich interessiere mich nicht für seine Bettgeschichten.

RD: Man hat in einer Schublade seines Schreibtischs eine nicht unerhebliche Menge Kokain gefunden. Wussten Sie, dass Monsieur Bellutini Kokain konsumierte?

GB: Nein.

RD: Sie wissen auch nicht, wie Monsieur Bellutini sich dieses Kokain beschaffte?

GB: Nein.

RD: Hat er Ihnen bei irgendeiner Gelegenheit angeboten, Kokain oder andere Drogen zu nehmen?

GB: Nein. Ich wusste nicht, dass er Kokain nahm. Er hat es mir nicht angeboten. Ich hätte es auch abgelehnt. Ich verstehe nicht ...

RD: Ja bitte? Sprechen Sie weiter!

GB: Ich verstehe nicht, weshalb Sie es so verkomplizieren?! Reicht es nicht, dass ich es gestanden habe? Ich war betrunken, ja, sicher. Wir haben uns gestritten. Er hat mich provoziert und ich habe ihn geschlagen. Ich war betrunken und wütend. Aber ich wollte ihn nicht töten.

RD: Aber Sie haben ihn dann verletzt liegen lassen und sind verschwunden, ohne Hilfe zu verständigen.

GB: [leise] Ja. Es tut mir leid. Ich war betrunken. Ich wusste nicht, was ich tat. Ich bedaure das. [Sucht den Blick von Madame Bellutini; Madame Bellutini sieht ihn nicht an] Verzeihen Sie mir, Madame!

RD: Sind Sie danach direkt nach Hause gefahren?

GB: Nein. Ich habe in der *Bar Nautic* noch etwas getrunken. Ich war so außer mir. Georges Renard, der Barmann, kann Ihnen das bestätigen.

RD: Wann sind Sie also bei sich zu Hause angekommen?

GB: Keine Ahnung. Ich war zu betrunken. Ich weiß nicht mal mehr, wie ich nach Hause gekommen bin.

———

Duval eilte zu Fuß durch die Innenstadt zum Socca-Restaurant, das in einer Seitenstraße am Hafen lag. *Chez Pipo* stand man quasi immer an, um einen Platz im Innern zu ergattern, so auch heute. Der Wind war noch stärker geworden, und es war eindeutig zu frisch, um draußen zu sitzen. »Was für ein blödes Wetter«, nörgelte Ben. »Wir hatten noch keinen wirklich warmen und sonnigen Tag. Ich verstehe das nicht. Alle Künstler sagen, sie seien wegen des besonderen Lichts in den Süden gekommen. *La lumière du Midi*. Van Gogh, Bonnard, Matisse und wie sie alle heißen. Nicolas de Staël sagte sogar, nachdem er das Licht des *Midi* gesehen habe, sei alles, was er vorher gemalt habe, sinnlos geworden. Alle reden von diesem Licht und ich sehe nur Grau. Ich dachte, an der Côte d'Azur schiene immer die Sonne!«

»Dass es an der Côte d'Azur immer sonnig sein müsste, behauptet nur die Tourismusbranche«, sagte Duval und zuckte resigniert die Schultern. »Es ist April«, fügte er hinzu. »Vorhin war es sehr hell und sehr blau, jetzt ist es eben grau, so ist das an der Küste«, erklärte Duval, als habe er schon immer hier gelebt. »Das kann sich hier auch schnell wieder ändern. Das ist das Besondere hier, finde ich. Nach ein paar grauen Tagen kann es auch wieder sehr sonnig sein. Dieses wochenlange Grau, wie ich es aus Paris kenne, das gibt es hier nicht.«

»Mh«, machte Ben und klickte auf die Wettervorhersage in seinem Smartphone. »Sieht nicht so aus, als wollte es aufklaren«, stellte er unzufrieden fest.

»Manchmal täuschen sie sich auch mit der Wettervorhersage. Man weiß es nie«, versuchte Duval, »aber April ist eben April.« April ist, wenn die fallenden Blütenblätter sich mit Schneegestöber vermischten, hatte er neulich irgendwo gelesen. Schnee lag zwar selten an der Côte d'Azur, aber im Hinterland hatte es tatsächlich noch einmal geschneit.

Immerhin ging die Skisaison auch bis Mitte April. Eine Windböe fegte um die Ecke und verschlug ihnen kurz den Atem. Die Markise, unter der sie anstanden, bewegte sich ächzend. Aber als sie einen Platz im Innern des einfachen Restaurants ergattert hatten, vergaßen sie das launische Aprilwetter.

Bei *Pipo* gab es Socca, ausschließlich Socca, die Frage war nur, wie viele Portionen von diesen Fladen aus Kichererbsenmehl man haben wollte. Riesige, runde Bleche davon wurden wie Pizzateig in Holzöfen geschoben. Kaum kam ein Blech aus dem Ofen, wurden die heißen, gebackenen Teigstücke rasch auseinandergeschnitten und auf Tellern blitzschnell serviert. Nur mit etwas Pfeffer bestreut, aß man die Socca mit den Händen. Während sie auf ihre Portionen warteten, gab es für alle eine große Platte gerösteter Brotscheiben, die mit verschiedenen Tapenaden bestrichen waren. Den Kindern gefiel das ungezwungene Ambiente. Es ging laut und lebendig zu. Man saß an einfachen Tischen und auf Bänken und rief seine Bestellung gestikulierend durch den Lärm. Das Essen wurde rasch serviert, schnell gegessen und der Tisch wurde schon für die nächsten Gäste frei gemacht. So war es zumindest gedacht. »Ich kann nicht mehr«, stöhnte Lilly verzweifelt. »Das ist so mächtig.«

»Allerdings«, sagte Duval und teilte den Rest ihrer Portion Socca mit Matteo. »Man vertut sich immer. Man denkt, das ist nur ein kleines Stück Pfannkuchen, ich werde hier hungrig rausgehen, und am Ende ist man pappsatt. Aber lecker war es, oder?«

»Ja«, sogar Matteo nickte zufrieden.

Später liefen sie gemeinsam um den Hafen, machten auf der neu gestalteten Terrasse am *Rauba Capeù,* dem Cap, an dem einem ›der Hut vom Wind geraubt‹ wird, trotz des

Windes, der ihnen zwar nicht den Hut, aber beinahe die Luft nahm, das obligatorische *#IloveNice*-Selfie. Die Bilder mit verwehten Haaren und Blick auf die weite Bucht mit schiefem Horizont schickten sie an Denise und Maurizio, an Duvals Mutter und an Annie. Ihren Kaffee tranken sie in einem Teesalon am Rande der Altstadt. Lilly durfte im Spielwarenladen ein paar Schritte weiter stöbern und Matteo wurde beauftragt, in einem nahen Buchladen nach originellen Ansichtskarten zu suchen. »Die Rue Droite ist ein Sträßchen voller Galerien«, erklärte Duval Ben. »Falls du noch Bedarf haben solltest nach all den Museen und Galerien, die du schon angesehen hast.«

»Kunst ist für mich nicht anstrengend«, erklärte Ben. »Ich kann das den ganzen Tag ansehen, es ermüdet mich nicht.«

»Mich irgendwann schon«, seufzte Hélène, »und vor allem die Kinder. Ich schlage vor, während du die Galerien ansiehst, gehe ich mit den Kindern an den Strand, wir sammeln ein paar der hübschen Kielsteine und sehen den Wellen zu. Danach stöbern wir ein bisschen bei den Trödelläden am Hafen und ich kaufe bei dem Confisier nebenan, wie heißt der noch?«, unterbrach sie sich.

Duval zuckte mit den Schultern. »Keine Ahnung.«

»Doch«, sagte sie, »das weißt du bestimmt, dieser Confisier, der auch einen Laden in Tourettes sur Loup hat und dort kandierte Veilchenblüten anbietet«, insistierte sie, »das habe ich euch doch neulich aus dem Reiseführer vorgelesen!«

»Kann mich nicht erinnern«, antwortete Duval trocken. »Kandierte Veilchenblüten sind nicht so ganz mein Ding.«

»Florian!«, rief sie aus. »Er heißt Florian!«

»Aha«, machte Duval wenig interessiert.

»Also bei Florian werde ich noch ein bisschen kandiertes Obst und reduzierte Osterschokolade kaufen. Vielleicht kann man auch zusehen, wie sie gerade etwas herstellen. Das finde ich immer spannend und zumindest Lilly gefällt das sicher auch. Matteo gefällt es, wenn er Schokolade probieren kann. Und wir treffen uns dann«, sie sah auf die Uhr, »sagen wir um vier Uhr am Auto? Wird dir das reichen?? Findest du den Ort wieder, wo wir geparkt haben?«, fragte sie. »Komm, ich zeichne es dir auf den Stadtplan ein, vorsichtshalber.«

»Vielleicht nehmt ihr noch frische Ravioli mit, für heute Abend«, schlug Duval vor. »Hier gleich um die Ecke ist der beste Nudelhersteller von Nizza. Sagen sie zumindest. Aber seine Ravioli sind wirklich ausgezeichnet. Annie hatte einmal mit Borretsch gefüllte Ravioli dort gekauft, ich wusste vorher nicht mal, dass es das gibt. Aber die waren köstlich. Wir haben sie nur mit etwas zerlassener Butter und geriebenem Käse gegessen, hmmm.«

»Mit Borretsch?«, fragte Ben. »Was ist das?«

»Ein Kraut«, sagte Hélène, »macht man manchmal an den Salat.«

»Sie haben auch Ravioli mit klassischer Fleischfüllung, falls dir Borretsch zu exotisch ist«, schlug Duval vor. »Oder mit Käse oder Auberginen.«

»Wo ist der Laden?«, fragte Hélène. »Und wie viel soll ich kaufen? Isst du später mit uns? Und Annie vielleicht? Es wäre schön, wenn wir noch einmal alle zusammen einen Moment fänden.«

»Hm«, machte Duval. »Ich rufe sie an, oder weißt du was, ruf sie selbst an und frag sie. Hast du ihre Nummer?«

Als er im Kommissariat eintraf, war das Büro verwaist. Auf seinem Schreibtisch lag eine Mappe mit Informationen über Bellutini, die Léa Leroc für ihn zusammengestellt hatte.

Jean-François Bellutini, Bauunternehmer, war ursprünglich in Paris ansässig und hatte dort zuletzt das eine oder andere spektakuläre Bauwerk in la Défense errichtet, weshalb man ihn auch scherzhaft den König von la Défense nannte. In Paris hatte er alles erreicht, was es zu erreichen gab, und er strebte nach neuen Abenteuern. Er hatte während eines Urlaubs an der Côte d'Azur einen ihm ebenbürtigen Mann kennengelernt, Roger Bastanti, Pied Noir, aus Algerien stammend, regionaler Bauunternehmer und Unternehmer ganz generell, der es dank seiner guten Beziehungen und seiner Arabischkenntnisse geschafft hatte, eine superreiche Klientel aus den Erdölstaaten anzuziehen, für die er an den außergewöhnlichsten Orten die luxuriösesten Villen baute. Bastanti gehörte zu dem Zeitpunkt noch die große Villa auf der Insel Ste. Marguerite, wo er die lokale Schickeria aufs Großzügigste bewirtete. Bellutini wurde während seines Aufenthaltes an der Côte d'Azur eines Tages dorthin eingeladen, ihm gefiel der Rahmen und beide Männer waren voneinander angetan. Sie beschlossen, fortan ihr unternehmerisches Glück unter dem blauen Himmel der Cote d'Azur zu vereinen. Der eine lieferte das Geld (Bellutini), der andere die Beziehungen (Bastanti). Sie kauften für geringes Geld alte Villen auf (Bellutini), bauten sie zu modernen luxuriösen Palästen um (die Baugenehmigungen bekam Bastanti dank seiner Beziehungen ohne Probleme) und verkauften sie zu einem Mehrwert, der sich gewaschen hatte an reiche Investoren aus Katar. Das Leben war schön.

Léa hatte aus all den unklaren Baugeschäften um Bellutini die herausgesucht, die ihr am symptomatischsten erschien, die einer kleinen Villa am Cap d'Antibes.

Die Villa, ein Häuschen eher, gehörte einer alten Dame, Witwe eines reichen Amerikaners, die sich dort mit grandiosem Blick aufs Meer zur Ruhe setzen wollte. Die Villa aber war heruntergekommen, die Nähe zum Meer, das feuchte Klima und die salzige Luft hatten dem Häuschen in den Jahren, in denen es leer gestanden hatte, nicht gerade gutgetan. Die Dame wollte das Häuschen renovieren und gleichzeitig etwas ausbauen und erbat dafür eine Baugenehmigung, die sie nicht erhielt, da das Cap d'Antibes im Zusammenhang mit dem *Loi du Littoral,* das den Schutz der Küste vorsah, auf lange Sicht als »unbebaubar« galt. Die Jahre vergingen, die alte Dame wurde älter, ihre Gesundheit ließ zu wünschen übrig und die Baugenehmigung wurde ihr weiterhin nicht erteilt. Irgendwann ließ sie sich von ihrem Vermögensverwalter überreden, die Villa mitsamt dem zugegeben grandiosen Grundstück, das zwar schön, aber nur einen »Appel und ein Ei« wert sei, weil man es nun einmal nicht bebauen durfte, zu veräußern. Was weder sie noch der in Paris ansässige Vermögensverwalter wussten, war, dass es in absehbarer Zeit eine Neueinschätzung des gesamten Caps geben würde, die das ehemals »unbebaubare« Gelände in ein »bedingt bebaubares« verwandelte. Hinter der Gesellschaft, die die kleine, abgewohnte Villa auf dem großen Gelände vertraglich und notariell für eine knappe Million Euro erstand, verbarg sich niemand anderer als Jean-François Bellutini. Weder die Dame noch der Vermögensverwalter konnten ahnen, dass sie es mit einem ausgemachten Gauner zu tun hatten, der der alten Dame, die zwischen Dollar, Francs und Euro nicht mehr jonglieren konnte, und immer darauf bestand, dass man ihr die Summe auch in französischen Francs nannte, letzten Endes die im Vertrag angegebene Summe (700 000) nicht in Euro anwies, sondern nur den Gegenwert von 700 000 Francs, lächerliche 106 000 Euro.

Zwar kam es zu einem Prozess und Bellutini wurde tatsächlich zu drei Jahren Gefängnis verurteilt, ein Urteil, das auch in einem von ihm angestrebten Berufungsverfahren nochmals bestätigt wurde, die alte Dame aber wurde älter in all den Jahren, in denen das Verfahren sich hinzog und die Justiz konnte keine Spur des Geldes finden, das sich in dem Gewirr einer Vielzahl von Gesellschaften und Untergesellschaften in Luft aufgelöst hatte. Die alte Dame hatte das Nachsehen.

Eine der mannigfachen Gesellschaften Bastantis aber erhielt kurze Zeit darauf eine Baugenehmigung für eine Fassadenänderung, bei der die bestehende Villa komplett verschwand. Um aber die nun dafür genehmigten lächerlichen 300 Quadratmeter Baufläche zu umgehen, ließ die Baufirma in die Tiefe graben. Alle Anfragen und Beschwerden der Nachbarn, denen die riesigen Baumaschinen, der Lärm und die enormen Erdbewegungen auf dem Gelände suspekt waren, wurden von der zuständigen Baubehörde abgewiesen: »*Circulez, y a rien à voir!* – Gehen Sie weiter, hier gibt es nichts zu sehen!«

Duval überflog die langen Ausführungen, die Léa angefügt hatte, es ging um Offshore-Gesellschaften, Geldwäsche und Korruption. Der erste Untersuchungsrichter, der sich der Sache engagiert angenommen hatte, wurde von höherer Stelle kurzerhand von der Sache abgezogen und in die Provinz versetzt. Der Richter, der ihn ersetzte, beschäftigte sich daher gleich gar nicht mit dieser brenzligen Affäre, bei der die Korruption in alle städtebaulichen Verwaltungsbereiche reichte. Bis dann Jahre später ein dritter Richter den Fall wieder aufnahm und eines Tages selbst zum Cap d'Antibes pilgerte.

Es sollte aber noch mehrere Jahre dauern, bis die kleine Villa, die überirdisch nur knapp mehr als die erlaubten 300 Quadratmeter Wohnfläche auswies, unterirdisch jedoch über zusätzlich noch einmal 1650 Quadratmeter verfügte, als Symbol für den Sieg über die Korruption abgerissen wurde.

Die alte Dame, die ihre letzten Jahre in einem schlichten Altersheim in Antibes verbracht hatte, konnte es nicht mehr erleben, sie war in der Zwischenzeit verstorben. Ihr Neffe und Erbe, ein junger amerikanischer Journalist, hatte ebenfalls geschworen, Bellutini wegen Betrugs wenn schon nicht vor Gericht zu bringen, dann wenigstens seine Machenschaften in den Medien auszubreiten, aber mehr als einen kleinen Artikel im *Time Magazine*, das in Amerika wenig und in Frankreich gar nicht zur Kenntnis genommen wurde, konnte er nicht erreichen. Bellutini lebte fröhlich und ungeschoren weiter, häufte weiter Besitz und Millionen an, bis ihn ein unbekannter Maler, der junge Grégory Bernard, in einem Streit mit einer Whiskyflasche erschlug.

Duval schnaufte, als er alles gelesen hatte. Was für ein unsympathischer Typ, dieser Bellutini, dachte er bitter. Und was für ein banaler Tod für diesen Bauunternehmer-Giganten.

Spät am Abend, nach dem gemeinsamen Ravioli-Essen, dieses Mal in der Ferienwohnung, die Hélène gemietet hatte, und in der sie beengt-gemütlich um den runden Küchentisch saßen, erhob sich Duval. »Ich muss noch mal los«, sagte er.

»Jetzt noch?«, fragten Annie und Hélène wie aus einem Mund. »Weißt du, wie spät es ist?«

»Wenn ich einen Barmann in seinem Nachtclub antreffen will, dann muss ich eben nachts los«, sagte Duval und hatte schon seine Jacke übergeworfen. »Wartet nicht auf mich«, sagte er und hob die Hand.

Annie lachte. »Das ist ein guter Abschiedssatz für den Helden in einem Western. ›Wartet nicht auf mich!‹«, sagte sie mit betont tiefer Stimme. »Danach geht der Cowboy aus der Tür und ward nie mehr gesehen. Abspann.«

»Na ja«, grinste Duval, »ich hoffe doch, gegen Morgen wieder in meinem Bett zu liegen.«

»Dann warte ich also doch«, scherzte Annie.

»Wenn du willst.«

»Und du, Cowboy, willst du?«, rief sie ihm hinterher, aber er hatte die Tür schon hinter sich geschlossen.

»Und ward nie mehr gesehen. Willkommen im Club! So ist es, das Leben mit einem Flic«, sagte Hélène ironisch.

»Ich weiß«, seufzte Annie.

———

Georges Renard war ein gut aussehender Barmann. Blond, braun gebrannt in einem dünnen hellblauen T-Shirt, in dem seine Oberarmmuskeln gut zur Geltung kamen. Er hatte, ganz dem Klischee für einen Matrosen entsprechend, einen kunstvollen Anker auf dem linken Bizeps tätowiert. Er musterte Duval, ob er ihm die Geschichte des Kunstliebhabers auf der Suche nach Grégory Bernard abnehmen konnte. »Möchten Sie etwas trinken?«, fragte er dann.

»Ein Bier«, hörte Duval sich sagen. »Haben Sie ein Pelforth?«

»Blond? Braun?«

»Blond«, sagte Duval und versuchte, den blonden Barmann nicht gleichzeitig anzusehen.

»Bitte schön«, der Barmann stellte ihm die kleine Flasche und ein Glas auf den Tresen. »Ich habe auch keine Ahnung, wo er steckt. Ich weiß, dass er raus ist, aber er hat sich bei mir noch nicht sehen lassen«, sagte er dann. Offenbar bedauerte er das.

»Ich habe das alles gerade erst erfahren«, behauptete Duval und gab sich besorgt. »Ich habe ein paar Jahre im Ausland gearbeitet, in Quebec«, füge er hinzu, als erklärte das etwas, »und bin erst seit Kurzem wieder hier. Am Wochenende war ich in Mougins und habe zufällig in einer Galerie Bilder von ihm gesehen. Ich hoffte, über die Galeristin wieder Kontakt zu ihm zu bekommen, aber vergebens. Die Galeristin war sehr diskret, aber ich habe doch verstanden, dass etwas Dramatisches passiert war und habe dann ein bisschen im Internet recherchiert«, log Duval unverfroren.

»Und da sind Sie auf meinen Namen gestoßen?«

»Na ja, es war von einem ›Barmann der *Bar Nautic*‹ die Rede. Sie waren Zeuge damals, nicht wahr?«

»Richtig. Das war eine schreckliche Geschichte. Ich wollte es gar nicht glauben. Ich hätte ihm gerne geholfen, aber ich konnte nichts tun, er hat sich mir nicht anvertraut. Er kam rein, war fix und fertig und hat sich vollllaufen lassen. Am nächsten Tag hat er es dann gestanden.«

Der Barmann zuckte mit den Schultern. »Ich konnte nichts tun.«

»Ihm ein falsches Alibi geben, meinen Sie?«

»Ich hätte es getan.«

»Das hätten Sie?«

»Er war so ein netter Kerl. Also, ich denke, das ist er immer noch«, sinnierte der Barmann. »Und dieser Bellutini so ein Arschloch. Verzeihen Sie, dass ich das so sage, aber um den ist es nicht schade.«

»Na ja, auch er hatte eine Mutter, die um ihn trauert, vermute ich, er hatte eine Frau, vielleicht Kinder ...« Duval bemühte sich um einen relativierenden Diskurs.

»Seine Frau ist froh, ihn los zu sein, was man so hört, und Kinder hatte er keine. Also zumindest keine offiziellen.«

»Viele Frauengeschichten?«

»Der vögelte alles, was nicht bei drei auf den Bäumen war, sage ich Ihnen. Und gerne die Frauen der anderen.«

»Aha. Ja, damit macht man sich Feinde.«

»Er hatte mehr Feinde als Freunde, das können Sie glauben und nicht nur deswegen. Bei seiner Beerdigung waren Hunderte von Trauergästen. Angeblich hat keiner geweint. Nicht mal die Witwe. Verzeihen Sie ...«, er begrüßte einen anderen Gast mit Küsschen, wechselte ein paar Worte und schüttelte ihm kunstvoll einen Cocktail zusammen.

»Bellutini war wirklich ein Stück Dreck«, ergänzte er, als er sich wieder Duval zuwandte.

»Drogen?«, fragte Duval.

»Was man so hörte, ja, aber er machte vor allem linke Geschäfte mit Immobilien. Der hatte keine Skrupel. Über all das hat man im Prozess nicht gesprochen!«

»Ja«, sagte Duval, »davon habe ich gelesen.« Er trank einen Schluck Bier. »Was ist eigentlich aus dem Mädchen geworden?«, fragte er dann.

Das Gesicht des Barmanns verfinsterte sich. »Keine Ahnung«, sagte er.

»Wie hieß sie noch? Mir schien, dass Grégory sehr verliebt war damals. Er wollte sie mir vorstellen, aber es kam nicht mehr dazu.«

»Aha«, machte der Barmann und sah ihn eigenartig an.

»Lisa? Lara? Irgend so etwas.«

»Léna«, sagte Georges Renard und spuckte den Namen beinahe aus.

»Ach, ja, Léna.« Duval schlug sich an den Kopf. »Léna hier und Léna da ...«

»Allerdings. Sie hat ihn nicht verdient, diese Schnepfe.«

»Warum? Hatte sie einen anderen? Was ist aus ihr geworden?«

»Die war schneller verschwunden, als Sie gucken können. Nicht mal beim Prozess war sie. Von wegen große Liebe! Die hat sich abgesetzt.«

»Sie war noch sehr jung«, mutmaßte Duval, »ich glaube mich zumindest zu erinnern, dass Grégory mir das gesagt hat.«

»Ja, ja, jung. Aber sie war nicht die Unschuld vom Lande, für die er sie gehalten hat.«

»Verzeihen Sie!« Der Barmann kümmerte sich um andere Gäste, ausschließlich Männer, und kam erst nach ein paar Minuten wieder zu ihm zurück.

»Keine Ahnung, was aus ihr geworden ist. Aber von mir aus kann sie bleiben, wo der Pfeffer wächst. Ich bin auch nicht so sehr an Frauen interessiert«, fügte er mit einem schiefen Lächeln hinzu.

»Ja«, sagte Duval. »Das habe ich verstanden.«

»Möchten Sie noch etwas trinken?«

»Nein, danke. Ich werde dann auch gehen«, sagte er. »Was schulde ich Ihnen?«

»Drei Euro achtzig.«

Duval legte das Kleingeld auf den Tresen und erhob sich. »Wiedersehen und danke für das Gespräch.«

»Immer gerne«, lächelte der Barmann. »Und falls Sie mal über was anderes reden wollen, Sie wissen, wo Sie mich finden können, ich bin fast jeden Abend hier.« Er zwinkerte mit einem Auge und hielt ihm die Hand hin.

Duval schlug ein und versuchte, seine Verwirrung zu überspielen.

Draußen besah er in einer Fensterscheibe sein Spiegelbild. Dann fuhr er sich durch die kurzen rötlichen Locken. Sah er so schwul aus?

6

Die ehemalige Vermieterin von Grégory Bernard lobte ihren Mieter in höchsten Tönen. »Wenn alle so wären, dann wäre es ein Vergnügen«, sagte sie. »Er war freundlich, er zahlte seine Miete und er feierte keine Feten. Das ist ja nicht immer so leicht mit den jungen Männern«, sie sah Duval vielsagend an.

Duval nickte ebenso vielsagend zurück. Manchmal fragte er sich, ob die Menschen früher toleranter oder einfach anders gewesen waren. Er erinnerte sich an die Partys, die er mit seinen Freunden gefeiert hatte, als sie jung waren. Da war es auch hoch hergegangen. Alkohol, laute Musik, Tanz. Jedes Mal war gegen Morgen die Polizei gekommen, aber das hatte sie nicht gestört. Im Gegenteil, wenn die Polizei einmal nicht kam, fragten sie sich, ob sie vielleicht keine gute Fete gefeiert hatten.

Er konnte sich aber nicht erinnern, dass die Nachbarn ihnen deswegen lange gram gewesen wären. Oder der Vermieter? Irgendwo mussten junge Menschen ja wohnen und feiern können.

Grégory Bernard aber war wohl ein Musterknabe gewesen, zumindest wenn man der Vermieterin glauben wollte, die noch immer erschüttert darüber war, dass dieser sanfte Mann aus Wut oder Zorn einen Mann erschlagen hatte. »Ich würde ihn dennoch sofort wieder als Mieter nehmen,

Gefängnis oder nicht. Ich habe ihn doch kennengelernt, er ist ein anständiger Mann«, versicherte sie Duval.

»Nein!«, antwortete sie im Brustton der Überzeugung, auf die Frage, ob er viel Damenbesuch gehabt hatte. »Nein!«

Duval zeigte ihr nun das Foto der toten jungen Frau. »Haben Sie diese junge Frau schon einmal gesehen?«

Sie betrachtete das Foto und wurde blass. »Ist sie tot?«

»Ich möchte nur wissen, ob Sie sie vielleicht kennen, ob Sie sie schon einmal mit Grégory Bernard gesehen haben, damals.«

»Hat er ...«, setzte sie an. »Hat er noch mal jemanden getötet?«

»Wieso glauben Sie das?«

»Ich dachte nur. Weil wir über ihn sprachen und jetzt zeigen Sie mir dieses Foto.«

»Ich glaube das nicht«, versuchte Duval sie zu beruhigen, »Sie kennen sie also nicht?«

Sie betrachtete das Foto lange. »Möglich«, sagte sie. »Es ist schon lange her, in der Zwischenzeit habe ich schon drei neue Mieter in der Wohnung gehabt, wissen Sie. Und alle haben Freundinnen.«

»Er hatte also eine Freundin?«

»Na ja«, sagte sie ausweichend. »Ich bin ja keine Concierge. Es geht mich nichts an, was meine Mieter machen. Ihr Gesicht kommt mir bekannt vor«, sagte sie nun, »aber beschwören kann ich es nicht.«

Vielleicht hatte Grégory Bernard seine Feten auch im Atelier gefeiert, das er sich mit einem anderen Maler teilte. Es lag in einer Querstraße zum Boulevard République zwischen einem kleinen Café-Theater und einem stets geschlossenen

Videoverleih, hinter dessen Tür noch alte Filmplakate verblassten. Man musste durch das im Erdgeschoss liegende Töpferatelier hindurchgehen und dann zwei Stockwerke über eine steile Treppe hinaufsteigen. Es roch nach Lösungsmittel und Farbe, an den Wänden hingen großformatige Bilder, die Duval neugierig betrachtete. Er war nicht sicher, kopierte der Ateliermitbewohner die kubistischen Gemälde Picassos oder karikierte er sie?!

»Ich paraphrasiere ihn«, erklärte Patrick Duberry. »Sagen wir, es ist meine Interpretation. So würde Picasso vielleicht heute malen. Dynamischer, amüsanter, ein bisschen mehr sexy.« Patrick Duberry zeigte auf die üppigen Brüste, die er seinen Damen gegeben hatte. »Die Blonde auf dem Fahrrad« hieß eines der Bilder und Duval musste sich konzentrieren, das Fahrrad zu sehen, so sehr dominierte die Oberweite der Radlerin in einem blau-weiß gestreiften Marinepullover. »Kleine Äpfel« hieß ein anderes Bild, und die nackten Brüste der dargestellten Frau hatten tatsächlich die Form frischer kleiner Äpfel. Duval fühlte sich umzingelt von dominanten Brüsten und ebenso von runden weiblichen Hinterteilen. »Penelope und ich im Urlaub« sah nach verschlingendem Sex aus. Duval wurde es warm und jetzt erst entdeckte er das nackte schwarze Modell, das sich gerade von einem Sofa erhob und sich aufreizend langsam anzog. »Oh, *pardon*«, sagte er und senkte den Blick. Er fühlte sich verlegen wie ein Schuljunge.

»Keine Sorge«, lachte sie mit rauer Stimme, »sieh mich nur an, *chéri*, ich bin es gewohnt, dass man mich anschaut. Es ist mein Job.«

Duval versuchte, ihr nur ins Gesicht zu blicken, aber sie drehte sich noch einmal, nur für ihn, so kam es ihm vor, und zeigte sich ihm von allen Seiten.

»*Allez*, Rox', es reicht«, sagte der Maler. »Zieh dir was an und verschwinde.«

»Morgen um die gleiche Zeit?«, fragte sie, während sie mit gelangweilten Gesten in ein kurzes, enges Kleid schlüpfte.

»Ja, morgen um die gleiche Zeit.« Er drückte ihr einen zusammengefalteten Schein in die Hand.

»*Byeee*«, säuselte sie, strich nah an Duval vorbei und blies ihm Luft in den Nacken.

»Eindrucksvolle Vorstellung«, konnte Duval sich nicht verkneifen.

»Ja, Roxanne ist mein derzeitiges Lieblingsmodell«, er zeigte auf ein äußerst erotisches Porträt, das von ihr bereits existierte. »Die junge Frau im kurzen Rock« hieß es. Den kurzen Rock musste Duval lange suchen und dann wischte er sich den Schweiß von der Stirn. Er räusperte sich.

»Gefällt es Ihnen?«

»Ich bin nicht wegen Ihrer Bilder hier«, setzte Duval an.

»Das kann sich ja noch ändern«, lachte der Maler.

»Ich komme wegen Grégory Bernard.«

»Ah, *Biehdschie*«, machte er mit einem leicht verächtlichen Lächeln. »Der ist ausgezogen.«

»Ich ermittle in einem Fall.« Duval zeigte seinen Dienstausweis.

»Ach je, immer noch die alte Geschichte?«

»Was meinen Sie mit alter Geschichte?«

»Bellutini.«

»Ja und nein. Wissen Sie, wo ich ihn finden kann?«

»Grégory?«

»Ja. Bellutini finde ich auf dem Friedhof«, konnte Duval sich nicht verkneifen.

Der Maler grinste leicht. »Keine Ahnung. Er hatte jede Menge seiner Bilder hier untergestellt, das verstopfte mir seit Jahren das Atelier, aber na gut, ich wollte kein Schwein sein. Die Bilder waren alles, was er hatte, ich habe mich damit arrangiert, auch wenn ich selbst kaum noch wusste, wohin mit meinen Bildern. Ich war froh, als er vor ein paar Wochen endlich alles abgeholt hat.«

»Vor ein paar Wochen?«

»Ja.«

»Wann genau, wissen Sie das noch?«

»Na ja, lassen Sie mich überlegen«, er blätterte in einer bereits zerfledderten und bunt gescheckten Agenda. »... hier, ich hab's notiert. ›14. Januar. BG Auszug.‹ Er hatte einen Lieferwagen gemietet und hat alles eingeladen.«

»Wo ist er damit hin? Hat er ein Atelier oder eine Wohnung, wissen Sie das?«

»Nein. Er hat nichts gesagt und ich hab auch nicht gefragt. Er wollte ein paar Märkte machen, das sagte er zumindest. Er verkauft seinen Schrott gut, was wollen Sie machen. Recyclingkunst liegt im Trend.«

»Sie sind befreundet, oder?«

»Na ja, das ist vielleicht übertrieben. Wir haben hin und wieder zusammen auf dem Kunstmarkt am Wochenende auf der Croisette ausgestellt, so haben wir uns kennengelernt. Er ist Autodidakt genau wie ich, das hat uns von Anfang an verbunden.« Er räumte einen Stuhl frei, auf dem Papier und Skizzen lagen. »Setzen Sie sich. Möchten Sie was trinken? Einen Portwein? Whisky?«

»Danke.« Duval setzte sich und sah auf die Uhr. Für einen Apéro war es noch etwas früh. Aber der Maler hielt ihm schon ein Glas entgegen und er nickte den Port ab. Warum nicht. Er blickte sich vorsichtig um, als könnte sich noch eine zweite nackte Frau irgendwo versteckt halten. Aber er sah nur Bilder, angefangene und fertige, und leere Leinwände in allen Größen standen an den Wänden. Ein Tisch voller Farbflecken war vollgestellt mit Pinseln und Stiften in Einmachgläsern, Farbtuben und Dosen lagen und standen wahllos herum.

Das kleine Atelier befand sich unter dem Dach, das von frei stehenden Holzbalken getragen wurde. Die Hälfte des Atelierdaches war verglast. Es war hell und man hatte einen Blick auf die umliegenden Häuser, den kleinen filigranen Glockenturm, die Dächer und den hellgrau-blauen Himmel. »Inmitten der Dächer von Cannes«, sagte er, »nett!«

»Ja, im Sommer ist es zu warm, im Winter zu kalt, aber im Moment gerade geht's«, lachte der Maler. Er prostete ihm zu. »Was wollen Sie wissen?«

»Bellutini, was denken Sie?«

»Bellutini war ein Riesenarschloch, um den ist es nicht schade. Ich habe aber nicht verstanden, wie Grégory so ausrasten konnte. Er ist eher ein Braver. Kein Hitzkopf, schlägt nicht über die Stränge. Bellutini muss ihn wirklich bis aufs Blut gereizt haben, dass er so reagiert.«

»Hm«, machte Duval. »Er hatte damals eine Freundin oder vielleicht war sie auch sein Modell«, diese Idee kam ihm gerade. »Léna«, sagte er.

»Léna! Aaah, Léna«, er schnalzte mit der Zunge. »Léna war *mein* Modell.«

»Ach was!«

»Ja. Also zumindest anfangs. Ein Escort-Girl.«

»Damit wir Missverständnisse vermeiden, wir sprechen von diesem Mädchen?«, fragte Duval und zog das Foto der toten jungen Frau hervor.

Der Maler war schockiert. »Sie ist tot?« Er sah Duval an. »Ich sehe, dass sie tot ist, Sie brauchen mir nichts erzählen.« Duval nickte.

»Ja«, sagte der Maler mit belegter Stimme. »Das ist sie. Léna. Was ist passiert?«

»Na, eben das ist bislang noch sehr unklar. Aber sie ist tot, ja. Und wegen ihr bin ich hier. Ich frage mich, ob es nicht einen Zusammenhang mit dieser alten Geschichte gibt.«

»Was für einen Zusammenhang?«

»Zwischen Bernard, Bellutini und ihr.«

»Sie war ein Escort-Girl. Gut möglich, dass sie auch Bellutini traf.«

»Und Grégory Bernard?«

»Bernard, ja, den traf sie auch.«

»Wieso, wenn ich fragen darf, haben Sie ein Escort-Girl als Modell engagiert?«

Der Maler lachte. »Sie meinen, es gibt in dieser Stadt genug junges Gemüse, das sich freiwillig nackt malen lässt?«

Duval verzog fragend das Gesicht. »Etwa nicht?«

»Die guten alten Zeiten von Domergue sind vorbei.«

»Verstehe ich nicht«, gab Duval zu.

»Jean-Gabriel Domergue. Der Maler.«

»Hat der was mit der Villa zu tun?« Im Garten der Villa Domergue, die der Stadt Cannes gehörte, gab es im Sommer oft Jazzkonzerte und andere Veranstaltungen. Es war ein angesagter Ort und der Blick von der Terrasse wurde gerühmt. Das war sogar bis zu Duval vorgedrungen.

»Richtig. Er hat seine Villa der Stadt vermacht seinerzeit. Die Villa Domergue.«

»Aha.«

»Sie kennen seine Bilder nicht«, stellte Patrick Duberry fest.

Duval hob die Schultern. »Muss man das?«

»In Cannes schon.« Er verzog das Gesicht. »Aber alles ist vergänglich, auch der Ruf eines großen Malers. Ich weiß nicht, ob mich das er- oder entmutigt«, seufzte er und trank einen Schluck Port. »Domergue hatte seine große Zeit in den Vierziger- und Fünfzigerjahren. Er malte gerne junge, hübsche Frauen, denen er ungewöhnlich lange Hälse und eine besonders schmale Taille verpasste. Die Frauen waren auf den Bildern hübscher als in der Realität, weshalb es damals in gewissen Kreisen *très chic* war, sich von ihm malen zu lassen. Die Damen standen Schlange, um ihm Modell zu stehen, hieß es.«

»Aha«, sagte Duval.

»Aber die Zeiten sind vorbei.« Er seufzte. »Wissen Sie, ich bin kein Aufreißer, ich habe auch keine Lust mehr, nachts auszugehen und irgendwelche Mädels abzuschleppen. Die, die sich abschleppen lassen, wollen am Ende nur groß rauskommen und reich werden. Die denken, sie haben Rechte an meinen Bildern und solche Scherze. Die sehen die Preise der Bilder, aber die sehen nicht, wie wenig ich manchmal verkaufe.« Er seufzte erneut. »Ich suche auch keine Liebesaffäre. Ich habe eine Lebensgefährtin.« Er zeigte auf das Bild »Penelope und ich im Urlaub«. »Ich male Penelope, ich male sie gern, aber ich kann nicht nur Penelope malen. Ein paarmal habe ich Kleinanzeigen geschaltet, dass ich ein Modell suche, aber in dieser Stadt gibt es keine Kunstakademie und es haben sich immer nur Escort-Girls gemeldet, die dachten, es sei ein Code. Warum nicht? Sie sind professionell, sie ziehen sich aus und lassen sich anschauen, es ist ein Job. Manche inspirieren mich längere Zeit, manche weniger.«

»Und Léna kam auch so zu Ihnen?«

»Jo.«

Ein Escort-Girl. Er hatte so etwas vermutet. »Wissen Sie etwas über ihr Leben? Herkunft? Familie?«

»Nein. Ich will so etwas auch nicht wissen. Wir machen

einen Job zusammen und basta. Sie würden mir sowieso nicht die Wahrheit erzählen. Niemand erzählt die Wahrheit in diesem Milieu. Die Mädchen erzählen, sie studieren und machten das nur gelegentlich, weil sie für irgendetwas Geld brauchen. Vielleicht fängt es so an, was weiß ich. Léna war noch superjung, als ich sie das erste Mal sah. Ich wette, sie war noch nicht mal 18, aber das hat sie behauptet. War mir egal, ich wollte sie ja anfangs auch nur malen. Wirklich!«, beteuerte er. »Sie hatte dieses Engelsgesicht und dann diesen Körper. Sie war eine echte Kanone. Ich glaube, sie mochte den Sex. Wenn ich jetzt sage, sie hat mich verführt, komme ich als geiler alter Bock rüber, aber so war es.« Er schnaufte. »Na ja, vermutlich gab sie jedem Kerl das Gefühl, dass sie es mit ihm mochte.«

»Haben Sie noch ein Bild, für das sie Modell gestanden hat?«

»Nein. Die hat man mir aus den Händen gerissen. Die Bilder hatten was. Ich war da sehr inspiriert, muss ich sagen.« Er lachte. »Einmal habe ich was von Miró interpretiert, ›Die kleine Blonde im Park‹ habe ich eines genannt. Ich habe noch ein Foto davon auf meinem Smartphone, warten Sie.« Er scrollte eine ellenlange Fotoliste durch. »Hier!« Er zeigte es Duval, der nun beinahe enttäuscht war, ein so wenig erotisches Bild zu sehen.

»Aha«, machte er.

»Sie hätten es im Original sehen müssen!« Er zoomte das Bild größer und betrachtete es. »Es ist schon nicht schlecht. Hat mir auf jeden Fall viel Spaß gemacht, die Zusammenarbeit mit Léna. Fruchtbar nennt man das wohl.« Der Maler lachte wieder. »Eine fruchtbare Zusammenarbeit. Das letzte Bild hat Bernard gekauft. Wenn er gekonnt hätte, hätte er alle aufgekauft.«

Duval ließ den Blick über die Bilder an den Wänden schweifen. »Sie«, begann er, »verzeihen Sie, wenn ich das so sage, aber Sie haben wirklich Spaß bei dem, was Sie machen, oder?«

»Ja, ich habe Spaß, absolut.« Er sah Duval spöttisch an. »Darf man das nicht?«

»Doch, sicher.« Er sagte nicht, dass er trotz aller intellektuellen Erläuterungen immer noch dachte, wahre Kunst sei mit Mühsal und Leiden verbunden, mit Schaffenskrisen vor der weißen Leinwand. Aber der Maler schien es zu spüren.

»Sie meinen, man müsse leiden, um etwas Großes zu schaffen?«

»Davon verstehe ich nichts«, wehrte Duval ab.

»Nietzsche sagte: ›Wir haben die Kunst, damit wir nicht an der Wahrheit zugrunde gehen.‹«

»Aha«, machte Duval.

»Nun, vielleicht verzweifeln manche an der Wahrheit und machen daher Kunst. Die müssen dann beim Kunst schaffen leiden, weil sie an ihrem Dasein oder an der Welt leiden. Ich weiß nicht, ob es große Kunst ist, nur weil sie aus dem Leiden entstanden ist. Ich leide nicht. Ich bin ein fröhlicher Mensch, und ich bin nicht politisch, ich habe keine Botschaft, also zumindest nicht in meiner Kunst. Kunst ist mein Leben. Ich gehe so weit zu sagen, Kunst ist das Leben.« Er sah Duval an, der nur die Stirn runzelte.

»Ich komme nicht aus dem Kunst-Milieu, ich habe keine Akademie besucht und komme nicht aus einer akademischen Familie, aber ich habe immer schon gekritzelt, auf jedem Stück Papier, das ich finden konnte, habe ich gemalt, was ich sah. Ich habe einen Drang zu malen und eine Begabung. Ich kann es einfach. Einen eigenen Stil zu finden ist schon schwieriger.« Er schwieg einen Moment. »Es gefällt mir, andere zu kopieren und zu verfremden. Das ist irgendwie mein Ding. Mehr ist es nicht. Ich will etwas machen, was mir gefällt und vielleicht auch anderen gefällt. Wenn das gelingt, ist es schon prima. Ich leide noch genug, wenn ich nichts verkaufe. Aber im Schaffensprozess, da amüsiere ich mich. Glauben Sie, Picasso hat gelitten? Der hat den ganzen Tag gespielt, gevögelt und sich amüsiert.«

»Und Guernica?!« Duval war stolz, dass ihm das eingefallen war.

»Ja, Guernica. O. k. Ich sage ja nicht, dass Picasso nicht großartig und genial war. Das war er. Ich kopiere ihn ja nicht umsonst. Aber der hatte Spaß bei seiner Arbeit und hat nach dem Essen auch mal eine Fischgräte in Lehm gedrückt und das als Kunst verkauft.«

Duval nahm noch einen Schluck Port. »Der ist gut«, sagte er.

»Das ist ein Tawny, der ist älter als zehn Jahre. Das schmeckt man eben.«

»Kommen wir noch mal zu Bernard«, begann Duval.

»Ach, Bernard ist noch auf der Suche nach sich selbst, nach einem eigenen Stil. Momentan schwimmt er auf dieser Recyclingkunstwelle. Damit ist er erfolgreich, gut für ihn, ich wünsche ihm trotzdem, dass er noch mal was anderes machen wird.«

»Er war sehr verliebt in Léna?«

»Verliebt? Der war schon mehr als verliebt. Der war abhängig.«

»Wann haben Sie Léna das letzte Mal gesehen?«

»Schon eine Weile her«, überlegte er. »Das war zu der Zeit, als der Prozess lief. Danach hatte sie ihre Seite gelöscht und war verschwunden.«

»Sie hatte eine Seite?«

»Keine eigene. Aber sie war über eine Escort-Girl-Seite zu finden. Ich habe immer mal geschaut, aber sie tauchte nicht mehr auf. Hab nichts mehr von ihr gehört.« Er schwieg einen Moment. »Sagen Sie mir, was mit ihr passiert ist?«

»Sie ist letzte Woche in einem Bistro zusammengebrochen. Jemand hat sie vergiftet und sie war, so wie es aussieht, in Begleitung Ihres Malerkollegen Grégory Bernard.«

»Nein!«

Duval verzog nur das Gesicht. »Es stand auch im *Nice Matin*«, sagte er.

»Ach«, machte er abfällig, »dieses Käseblatt lese ich kaum noch. Meinen Sie, er hat sich gerächt?«

»Gerächt? Bernard, meinen Sie? Wieso?«

»Na ja, weil sie vielleicht nicht brav auf ihn gewartet hat, bis er wieder rauskam.« Er schwieg kurz. »Sie mochte den Sex, glauben Sie mir. Ich bin kein Anfänger, sie war wirklich ...« Er sprach nicht zu Ende.

Duval sah den Maler schweigend an. »Trauen Sie ihm das zu?«

Der Maler zuckte mit den Schultern. »Was weiß man schon?! Ich habe ihm auch nicht zugetraut, dass er Bellutini erschlägt.«

Duval trank den Portwein aus und verabschiedete sich. »Danke für das Gespräch und für den Port.«

»Gerne.«

Im Erdgeschoss bereitete eine junge Frau einen Töpferkurs vor. Gerade stellte sie Keramikbecher mit Utensilien auf den Tisch und legte einen Stapel angestoßene Holzbretter daneben. Kurz sah sie auf, als Duval den Raum durchquerte und lächelte leicht. Duval nickte und grüßte. Als er auf die Straße trat, wehte ihm ein warmer Wind entgegen.

»Jean-Gabriel Domergue« gab er in sein Smartphone ein und klickte dann auf »Bilder«. Ach so, murmelte er dann. Ja, die Gemälde von Domergue hatte er tatsächlich schon gesehen. Er hatte sogar das Plakat für das allererste Filmfestival von 1939 gezeichnet, das wegen des Kriegsbeginns dann nicht mehr stattfinden konnte. Das Plakat gefiel ihm irgendwie, auch die Dame mit dem ausladenden Rückendekolleté und dem, zugegeben, sehr langen Hals. Alles andere hätte er als altmodischen Kitsch abgetan.

Er hatte Hunger. Der Port hatte seine Magensäfte angeregt, aber dann klickte er Fotos und ein kurzes verwackeltes Video an, die Matteo ihm geschickt hatte. Anscheinend war die Familie am Cap Croisette und sah den Kitern und Surfern zu, die sich bei dem Wind austobten. Das Mittelmeer hatte keine Atlantikwellen, aber bei Ostwind war das Cap Croisette ein beliebter Spot.

»Tolles Video!«, schrieb er zurück. »Seid ihr noch dort?«

»Ja«, kam es postwendend. »Cool hier!«

»Ich komme kurz dazu«, schrieb er.

Matteo schickte einen hochgestreckten Daumen. Schon lange hatte Duval sich nicht mehr so über eine Nachricht gefreut.

Am Cap Croisette war der Wind, den man in der Innenstadt nur wenig spürte, beinahe zu einem Sturm angewachsen. Das kleine Auto wurde von den Windstößen geschüttelt. Vor dem *Palm Beach Casino* parkte er, und der Wind riss ihm die Autotür aus der Hand, als er ausstieg. Er zog den Reißverschluss seiner Jacke zu und stellte den Kragen auf. Ein älteres Paar mit Gehstöcken beriet sich vor dem schützenden Gebäude des Palm Beach Casinos. Schon jetzt flatterten ihre Haare und die Kleidung, sie blickten Richtung Strand, wo der Wind die Palmen schüttelte. Resigniert traten sie den Rückweg an.

Die Kiter aber ließen sich ekstatisch vom Wind davontragen, sie rasten kreuz und quer über das aufgewühlte, schäumende graublaue Meer, sprangen hoch, überschlugen sich, bretterten zischend auf das Ufer zu, bremsten kurz vor dem Steinwall ab, wendeten und rasten erneut davon. Dazwischen rauschten Surfer mal in die eine, mal in die andere Richtung. Dass sie sich nicht ins Gehege kamen und dass bei den riskanten Manövern niemand verletzt wurde, grenzte an ein Wunder. Lilly rannte Duval entgegen und wurde vom Wind beinahe davongetragen. Auch ihre Worte waren kaum zu hören. Sie brüllte ihm ihr »Hallo Papi« ins Ohr. Hélène und Ben winkten. Beide hatten ihre Köpfe tief in Kapuzen ihrer Windjacken verborgen und standen etwas abseits, geschützt hinter einem Lieferwagen. Mehrere Fotografen hatten ihre Kameras mit riesigen Objektiven auf Stative geschraubt und warteten in vorderster Linie auf spektakuläre Sprünge. Matteo stand dazwischen und versuchte mit seinem Smartphone ein Video aufzunehmen, konnte den kleinen Apparat aber kaum halten, so sehr blies der Wind gegen ihn an. Eine riesige Welle platschte über den Steinwall und ergoss sich über die Fotografen und die Zuschauer, die sich ganz nach vorne gewagt hatten. So wie Matteo. Er schrie und sprang davon. Er war, wie alle anderen, klatschnass geworden. Nun japste er nach Luft und kurz sah es so aus, als wollte er vor Schreck heulen, dann aber entschied er sich dafür, es cool zu finden, schon weil diese wahnsinnige Welle auf dem Video zu sehen war! Der Apparat hatte nicht unter dem Wasser gelitten. »Boah«, schrie er jetzt, »war das geil!« Er schüttelte seine nassen

Haare, seine Brillengläser waren beschlagen von einem Film aus Salz und Nässe. Hélène aber schüttelte ihn und schrie ihn zusammen, so sehr hatte sie Angst um ihn gehabt. Matteo aber stand da, triefend nass und strahlte sehr zufrieden.

———

Durchgeweht, die Haare voller Sand und Salz, kam Duval im Kommissariat an. »Was für ein Wetter«, sagte er, biss herzhaft in sein Sandwich und goss sich einen Kaffee ein. Dann berichtete er von seinem Besuch bei dem Maler. Die erotischen Szenen behielt er jedoch für sich.

»Ein Escort-Girl?« LeBlanc pfiff durch die Zähne. »Da könnten wir mal bei Mammy Fernandez nachfragen.«

»Bei der alten Puffmutter?« Villiers lachte auf. »Die habe ich neulich gesehen. Die ist doch nicht mehr im Geschäft, oder?«

»Täusch dich nicht, die weiß alles, was hier passiert, zumindest in diesem Milieu«, sagte LeBlanc.

»Mammy Fernandez, klären Sie mich auf?«, bat Duval.

»Also«, begann LeBlanc eifrig, »Angèle Fernandez heißt die Dame, Sie müssten eigentlich ein Foto sehen ...«

»Ich such's schon«, unterbrach Villiers.

»Sie hatte mehr als dreißig Jahre lang ihre Bar *Chez Angèle,* nur ein paar Schritte vom Hafen entfernt am Boulevard Georges Clemenceau. Sie war im Cannoiser Nachtleben eine verlässliche Größe. Ihre Bar war früher geradezu mythisch.«

»Prostitution?«, fragte Duval dazwischen.

LeBlanc machte ein vielsagendes Gesicht. »Natürlich nicht.«

»Aha.«

»Nein, offiziell hatte sie immer nur eine *Bar à hôtesses*. Animierdamen, Striptease und Tabledance. Es gab kein Hinterzimmer oder einen Rauchersalon oder dergleichen. Also zumindest nicht zu ihrer Zeit. Der nachfolgende Besitzer, der ihre Bar mit zwei der Hostessen übernommen hatte, hat das dann anders aufgezogen. Der ist vor ein paar Jahren hochgegangen, weil er die Mädchen mit den Herren in Séparées geschickt hat. Die Ex-Hostessen von Angèle wollten das nicht mitmachen, aber in dem Milieu ist man nicht zimperlich. Sie waren nicht mehr taufrisch, und um ihren Job zu behalten, haben sie so getan, als wüssten sie von nix, wenn die jungen Dinger mit den Herren verschwanden.«

»Hier habe ich ein Foto, ist aber schon älter!« Villiers drehte den Bildschirm des Computers zu Duval. Duval beugte sich darüber und sah eine dunkelhäutige junge Frau in einem kurzen Rock und mit freien Brüsten. Sie hatte einen großen Mund und sie lachte breit in die Kamera. »Die Tochter einer Italienerin und eines Jamaicaners«, las Duval, »gilt als die Josephine Baker der Côte d'Azur.«

»Laden Sie sie mal vor«, entschied Duval. »Und in den Hotels sollten wir auch nachfragen, wegen der Kleinen, meine ich.«

»Welche Kategorie?«, fragte Villiers.

Duval betrachtete das Foto der toten Léna.

»Vier Sterne und aufwärts würde ich sagen, oder was meinen Sie?«

Villiers nickte zustimmend.

Der alte Damien war Duval nicht aus dem Kopf gegangen. Nicht nur, weil er ihn mochte, sondern weil er ihm damals bei seinem Fall auf der Insel entscheidend geholfen hatte. Der alte Damien war zwar kein Anhänger des Mondes, zumindest glaubte Duval das, aber er hatte zunehmend Schwierigkeiten durchzuschlafen und hatte seinerzeit nachts Menschen gehört und gesehen, die ihre gemeine Tat geplant hatten. Vielleicht hatte er auch in jener Nacht etwas bemerkt, als das Mädchen gefunden wurde? Aber ob er sich mit einem Schlaganfall noch mitteilen konnte? Vermutlich hatte er auch ganz andere Sorgen, als sich an etwas zu erinnern, das vor anderthalb Jahren auf der Insel vorgefallen war. Doch Duval wollte nichts unversucht lassen. Und wenn es letztlich nur auf einen Krankenbesuch hinauslief, auch gut. Vielleicht heiterte es den Mann etwas auf. Außerdem zog ihn das Centre Héliomarin, das über Cannes thronte wie eine Sternwarte, schon lange an. Eine Weile hatte er auch geglaubt, es sei ein astrologisches Zentrum, aber nein, es war ein ehemaliges Sanatorium, das in den Dreißigerjahren des vergangenen Jahrhunderts gebaut worden war. Mit Sonne und Meerluft sollten dort oben Tuberkulosekranke unter anderem in einem sich drehenden Solarium geheilt werden. Aber zunächst verhinderte der Krieg, dass das Sanatorium in Betrieb genommen wurde, danach kränkelte der riesige Gebäudekomplex für luxuriöse Heilkuren vor sich hin, denn die Tuberkulosekranken, für die man es erbaut hatte, gab es nicht mehr: Die Krankheit wurde nun mit Antibiotika bekämpft und mit Impfungen fürderhin verhindert. Seit den Siebzigerjahren befand sich nun eine Reha-Klinik in dem Gebäude, die, das las man hin und wieder, finanzielle Schwierigkeiten hatte, das übergroße Gebäude zu unterhalten.

Genau genommen lag die Klinik auf der Gemarkung von Vallauris, gleich hinter der Stadtgrenze von Cannes. Duval rumpelte auf einen löchrigen Parkplatz in Sichtweite der Klinik und lief die letzten Meter zu Fuß. Hinter einem imposanten Eingangstor lag, in einem großen Park mit ausladenden Schirmpinien, das riesige mehrteilige und vieleckige Gebäude. Das ehemalige Pförtnerhaus gleich hinter dem Tor sah aus, als sei es schon lange geschlossen. Ein Kater, rot wie sein eigener, döste davor faul in der Sonne. »Na du«, sagte Duval und der Kater gähnte und bewegte schlapp den Schwanz. Es war eine eigenartige Stimmung in diesem Park, hier und da erhoben sich Betonkurven und Metallteile, von denen die grüne Farbe abblätterte. Erst bei genauerem Hinsehen erkannte Duval, dass es sich um Teile einer verrotteten Minigolfanlage handelte. Gegenüber dem Eingang zur Klinik saßen in Rollstühlen Patienten und tranken Kaffee mit ihren Besuchern. Was für ein Kontrast zwischen den schäbigen weißen Plastikstühlen und Tischen und den billigen bunten Sonnenschirmen, die für Eiscreme warben, und dem beeindruckenden Gebäude.

Innen jedoch setzte sich der Kontrast fort. Ernüchtert lief Duval durch die langen Gänge, die in einem typischen Sozialwohnungsbauhellgelb verputzt waren. Der Fußboden war an manchen Stellen noch mit alten braunen und weißen Fußbodenkacheln versehen, sonst aber dominierte hellgraues Linoleum. Das Haus war sauber, aber alles wirkte alt und abgenutzt. Von der äußeren Erhabenheit des Gebäudes war nichts mehr zu spüren. Abgesehen von den unendlich langen Gängen. Duval fuhr mit einem der Aufzüge in den fünften Stock und suchte das entsprechende Zimmer.

Er klopfte.

»Herein!«

Duval öffnete und fand sich in einem altmodischen Krankenhauszimmer wieder, ein Einzelzimmer, das jedoch, und das war außergewöhnlich, einen eigenen Balkon hatte, der die Fläche des Zimmers beinahe verdoppelte. Natürlich, die ehemalige Luftkurklinik sah vor, dass die Kranken auf den Balkonen von Licht und Luft profitierten.

Der alte Damien sah älter aus, kleiner auch, und er erkannte Duval nicht. »Zu wem wollen Sie?«, fragte er.

»Zu Ihnen!«

»Kennen wir uns?«

Duval stellte sich vor und erzählte, wie sie sich seinerzeit kennengelernt hatten.

»Ja«, nickte der Mann nun, »ich erinnere mich.« Dann wischte er ein paar Tränen aus den Augen, als er an die Insel dachte, auf die er so bald nicht mehr zurückkehren würde. All die unebenen Wege und Treppen dort waren für ihn nicht mehr zu bewältigen. Er war halbseitig gelähmt, seine linke Körperhälfte gehörte ihm nicht mehr. Für alle Handgriffe brauchte er Hilfe. »Ich konnte zwei Monate nicht zur Toilette gehen«, erzählte er leise. »Man wird zum Kleinkind, man uriniert in diese dämlichen Flaschen und sie ziehen einem Windeln an, das ist wirklich demütigend.« Sechs Monate war er nun schon hier. Die Physiotherapie, das Stehen und Gehen machte nur ganz langsame Fortschritte. Für alle Handgriffe brauchte er Hilfe. »Den hier brauche ich wohl noch eine Weile«, er zeigte mit bitterer Miene auf einen Rollstuhl neben dem Bett. »Und mein linker Arm ist wie ein plumper Klotz, ich spüre ihn nicht und er macht sich nur auf unangenehme Art bemerkbar. Was ich nicht schon alles damit runtergefegt habe, Teller und Tassen und Gläser.« Resigniert sah er auf seinen linken Arm. »Und die Ergotherapeutin lässt einen blöde Bauklötzchen stapeln und man kann es nicht! Können Sie sich das vorstellen? Ich war immer ein großer Heimwerker, ich habe alles selbst gemacht, ich habe nie einen Handwerker gebraucht, nie! Und jetzt kann ich nicht mal drei Bauklötze übereinanderstapeln.« Wieder flossen Tränen.

»Aber Sie sind noch da!«, sagte Duval. »Und Ihr Sprachzentrum ist nicht betroffen. Sie können sich noch mitteilen!« Er sagte nicht, dass der alte Damien auch langsamer und unartikulierter sprach.

»Ja«, nickte der alte Damien, »ja, der Schlaganfall hat die rechte Hirnhälfte getroffen, wäre es die linke Seite, dann müsste ich jetzt das Sprechen wieder lernen.« Er schnaufte. »Nicht auszudenken, wenn ich nur noch so ein dahinvegetierendes Gemüse wäre, aber trotzdem. Ich kann nicht mal mehr richtig essen. Wegen dieser Schluckbeschwerden«, er zeigte mit der rechten Hand auf seinen Hals, »matschen sie mir alles zu einem Brei zusammen. Rindfleischbrei!«, sagte er verächtlich. »Wie ein Kleinkind, es ist wirklich so demütigend.« Und er weinte wieder. Nun lief ihm auch die Nase und Duval reichte ihm ein Papiertaschentuch, das er mit der rechten Hand griff und sich damit umständlich und laut schnäuzte.

»Und Sie haben einen wundervollen Blick«, sagte Duval, um etwas abzulenken. »Darf ich?«, fragte er und zeigte auf den Balkon.

»Gehen Sie nur.«

Duval trat auf den Balkon und sah von hier die gesamte beeindruckende Länge des Gebäudes, das an der Südseite komplett mit großen, offenen Balkons ausgestattet war. Die Klinik war treppenförmig gebaut, jedes neue Stockwerk lag etwas zurückgesetzt, sodass die Balkons den darunterliegenden weder Licht noch Luft nahmen. Nur hin und wieder war eine dunkelblaue Markise ausgezogen. Der Blick vom Balkon des fünften Stockes aber übertraf alles, was er bislang gesehen hatte. Ein Panoramablick, der von Nizza bis zum Esterelgebirge reichte. Man war hier so weit oben, dass man beinahe den Eindruck hatte, die Küste zu überfliegen.

»Wie großartig!«, sagte Duval. »Was für einen umwerfenden Blick Sie haben!«

»Ja, aber die Inseln sieht man nicht«, kritisierte der alte Damien. »Sie liegen dahinter!« Er zeigte auf den bewaldeten Hügel unter ihm.

»Das ist doch La Californie, dieser Hügel, oder?«

»Hm«, brummte der Mann unwirsch.

»Und was ist das da?« Duval zeigte auf einen Turm kurz vor ihm.

»Ein Wasserturm«, brummelte der alte Damien. »Früher war das mit der Wasserversorgung in Cannes nicht so einfach. Deshalb haben alle alten Häuser noch Zisternen im Garten. Der Wasserturm dort lieferte das Wasser für die ersten Villen in La Californie.«

»Und das nebenan? Was ist das für ein Turm?«

Der alte Damien drehte sich mühevoll zum Fenster. »*L'Observatoire*«, sagte er.

»Pardon?«

»Der Aussichtsturm von der Bergbahn. Also, der ehemalige Aussichtsturm der ehemaligen Bergbahn.«

»Die Bergbahn«, wiederholte Duval langsam. Es gab tatsächlich Ecken von Cannes, in die er noch nie vorgedrungen war. Diese aufgegebene Bergbahn gehörte dazu. »Was hat es eigentlich mit dieser Bergbahn auf sich?«, fragte er.

»Ach«, machte der alte Damien. »Das ist eine unglaubliche Geschichte! Mir bricht es jedes Mal das Herz, wenn ich daran denke.« Er atmete tief ein und aus. »Die Bergbahn«, setzte er an, »wir sagen *le Funiculaire,* die wurde zu Beginn des letzten Jahrhunderts eröffnet, irgendwann Ende der Zwanzigerjahre, wenn ich es richtig weiß. Über 850 Meter ging es damit von Cannes steil hoch nach *Super Cannes.* Da oben war ein Aussichtsturm, *l'Observatoire,* das ist der, den Sie da sehen«, mit dem Kopf zeigte er die Richtung an, »und es gab auch einen *Salon de Thé* mit einer halbrunden Aussichtsterrasse. Das war ein Ort! Wunderschön war der Blick von da oben, wunderschön!« Er schwieg einen Moment und sah melancholisch aus. »Ich war nur einmal da oben, als junger Mann mit meiner Freundin.« Er lächelte leicht. »Das war ein schicker Ausflug und es war teuer, man ist da nicht einfach so hochgefahren, also wir nicht, meine ich. Da oben traf man nur betuchte Cannois oder die Gäste der Grandhotels. Aber einmal waren wir auch da. Und auf dieser Terrasse, da habe ich ihr den Antrag gemacht.« Er seufzte leicht und wischte sich mit der Hand über die Augen. »Meine Ninette. Jetzt ist sie schon fast dreißig Jahre tot. Krebs hatte sie.« Noch einmal wischte er sich über die Augen. Er schwieg. »Ach, ach«, seufzte er.

»Hmmm«, machte Duval mitfühlend.

Es genügte, um den alten Damien wieder in die Gegenwart zu holen. Er räusperte sich und sprach betont sachlich weiter. »Bis Ende der Sechzigerjahre war die Bahn in Betrieb, aber dann hatte plötzlich jeder ein Auto und alle wollten mit dem eigenen Wagen nach *Super Cannes* fahren oder auch ganz woanders hin. Das war das Aus. Die Konkurrenz der Autos hat die Bergbahn ruiniert.« Er dachte kurz nach. »Obwohl, es hieß auch, sie hätten schon vorher nie wirklich rentabel gearbeitet. Auf jeden Fall hätte damals die Technik komplett erneuert werden müssen und die Betreiberfirma hat die Summe nicht aufgebracht. Und die

Stadt fühlte sich nicht zuständig. Cannes wollte modern sein, glänzen mit dem Filmfestival und den Stars, ein so altmodisches und unrentables Transportmittel zu erhalten und zu subventionieren, das hat niemanden interessiert. Und so fielen die Bergbahn und die gesamte Anlage in einen Dornröschenschlaf. Bis 1989. Das Jahr weiß ich noch genau! Da verkaufte nämlich Mouillot, der damalige Bürgermeister wissen Sie, das war ein Halunke sage ich Ihnen, na, der verkaufte gleich in seinem ersten Amtsjahr die Bergbahn, den Aussichtsturm und das gesamte Gelände an irgendeinen Emir der Vereinigten Arabischen Emirate ...«

»Wie bitte?«, rief Duval dazwischen.

»*Bah oui*, wundert Sie das?«

Nein, eigentlich wunderte es Duval nicht, es war üblich geworden, alte Gemäuer zu verkaufen, damit Geld in die Staatskasse kam. Aber eine gesamte Bergbahn-Anlage im schicksten Viertel von Cannes an einen saudi-arabischen König?! Er schüttelte den Kopf.

»Sehen Sie! Dieser Emir oder Scheich oder was weiß ich, wie deren Titel dort sind, der ist so was wie ein König, der soll einer der reichsten Männer der Welt sein!«

Der alte Damien sah Duval an, der pflichtschuldig ein halb beeindrucktes »So!« von sich gab.

»Ja«, sprach Damien weiter, »und der wollte sich in *Super Cannes* einen riesengroßen Palast bauen lassen und aus der Strecke der Bergbahn wollte er eine Privatstraße machen. Mouillot, dieser Halunke, der hat ihm vermutlich gegen eine Menge Bakschisch alles zugesagt, Baugenehmigung kein Problem, wie das so ist, aber dann hat der Stadtrat nicht zugestimmt, weil das 24 Hektar große Gelände von einer öffentlichen Straße durchschnitten wird, der Avenue de l'Esterel, und die zukünftige Bebauung öffentliches

Gelände berührt hätte. Der Emir hätte sich für den Bau seiner Privatstraße mit dem oberhalb der Avenue de l'Esterel liegenden Teil, also mit nur etwa zwölf Hektar zufriedengeben müssen. Aber das hat ihm nicht gefallen. Und dass man ihm etwas abschlug, das war seine königliche Hoheit schon gar nicht gewohnt.« Damien grinste Duval schief an: »Und weg war er.«

»Nein«, machte Duval kopfschüttelnd. »Und seitdem liegt diese Anlage brach?«

»*Bah oui*. Der war beleidigt. Der hat sich gesagt, ihr könnt mich alle mal in diesem Kaff. Es gibt noch genug schöne Schlösser und Türme in der Welt, geh ich eben woanders hin.«

»Aber die Anlage gehört ihm noch?«

»*Bah oui,* Die gesamte Bahnanlage, Aussichtsturm und Terrasse und sämtliche dazu gehörigen Grundstücke. 24 Hektar! Und alles verfällt!«

»Und die Stadt wollte es nicht zurückkaufen?« Eigentlich kannte Duval die Antwort. Selbst wenn, die Mittel dazu könnte die Stadt Cannes nie und nimmer aufbringen.

»Es gab mal einen privaten Verein, der die Anlage zurückkaufen wollte, die haben viel Geld gesammelt für die Bergbahn. Und dann ist der Schatzmeister mit der vollen Kasse abgehauen.«

»Unglaublich«, sagte Duval.

»*Bah oui,* sag ich doch, unglaublich, aber so ist es.«

»Und Mouillot?«

»Den haben wir noch zwei Amtszeiten ertragen. Dann hat ihn einer drangekriegt mit all seinen Mauscheleien. Der saß sogar im Knast. Aber die Bergbahn ist trotzdem weg.«

Duval betrachtete lange schweigend den bewaldeten Hügel La Californie unter ihm.

»Weshalb sind Sie gekommen?«, unterbrach der alte Damien seine Gedanken. »Doch nicht, um mich zu besuchen und ich Ihnen die Geschichte der Bergbahn erzähle?«

»Doch, doch, besuchen wollte ich Sie!«, widersprach Duval. Dann berichtete er von seinem Fall des toten Mädchens, das vor anderthalb Jahren bewusstlos auf der Insel angeschwemmt worden war. Weshalb Duval wieder auf der Insel unterwegs war und den Italiener gesucht habe, der das Mädchen gefunden hatte, und dass er so letztlich von dem Postboten erfahren habe, dass der alte Damien nach seinem Schlaganfall hier gelandet sei.

»Ich dachte, vielleicht haben Sie damals irgendetwas bemerkt oder gesehen?«

»Ach«, der Mann machte eine wegwerfende Handbewegung mit der rechten Hand, »das ist schon so lang her.«

»Weniger lang als die Geschichte der Bergbahn. Sie haben doch ein ausgezeichnetes Gedächtnis ...«, setzte Duval an.

Einen Moment schien der Mann nachzudenken. Dann schüttelte er den Kopf. »Mit dem Gedächtnis ist das so eine Sache, wissen Sie. Das, was vor dreißig, vierzig oder fünfzig Jahren passiert ist, das weiß ich noch. Aber alles Aktuelle ...« Er schnaufte. »Ich habe immer öfter Erinnerungslücken. Das hat vielleicht auch mit dem Schlaganfall zu tun, aber ich kann mich nur so unwirklich an dieses Mädchen erinnern, so als hätte ich es nur in der Zeitung gelesen. Vielleicht war das auch so. Ich weiß es wirklich nicht mehr.« Er wischte sich wieder über die Augen. »Ist nicht schön, alt zu werden, ich sag's Ihnen.«

Duval reichte ihm ein Papiertaschentuch.

»Tut mir leid«, schüffelte der alte Damien.

»Ach was«, wehrte Duval ab. »Das muss Ihnen nicht leidtun. Mir tut's leid, dass ich Sie damit belästige und Ihnen zusätzlich Kummer mache. Das war das Letzte, was ich wollte.«

Einen Moment schwiegen beide Männer.

Duval wechselte das Thema, erzählte von seinen Kindern, die gerade zu Besuch waren und dass seine Freundin hochschwanger sei. »Ich werde bald zum dritten Mal Vater«, sagte er, »und ich weiß nicht, ob ich dafür gemacht bin.«

»Ach«, sagte der alte Damien, »das habe ich mich nicht gefragt damals, aber heute bin ich nicht sicher, ob ich meine Sache gut gemacht habe. Ich sehe sie kaum, meine Kinder. Und die Enkel, die ich in so vielen Ferien gehabt habe, die haben jetzt auch Wichtigeres zu tun, als ihren alten Großvater zu besuchen.« Schon wieder kullerten die Tränen aus seinen Augen. »Entschuldigen Sie.«

»Ach«, sagte Duval, »entschuldigen *Sie*. Alles, was ich sage, macht Ihnen Kummer.«

»Ist nicht schön, alt zu werden. Nicht schön.«

Einen Moment blieb Duval noch sitzen, dann verabschiedete er sich. »Ich drücke die Daumen, dass Sie noch Fortschritte machen werden!«, sagte er und drückte dem alten Mann fest die rechte Hand.

»Ja, ja«, nickte der und wieder wurden seine Augen feucht.

Duval fuhr einen Bogen auf dem Parkplatz, der wegen der Schlaglöcher teilweise abgesperrt war und starrte auf das Gerümpel, das er am hinteren Ende vorfand. Zuerst dachte er, es handele sich um die Behausung eines Wohnsitzlosen, aber als er näher kam, sah er, dass es offensichtlich Sperrmüll war, den man hier entsorgt hatte. Ein halbes Regal, Säcke mit Bauschutt, einen Kühlschrank. Er schüttelte verärgert den Kopf. Wenn etwas wirklich problemlos funktionierte in Cannes, dann war es die kostenlose Sperrmüllabfuhr, die man schnell und unkompliziert bestellen konnte. Außerdem war die Mülldeponie für alle ebenso kostenlos zugänglich. Wenn man seinen Dreck bis hierher transportieren konnte, dann hätte man ihn auch zur Mülldeponie bringen können. Er machte ein Foto. Er würde es der städtischen Umweltpolizei schicken.

Auf dem Weg zur Stadt dachte er an den alten Damien und an den grandiosen Blick von seinem Balkon in dieser eigenartigen, überdimensionierten Klinik. An einer Abzweigung sah er den Aussichtsturm der ehemaligen Bergbahn über den Baumwipfeln hervorlugen und drehte in einer Eingebung das Lenkrad nach links. Das Sträßchen kurvte nach rechts und links, es gab Abzweigungen ohne Hinweisschilder und gerade als er dachte, dass er sich verfahren hatte, alles sah hier gleich aus, stand er plötzlich davor. Eine trostlose Atmosphäre umgab das verlassene Gelände. Er stieg aus und lief über den leeren Platz, besah die aufgegebene Station und den zugemauerten Bahnhof und versuchte, von dort einen Blick auf das unter ihm liegende Cannes zu erhaschen. Vergeblich. Er blickte nur auf zugewucherte Gleise. Darum rankte sich undurchdringliches Dickicht. Der Aussichtsturm war fast komplett mit Graffiti bemalt und sah aus wie ein Industrieschornstein. Er umschritt das eingezäunte Gelände und sah gerade noch, wie ein junger Mann aus einem Loch im Zaun schlüpfte, sich kurz umsah und eilig davonlief. Duval schlüpfte in umgekehrter Richtung hinein. Es musste einmal schön hier gewesen sein. Noch immer standen große Bäume auf der Wiese hinter dem Turm. Noch trugen sie kein Laub, aber die Gänseblümchen auf der Wiese gaben dem Gelände ein liebliches, frühlingshaftes Aussehen. Die halbrunde Terrasse unterhalb des Turms, von der der alte Damien erzählt hatte, war noch zu sehen. Von dem ebenso halbrunden Café aber standen nur noch die Mauern. Auch der Turm wirkte baufällig. Alles war mit Graffiti bemalt. Dornen überwucherten bereits Teile der Anlage. Zwei halbwüchsige Jungs lungerten in einer Ecke herum und starrten ihn an. Dann packten sie eilig ihre Sachen zusammen und verschwanden durch das Loch im Zaun. Sie hinterließen den süßlichen Geruch von Haschischzigaretten. Duval lehnte sich vorsichtig an das Geländer der ehemaligen Aussichtsterrasse und blickte wehmütig auf das milchige Blau von Himmel und Meer und auf Teile der Stadt, die man weit unten zwischen den wild wuchernden Büschen und Schlingpflanzen hindurch entdecken konnte.

7

»Commissaire?« Léa Leroc steckte den Kopf zur Tür herein.

»Was gibt's, Leroc?«

»Könnten Sie mal kommen? Ich habe unten am Empfang eine junge Nigerianerin abgegriffen.«

Duval sah Léa irritiert an. »Sie haben was?«

»Ich habe ein Mädchen im Büro«, sagte sie dringlich. »Ich glaube, sie braucht Hilfe!«

»Warum das denn, Leroc? Finden Sie nicht, dass wir schon genug am Hals haben und außerdem unterbesetzt sind? Wissen Sie, dass man uns Villiers und LeBlanc auf unbestimmte Zeit abgezogen hat, um diesen Drogendealer zu beschatten?!«

Natürlich schulde ich dir was, hatte er Martinez angeknurrt, aber gleich zwei Männer meiner ohnehin kleinen Brigade abzuziehen, als hätten wir hier nichts zu tun! Aber Martinez hob die Schultern. Nicht seine Entscheidung. Es war eine Anordnung von ganz oben gewesen und hatte gar nichts mit dem Gefallen zu tun, den die STUP ihm erwiesen hatte. Duval hatte nur leise mit den Zähnen geknirscht.

»Ich weiß, das ist eine totale Scheiße mit Villiers und LeBlanc, aber ich konnte nicht anders. Unten ist die dicke Lou, und die hatte keine Lust, sich um sie zu kümmern. Das Mädchen spricht nur Englisch, wissen Sie. Lou wollte sie abwimmeln und auf nachmittags vertrösten oder auf einen anderen Tag. Ich habe aber gespürt, dass die Kleine in Not ist. Ich hatte das Gefühl, sie hat all ihren Mut in die Hände genommen, um zu uns zu kommen. Aber ich wusste, die würde hier nicht stundenlang warten, und schon gar nicht an einem anderen Tag wiederkommen, also habe ich sie mitgenommen.«

Duval seufzte. Louise Dalmasso war ein gefürchteter Drache am Empfang der *Police Nationale*. Die üppige blonde Polizistin hatte in ihren dreißig Dienstjahren schon so viel erlebt, dass sie das meiste, was man ihr erzählte, als Lappalie abtat. »Deswegen wollen Sie Anzeige erstatten?«, schnaubte sie unfreundlich. »Überlegen Sie sich das noch mal und kommen Sie morgen wieder. Heute kommen Sie sowieso nicht mehr dran.«

»Und?«

»Na, vielleicht kommen Sie und hören sich an, was sie zu sagen hat. Es geht da, wenn ich es richtig verstanden habe, um Mädchenhandel und Prostitution.«

»Leroc, geben Sie das an die Sitte weiter, bitte. Das ist doch nicht unser Ressort.«

»Aber Léna war doch auch Escort-Girl. Vielleicht gibt es einen Zusammenhang? Vielleicht kannten sich die Mädchen? Bitte!«

»Nun, also gut.« Duval erhob sich und begab sich in Léas Büro. Die »Kleine« war auf den Papieren, die sie in einer rosafarbenen Plastikmappe bei sich trug, immerhin schon vierundzwanzig, vielleicht auch fünfundzwanzig, so genau wusste sie ihr Geburtsjahr selbst nicht. Vielleicht hatte sie auch so oft gemogelt, auf ihrer Reise von Nigeria bis nach Frankreich, wo sie Asyl beantragt hatte, dass sie nicht mehr wusste, welches Datum das richtige war oder welches Datum in diesem Fall angesagt war. Sie sah allerdings viel jünger aus. Vielleicht hatte sie sich damals älter gemacht. Vielleicht stimmte auch gar nichts davon.

»Happy«, sagte Duval und sah von der mehrfach gefalteten und schmutzigen Fotokopie einer drei Monate gültigen, aber bereits abgelaufenen Aufenthaltserlaubnis auf. Sie hatte immerhin einen Asylantrag gestellt. »Happy ist Ihr Name?«

»Yes«, sie lächelte ihn ganz leicht an. »Happy, my name. My parents wanted me to be happy.«

»Ihre Eltern wollten, dass sie glücklich wird, deshalb haben sie sie so genannt.«

»Versteh schon«, sagte Duval. »Bisschen Englisch kann ich schon auch.«

»Verzeihung«, Léa wirkte zerknirscht.

»Kein Problem«, Duval winkte ab. »Happy Monday?« Was für ein Name. Er sah die Nigerianerin an und sie nickte. »Yes, my name. Happy Monday.« Sie fand nichts daran merkwürdig. Natürlich nicht. Duval sah die anderen Papiere durch, die Happy nacheinander wie einen wertvollen Schatz aus ihrer rosafarbenen Plastikmappe herauszog. Darunter allein 15 Strafzettel, ausgestellt von der *Police Municipale,* wegen unerlaubter Prostitution auf der Avenue Marechal Juin, die jedes Mal mit elf Euro Strafe geahndet wurde. Duval blätterte weiter. Dann lachte er auf. Happy sah ihn erschrocken und Léa befremdet an.

»Prostitution wird mit elf Euro bestraft, auf die Straße spucken mit 68 Euro«, erläuterte Duval seinen kurzen Heiterkeitsausbruch. Die Stadt Cannes versuchte seit einigen Jahren verstärkt, der Ordnungswidrigkeiten im öffentlichen Raum Herr zu werden. Eine im Sommer in mehreren Sprachen verfasste Plakatkampagne entlang der Croisette wies darauf hin, dass weggeschnippte Zigarettenkippen, aus dem Autofenster geworfene Getränkedosen oder die in Grünanlagen liegen gelassenen Burger-Verpackungen von der verstärkt patrouillierenden städtischen *Police Municipale* streng geahndet würden. Aber dass auf die Straße spucken sechsmal teurer war als Prostitution, war geradezu eine Farce.

Ein paar der Strafzettel waren auf andere Namen ausgestellt, Princess, Grace und Kate, las Duval. Keine Nachnamen.

Mehrere Papiere wiesen aus, dass sie und ihre Kameradinnen sich bei einer AIDS-Hilfestelle regelmäßig auf HIV und Geschlechtskrankheiten untersuchen ließen. Als Letztes reichte sie Duval einen eigenartigen Untermietvertrag, der für sechs Monate gültig war. 300 Euro zahlte sie für eine Wohnung am Boulevard Alexandre III.

»Happy«, sagte Duval schließlich. »Um was geht's? Was ist das Problem? Warum sind Sie hier?«

Léa Leroc übersetzte schnell ins Englische.

»Sprechen Sie kein Französisch?«, unterbrach Duval.

Happy sah ihn groß an. »You don't speak French?«, wiederholte Léa.

»No Sir. Some words only, Sir.«

»Nur einige Worte. Aha. Welche Worte?« Aber Duval ahnte es schon. Es war das handelsübliche Vokabular: Guten Tag, Guten Abend, ja, nein, bitte, danke, Blasen, Ficken, mit und ohne, 30, 50 oder 70.

»Sie prostituieren sich, Happy?«

Das verstand sie sogar auf Französisch. »Yes, Sir, no, Sir!«, rief sie aus. »I'm a Christian, Sir! I believe in God, Sir! I believe in Jesus. I don't want to be prostitute. I don't want, Sir! But I have to.«

»Warum müssen Sie das tun?«, fragte Duval. »Why?«

»I have to pay my debts, Sir.«

Schulden hatte sie, und die musste sie abzahlen. An Freunde und eine gewisse Florence. Mama Florence.

Mama Florence. Duval seufzte. Erst Mammy Fernandez und jetzt Mama Florence. »O.k., Happy, erzählen Sie mir alles.«

Es dauerte lange, bis sie mit vielen Nachfragen und Hin- und Herübersetzungen die Geschichte von Happy Monday erfuhren.

Happys Familie, der Vater, eine Schwester und der kleine Bruder waren bei einem Bombenanschlag auf eine christliche Kirche in Kano Stadt, im gleichnamigen Bundesstaat im Norden Nigerias, ums Leben gekommen. »Christ Salvation Pentecoast Church in New Road 41«, wiederholte sie ein ums andere Mal. »Bomb explosion.« Am 27. Juli 2013. Alle tot. Ihre Mutter hatte sie schon im Alter von 13 Jahren verloren und sie war jetzt allein auf der Welt. Sie traute sich nach dem Bombenanschlag nicht mehr nach Hause und schlief ein paar Nächte bei einem Freund, Imadini, der auch in ihrer Straße lebte. Dieser Freund überredete sie, mit ihm das Land zu verlassen, und nach Europa zu gehen, für eine bessere Zukunft; vorher jedoch holte sie das Geld vom Konto ihres Vaters. Auch hier half der Freund irgendwie. Mit diesem Geld schlugen sie sich gemeinsam durch bis nach Tripolis und dann mit einem Boot weiter nach Italien. Auf den Booten wurden sie getrennt und das Boot, auf dem der Freund war, kenterte. Sie hat ihn nie wiedergesehen. Imadini war sein Name. Imadini, wiederholte sie. In Italien war sie zunächst in einem Flüchtlingscamp. Wie sie nach Frankreich gelangt war, erzählte sie nur vage. Sie war viel gelaufen, immer nachts, und dann hatte man sie im Kofferraum eines Autos versteckt. »Freunde von Freunden«, die

sie irgendwo unterwegs kennengelernt hatte, hatten geholfen. Und dann hatte sie Asyl in Frankreich beantragt. Aber
da waren die Schulden bei den »Freunden« und sie brachten sie in Kontakt mit Florence, einer Nigerianerin wie sie
selbst, die ihr helfen würde. Mama Florence nannte sie sich.
Ich kümmere mich um dich, sagte sie. Ich suche dir Arbeit.
Dann waren da noch die anderen Mädchen. Alle Nigerianerinnen. Auch ihnen half Florence. Alle wohnten zusammen
in einer Wohnung. »Acht Mädchen«, sagte Happy. »Acht.«
Sie zeigte es mit den Fingern.

Duval sah den Untermietvertrag an. Acht Mädchen auf
40 Quadratmetern. Wenn jede von ihnen, wie Happy,
300 Euro zahlte, dann verdiente Mama Florence jeden
Monat 2400 Euro. Abzüglich einer Miete von 500 oder
600 Euro, die sie vielleicht offiziell an einen Vermieter
zahlte, blieb immer noch genug für sie übrig.

Happy dachte, sie solle als Kindermädchen arbeiten, das
hatte man ihr erzählt und das wollte sie bis zum Schluss
glauben. Aber bislang landete sie jede Nacht aufs Neue auf
dem Trottoir der Avenue Marechal Juin, dem billigen Stra-
ßenstrich von Cannes. Sie schaffte dort für lächerliche Sum-
men an, mit denen sie ihre Schulden bei den »Freunden«
abzuzahlen hatte und außerdem die 300 Euro Miete an
Mama Florence. Und wenn sie nicht wollte, dann schlug
Florence. Sie zeigte ihre blauen Flecken auf der dunklen
Haut. Tagsüber waren sie in der Wohnung eingesperrt.
Mama Florence kümmerte sich um alles, kaufte ein und
besorgte den Mädchen Kleider und Schuhe. Heute war
Happy aus dem 5. Stock über den Balkon und eine Nachbar-
wohnung geflohen. Die Nachbarin hatte ihr geholfen. Und
dann hatte sie sich bis zur Polizei durchgeschlagen.

Duval lehnte sich zurück und sah die junge Frau an, die

offenbar ihre ganze Hoffnung in ihn legte. Er fühlte sich beschissen. Was sollte er ihr sagen? Dass er gar nicht zuständig war? Dass er den Fall an die *Police des Mœurs,* an die »Sitte« abgeben würde? Und gezwungenermaßen auch an die Asylbehörde? Dass sie dort weniger zart besaitet waren? Er hatte keine Ahnung, wie die Situation zurzeit in Nigeria war. Ob das Land immer noch als Krisengebiet anerkannt war? Boko Haram hatte dort, im Norden des Landes, vor ein paar Jahren christliche Mädchen aus einer Schule entführt. Die meisten von ihnen waren noch immer verschwunden. Happys Zukunft als Christin war dort sicher gefährdet, aber würde man sie nach Ablauf des Prozesses nicht doch postwendend nach Nigeria abschieben? Vorerst sagte er nur:

»Danke Happy, Sie sind eine mutige junge Frau. Wir werden uns darum kümmern. Um Sie, um Mama Florence und die anderen Mädchen. Verstehen Sie mich?«

Sie nickte.

Um überhaupt einen plausiblen Grund zu haben, dass er sich ihrer zunächst angenommen hatte, zeigte er ihr das Foto von Léna und auch das Phantombild von Grégory Bernard. Aber sie schüttelte den Kopf. Sie kannte weder das Mädchen noch den Mann.

Natürlich nicht. Happy prostituierte sich für lächerlich wenig Geld auf der Straße, Léna war mindestens eine Stufe höher zu finden gewesen, in schicken Hotelzimmern, Privathäusern oder auf Jachten. Jachten! Beinahe hätte Duval sich an die Stirn geschlagen. Das war's. Léna war auf einer Jacht gewesen. Vielleicht hatte sie versucht, dort aus einer unerträglichen Situation zu entkommen? Ein perverser Freier? Mehrere Männer gar und zu viel Gewalt, und sie war in höchster Not, nackt wie sie war, von der Jacht gesprungen? Die Verletzung hatte man ihr vielleicht schon auf dem Boot zugefügt?

»Wie bitte, Leroc?« Duval hatte die Frage nicht gehört.

»Ich begleite sie zur Sitte?«

»Ja bitte. Bleiben Sie einen Moment mit ihr dort, bis klar ist, wie es weitergeht.«

»Ich frage mich, wo wir sie unterbringen können?«

»Das ist dann nicht mehr unser Problem, Leroc. Aber wie wär es mit dem Frauenhaus«, schlug Duval vor.

»Gibt's nicht mehr.«

»Was?«

»Haben Sie das nicht mitgekriegt? Das Frauenhaus in Cannes hat Anfang des Jahres geschlossen. Nach knapp zwanzig Jahren.«

»Nein, das war mir entgangen. Wieso das denn?«

»Man spricht von ›Unregelmäßigkeiten‹ und ›Veruntreuung der Gelder‹. Aber das ist Quatsch, ich kenne eine ehrenamtliche Helferin, die dort tätig war, die sagt, alles, was man ihnen vorwerfen könne, ist, dass sie manchmal unkonventionell und jenseits der Verwaltungsvorschriften gehandelt hätten. Aber sie sagt, für sie standen immer die Frauen im Vordergrund und manchmal müsse man Regeln umgehen, sonst komme man nicht weiter.«

»Und dann wurde es einfach so geschlossen? Da gibt es doch auch Vorschriften zu beachten, man kann doch nicht allen Angestellten gleichzeitig kündigen, oder?«

»Aber genau das haben sie gemacht! Zunächst wurde die Direktion ausgetauscht, die hat einen Großteil der Angestellten entlassen und die ehrenamtlichen Helferinnen sind aus Solidarität mitgegangen. Der Staat hat die Subventionen eingestellt. Die neue Direktion wickelt im Prinzip nur noch das Geschäftliche ab und dann wird das Haus geschlossen. Können Sie sich das vorstellen?« Lerocs Empörung wurde lauter. »Es gibt gerade wieder eine landesweite Kampagne, die auf häusliche Gewalt aufmerksam macht. Jeden dritten Tag stirbt eine Frau unter den Schlägen eines Mannes und in Cannes schließt zeitgleich das Frauenhaus!«

»Hm«, machte Duval. Er hörte nur mit halbem Ohr zu. »Alternative gibt's keine? In einer Nachbarstadt vielleicht? Grasse? Antibes? Nizza?«

»Ich höre mich mal um«, sagte Léa.

»Vielleicht fällt mir auch noch was ein«, stimmte Duval zu.

Sie hatte sich sichtlich Mühe gegeben, sich standesgemäß zu kleiden. Duval hingegen hatte Mühe, in der schweren alten Frau vor ihm diese frech strahlende Barfrau wiederzuerkennen, die er auf Fotos gesehen hatte. Fünfzig Jahre Nachtleben hatten ihre Spuren hinterlassen. Er war gerührt und abgestoßen zugleich. Um den Kragen des leichten Mantels mit Leopardenmuster hatte sie einen Hermèsschal geschlungen, an ihren knotigen Fingern trug sie trotz alledem klunkerige Goldringe, und die Ohrläppchen wurden von ebenso schweren Klunkern nach unten gezogen. Ihr Gesicht war leicht aufgedunsen, zu viel Alkohol oder vielleicht Medikamente, das etwas zu bunt geratene Make-up und die schwarze Perücke, die zu tief in ihr Gesicht gerutscht war, machten den gutbürgerlichen Eindruck, den sie vielleicht erwecken wollte, wieder zunichte. Angèle Fernandez hatte Mühe zu gehen und stützte sich auf einen Stock und den Arm einer jungen Frau.

»Verzeihen Sie«, sagte Duval und half ihr auf den Stuhl,

»wenn ich gewusst hätte, wie mühsam es für Sie ist, hätte ich Sie nicht einbestellt, sondern wäre bei Ihnen zu Hause vorbeigekommen.«

Sie winkte ab. »Keine Sorge. So komme ich mal raus. Ich war früher ja oft hier.« Sie lachte rau und Duval ahnte etwas von der lebenslustigen Bardame von früher.

»Wenn Sie bitte draußen warten wollen?!« Duval bat die junge Begleitung vor die Tür, wo sie auf einem der an der Wand angebrachten Stühle Platz nahm. »Aber ...«, wagte sie zu widersprechen. »Ich hole Sie, wenn wir Sie brauchen«, sagte Duval beruhigend. »Leroc, kommen Sie dazu«, rief er über den Flur. Léa Leroc erschien umgehend. »Wir hatten uns ja gerade schon gesehen«, nickte sie Madame Fernandez zu.

»Zu meiner aktiven Zeit gab es noch keine Frauen bei der Polizei«, sagte Madame Fernandez.

»Madame Fernandez«, begann Duval und las die Angaben, die Léa bereits aufgenommen hatte. »Ich bin Commissaire Duval, wir kennen uns noch nicht«, begann er.

»Bonjour, Commissaire«, die Dame lächelte ihn breit an und streckte ihm die knotige Hand entgegen. Duval drückte sie kurz und vorsichtig. »Ich kenne Generationen von Flics«, lachte sie rau. »Sie sind neu in der Stadt?«

»Na ja, ein paar Jahre sind's jetzt auch schon«, begann Duval. »Die junge Dame da draußen ist eine ...« Duval zögerte, »Ihre Tochter?«

»Nein, eine Nachbarin. Allein schaffe ich es nicht mehr. Ich habe Polyarthritis und manchmal kann ich kaum laufen. Ich brauche immer jemanden, der mich begleitet.«

»Madame Fernandez«, sagte er, »wir haben Sie gebeten, zu uns zu kommen ...«

»Vorgeladen haben Sie mich«, unterbrach sie.

»Das ist richtig. Aber wir brauchen Ihre Hilfe.«

»Ha!«, machte sie.

»Ja, schauen Sie, wir haben eine junge Frau tot aufgefunden und wir wissen nichts von ihr, keinen Namen, keine Anschrift, aber vor ihrem Tod verdiente sie ihr Geld als Escort-Girl, das haben wir in Erfahrung gebracht. Mir wurde zugetragen, dass Sie eine unumgängliche Größe im Cannoiser Nachtleben sind ...«

Sie winkte ab. »Vorbei, alles vorbei.«

»Ja, vielleicht ist die große Zeit vorbei, aber Sie haben vielleicht doch noch ein Auge und ein Ohr auf die Szene, sagen wir so?!«

»Das Milieu meinen Sie.«

»Ja, das Milieu. Das Nachtleben. Die Bars und so weiter.«

Sie nickte schwer. »Ich komm nicht mehr so viel rum, wissen Sie. Ich gehe sonntags in die Messe und danach in die *Bleuets Bar* im Suquet. Das ist die Bar meines Mannes, wissen Sie. Also mein letzter Mann«, sie lachte. »Ich hatte ein paar. Jacques ist noch jung, jünger als ich auf jeden Fall und er arbeitet noch. In seiner Bar essen wir zusammen und trinken ein Glas und dann gehe ich wieder nach Hause.«

»Aber Sie hören vielleicht noch etwas, was man sich so erzählt im Milieu.«

»Hm«, machte sie.

»Schauen Sie, das ist sie.« Duval legte ihr das Foto vor.

Sie nahm das Foto in die Hand und sah es lange an. »So 'ne Hübsche. Und so jung noch«, sagte sie dann. »Und schon tot.«

»Ja, das macht uns auch Kummer, dass sie so jung und hübsch war und wir nicht mal wissen, wen wir verständigen sollen. Irgendwo sorgt sich wahrscheinlich eine Mutter um sie.«

»'Ne Russin?«, fragte sie.

»Eher nicht.«

»Na, ich kenn sie nicht. Nie gesehen. Aber ich komme auch nicht mehr so viel rum und im Geschäft bin ich schon lange nicht mehr. Und ich hatte nie Nutten. Immer nur Animiermädchen!« Sie sagte das mit Nachdruck.

»Ich verstehe«, sagte Duval. »Ihnen gehörte die Bar *Chez Angèle* in der Rue Georges Clemenceau, nicht wahr?«

»Kannten Sie sie?« Sie sah Duval überrascht an. »Ich kann mich nicht an Sie erinnern. Sie sind auch noch sehr jung. Ich habe die Bar vor mehr als zwanzig Jahren verkauft.«

»Nein, ich kannte Ihre Bar nicht. Nicht mal die Bar Ihres Nachfolgers. Man hat mir davon erzählt. Sie soll mythisch gewesen sein.«

Sie lachte rau und schien sich zu freuen. »Wenn die Flics das heute von meiner Bar sagen, dann kann ich ja zufrieden sein.« Sie lachte wieder und begann zu husten.

Duval machte Léa ein Zeichen. Sie holte ihr einen Becher Wasser aus dem Wasserspender und reichte ihn ihr.

Madame Fernandez trank und nickte dankend.

»Möchten Sie vielleicht einen Kaffee?«

»Nein danke, keinen Kaffee mehr, mein Blutdruck«, erklärte sie.

»Würden Sie mir von früher erzählen? Von Ihrer Bar?«, bat Duval.

»Wieso?«, fragte sie misstrauisch. »Wieso wollen Sie das wissen?«

»Weil ich Flic in Cannes bin. Aber nicht von hier, also nicht so richtig. Und weil ich diese Stadt kennenlernen will. Ich kann mich auch erkundigen und die Akten lesen, aber ich würde es lieber von Ihnen hören.«

»Ach so?«

»Wissen Sie, ich habe neulich einen alten Film gesehen, der in Cannes spielt. Einen Schwarz-Weiß-Film nach einem Roman von Georges Simenon, na ja«, er winkte ab, »ist auch egal, von wem er ist, aber es ging um das Milieu, im Hafen und in einer Bar. Die Bar hieß *Liberty Bar.* Sagt Ihnen das was? Gab es die wirklich?«

Sie sah ihn verwundert an. »Nie gehört.«

»Es ging recht freizügig zu in Cannes früher, oder?«

»Ach«, sie winkte ab. »Kein Vergleich mit heute. Cannes war eine sehr freie Stadt«, sagte sie. Sie stutzte. »Wie soll die Bar heißen? Libertär?«

»Liberty. Das ist ein englisches Wort für Freiheit.«

»Ah.« Sie nickte. »Ja, früher war es anders. Als die amerikanische Marine noch im Hafen anlegte, das waren Zeiten! Wir hatten viel Spaß damals. Was haben wir gefeiert! Es wurde getrunken und gelacht und getanzt.« Sie erinnerte sich. »Ja, es war freizügiger«, sagte sie dann. »Die Mädchen standen am Hafen und mussten keine Angst haben, verjagt zu werden. Und die Jungs auch. Cannes hatte einst einen Ruf als schwule Stadt mit vielen Bars, wissen Sie. Die *Zanzibar,* die war auch legendär. Jetzt gibt es kaum noch was. Einen Travestie-Club gibt es noch, aber ob die das noch lange machen?!«

»Man hat Sie sogar mit Josephine Baker verglichen.«

Sie sah ihn irritiert an. »Mit wem?«

»*Schooséhfiehn Behkér*«, sprach Duval den Namen nun auf französische Art aus. »Wissen Sie, die ...«

»Ja, ja, ich weiß doch, wer *Schooséhfiehn Behkér* ist«, unterbrach sie ihn. »Ich hab auf dem Tisch getanzt und meine Mädchen auch. Auch Striptease. Aber es war ganz anders als heute. Heute ist eine Aggressivität im Spiel, die war früher nicht da. Oder vielleicht hab ich's nur nicht so empfunden, ich weiß nicht. Es hat sich alles so verändert. Ich glaube, seit die Russinnen auf dem Markt sind und die osteuropäischen Mädchen mit diesen brutalen Zuhälterbanden, seitdem ist es anders. Zuhälter gab's immer, verstehen Sie mich richtig, Mädchen gab's auch schon immer, aber diesen Mädchenhandel ... ich weiß nicht. Manchmal kommt mir meine Zeit, gemessen an heute, völlig harmlos vor. Unschuldig beinahe. Als hätten wir nur gespielt und uns amüsiert. Ich war schockiert, als der Kerl, der meine Bar gekauft hat, plötzlich Séparées eingerichtet hat. So was gab's bei mir nicht. Wenn ein Mädchen nach dem Abend mit einem Kerl mitgehen wollte, meinetwegen, aber ich wollte es nicht wissen, und in meiner Bar gab's das nicht. Und plötzlich hieß es, *Chez Angèle* ist ein Puff! Niemals war das so! Aber der Kerl hat meinen Namen benutzt. Den Namen meiner Bar hat er behalten wegen der Kunden und dann hat er die Mädchen mit ihnen in Séparées geschickt, wo sie für 300 oder 500 Euro Champagner bestellen mussten. Dass die Herren für diesen Preis nicht nur Striptease erwarteten, versteht sich von selbst.«

»Ja, ich habe davon gehört«, sagte Duval. »Aber der ist doch vor ein paar Jahren hochgegangen.«

»Ja, aber immer noch heißt es, *Chez Angèle* war ein Puff. An mir blieb es hängen.« Sie trank ihren Becher mit Wasser aus. »So«, sagte sie.

»Ich will Sie nicht länger aufhalten«, sagte Duval. »Danke, dass Sie gekommen sind und mir etwas von früher erzählt haben.«

Sie erhob sich mühsam und ihre Perücke verrutschte dabei noch ein bisschen mehr, Léa half ihr auf. »Danke schön«, sagte sie und stützte sich schwer auf Léas Arm.

»Frauen gab's früher auch nicht bei der Polizei«, wiederholte sie.

»Ja«, sagte Léa. »Alles ändert sich. Aber nicht alles wird schlechter. Frauen bei der Polizei sind eine gute Veränderung.«

»Na, wenn Sie das sagen. Auf Wiedersehen, Commissaire«, sie streckte ihm ihre arthritischen Finger entgegen.

»Auf Wiedersehen, Madame Fernandez.« Duval drückte die Hand vorsichtig. »Ich gebe Ihnen meine Karte.« Er hielt ihr seine Visitenkarte entgegen. »Für alle Fälle.«

»Danke.« Sie nahm sie entgegen, öffnete ihre große Handtasche und holte eine postkartengroße weiße Karte heraus. »Hier«, sagte sie. »Nehmen Sie. Das ist meine Visitenkarte.«

»Angèle Fernandez – Unternehmerin« war in lieblicher Schreibschrift darauf gedruckt. Darunter standen eine Vielzahl von Unternehmungen und Vereinen, denen sie angehörte, unter anderem war sie Mitglied beim Hilfsfonds der Taxifahrer.

Duval studierte die Karte aufmerksam und nickte. »Danke sehr.«

»Ich kann mich mal umhören«, sagte sie dann. »Wegen der Kleinen.« Sie zeigte auf das Foto. »Vielleicht erfahre ich was.«

»Das wäre schön«, stimmte Duval zu.

»Wie geht es dir, Annie?«

»Den Umständen entsprechend gut, würde ich sagen«, scherzte sie. »Ich komme kaum noch in den winzigen Aufzug mit meinem Bauch. Manchmal denke ich, dass ich Zwillinge bekomme.«

Duval verschlug es die Sprache.

»Hahaha«, sie lachte laut. »Ich wusste, dass dich das schockieren würde.«

»Na ja«, machte Duval etwas dumm. »Bekommst du denn Zwillinge?«

»Du meinst, wir haben auf dem Ultraschall später noch einen zweiten Fußballer entdeckt, der sich hinter dem ersten versteckt hat?«

Duval schwieg.

»Wenn du zu den anderen Untersuchungen mitgekommen wärst, wüsstest du, dass es nur ein Kind gibt.«

»Entschuldige«, sagte er lahm.

»Ich weiß nicht, ob ich das entschuldige«, sagte sie streng.

Duval schwieg.

»Bei der Geburt wirst du aber dabei sein, oder?«

»Ja klar«, beeilte er sich zu bestätigen. »Sicher doch. Wann ist es noch mal?«

Sie stöhnte. »Léon! Herrgott, es ist auch DEIN Kind! Interessiert es dich überhaupt? Wie oft habe ich es dir schon gesagt?«

»Sag's mir noch mal, bitte, Annie.«

»*Unser* Kind ist für Ende April ausgerechnet.«

»Ende April. Ist ja noch ein bisschen Zeit.«

»Ein bisschen, ja.« Sie schwieg.

Duval spürte ihre Enttäuschung, er schämte sich und schwieg deshalb auch.

»Und sonst?«, fragte Annie dann in sachlichem Ton. »Wie geht's deiner Familie? Wann reisen sie ab?«

»Morgen. Morgen fahren sie wieder.« Duval war erleichtert über den Themenwechsel. »Deswegen rufe ich eigentlich an. Es ist der letzte Abend. Wir gehen noch einmal alle zusammen essen, möchtest du dazukommen?«

»Ach«, machte sie, es klang eher wenig begeistert. »Ich bin ein bisschen müde.«

»Hélène bat mich ausdrücklich, es dir zu sagen.«

»Aha«, sagte sie in einem anderen Ton, »Wo geht ihr hin?«

»In die Pizzeria unten am Hafen. Pizza essen ist mit den Kindern am unproblematischsten.«

»Wann?«

»Um halb acht haben wir ausgemacht. Ich kann dich abholen, wenn du willst.«

»Na gut«, stimmte sie zu, »dann bis gleich.«

»Bis gleich, Annie.«

Das Essen verlief anfangs friedlich. Duval, der wusste, dass er den dozierenden Ben nur noch diesen Abend ertragen musste, war geradezu gut gelaunt. Ben war kein schlechter Kerl, er war nett zu den Kindern, was Duval ihm hoch anrechnete, aber diese stets frohgemute Art und dieses ewige Plaudern und Dozieren über Gott und die Welt gingen ihm auf die Nerven. Dass Hélène sich ausgerechnet so einen Mann ausgesucht hatte, überraschte ihn. Er spürte immer noch eine Vertrautheit mit ihr, sie hatten fast achtzehn Jahre miteinander verbracht. Und doch war sie ihm gleichzeitig auch fremd geworden. Vermutlich war Ben das genaue Gegenteil von ihm, in seiner steten plappernden Heiterkeit, und Hélène hatte ihn vor allem deshalb gewählt. Duval wusste, dass man ihn mit seiner Schweigsamkeit und dem verschlossenen Blick oft für einen schlecht gelaunten Miesepeter hielt. Dabei hatte er einfach nur keinen Sinn für Smalltalk und sein Gesicht zeigte im Ruhezustand kein sichtbares Lächeln. Die Themen, die er anschnitt, schockierten oder langweilten seine Zuhörer, das hatte er im

Laufe der Jahre begriffen, so dass er in Gesellschaft meistens schwieg. Aber auch das kam nicht gut an. »Kannst du nicht ein bisschen verbindlicher sein?«, hatte Hélène ihn jahrelang kritisiert. »Worüber soll ich denn plaudern?«, hatte er sie einmal vor allen angebrüllt, »über die halb verhungerten Kinder, die ich heute Morgen aus der widerlich versifften Wohnung einer alkoholabhängigen Mutter geholt habe? Und darüber, dass die Kinder sich trotz ihrer Verwahrlosung kreischend an ihre apathische Mutter geklammert haben?«

»Habt ihr den flüchtigen Maler eigentlich gefunden?«, fragte Hélène mitten hinein in seine Gedanken.

»Nein, Ben hat ja nicht kooperieren wollen ...« Es sollte ironisch klingen, aber es misslang. Zumindest Ben verstand die Ironie nicht.

»Du hast allen Ernstes gewollt, dass ich mit einem Mörder Kontakt aufnehme?«, empörte er sich.

»Nein, ich wollte, dass du mit einem *Maler* Kontakt aufnimmst. Das wolltest du doch anfangs auch selbst.«

»Bevor ich wusste, dass er ein gesuchter Mörder ist, ja. Du bist verrückt, mich so etwas zu bitten! Ich finde das unverantwortlich ...«

Duval atmete durch. »Schon gut, entschuldige. Ich habe den ganzen Tag mit Kriminellen und Mördern zu tun. Für mich sind sie vor allem Menschen. Nicht alle sind angenehm, manche sind tatsächlich auch sehr unangenehm, das gebe ich zu. Aber ich versuche immer, zuerst den Menschen zu sehen, und zu verstehen, was ihn dazu gebracht hat, kriminell zu werden. Aber ich verstehe, dass es für dich eine Zumutung war, dass ich dich gebeten habe, ihn anzurufen.«

»Ja, das war es ...«

»Es ist gut jetzt«, unterbrach Hélène. »Wir müssen das vor den Kindern nicht weiter erörtern.«

»*Du* hast gefragt«, gab Duval zurück.

»Wann ist dein Geburtstermin?«, wechselte Hélène abrupt das Thema und sah Annie an.

»Ende April. Für den 28. ist es ausgerechnet.«

»Wirst du dabei sein?« Hélène sah Duval an.

»Das ist zumindest ausgemacht, oder?« Duval sah fragend zu Annie.

»Wenn du es nicht vergisst«, gab sie spitz zurück.

»Natürlich vergesse ich es nicht«, empörte sich Duval. »Ihr seid lächerlich, mir das immer vorzuwerfen!«

»Penelope Cruz wurde auch an einem 28. April geboren.« Ben hatte diese Information in seinem Smartphone gefunden.

»Wunderbar. Das werde ich mir bestimmt merken.« Duval grinste.

»Und Saddam Hussein«, ergänzte Ben.

»Oh bitte, Ben!« Hélène verdrehte die Augen.

»Und Lamborghini und Oskar Schindler«, fügte Ben noch schnell hinzu. »Sternzeichen Stier übrigens. Element Erde. Stiere sind sehr bodenständige Charaktere ...«, las er aus seinem Smartphone vor. »Glaubt ihr an diese Sternzeichen?« Er blickte in die Runde. »Welches Sternzeichen bist du eigentlich, Léon?«

»Jungfrau«, sagte Duval.

»Jungfrau«, wiederholte Ben und tippte in sein Smartphone. »Oh«, sagte er. »Die typische Jungfrau ist analytisch, ehrlich, arbeitsam, pflichtbewusst ...«, las er vor.

»Lass«, winkte Duval ab.

»Und ihr Lebensmotto lautet: Ich und meine Arbeit!«, hatte Ben schon weitergesprochen.

»Na, das passt doch!«, lachte Hélène.

Duval verzog missvergnügt das Gesicht.

———

Am nächsten Vormittag brachte Duval seine Familie zum Schnellbus am Bahnhof, der halbstündlich zwischen Cannes und dem Flughafen in Nizza verkehrte. Er sah zu, wie der Fahrer das Gepäck verstaute, drückte Lilly und Matteo noch einmal an sich, gab Hélène und Ben Wangenküsse. »Entschuldige, Léon«, begann Hélène, aber der Busfahrer drängte zum Einsteigen. »Schon gut«, sagte er. »Ich entschuldige mich auch.« Die Bustür schloss sich, Lilly winkte und schickte Luftküsse, er winkte zurück und der Bus fuhr los. Er atmete auf. Familie! Wie anstrengend. Gestern Abend hatte er sich mit Hélène noch gestritten.

»Mach nicht wieder denselben Fehler, Léon! Ich bitte dich!«, hatte sie begonnen.

»Was soll denn das heißen«, brauste Duval sofort auf. »Denselben Fehler?! Ich habe keinen Fehler gemacht, meines Wissens. Ich bin nicht für ein Familienleben gemacht, das ist alles.« Es ist vielleicht ein Fehler, noch ein drittes Kind zu bekommen, wenn man so drauf ist wie ich. Diesen »Fehler« hätte ich gerne vermieden. Die letzten Sätze dachte er nur. So etwas sprach man nicht aus. Keine Kinder zu wollen war irgendwie ungehörig. Als sei man ein egoistisches Monster. War er egoistisch, nur weil er kein Bedürfnis nach Kindern hatte?! Nun hatte er bereits zwei, sie hatten sein Leben auf den Kopf gestellt und er versuchte dieser Verantwortung gerecht zu werden. Ja, er liebte Lilly und Matteo. Auf eine besondere Art. Er wollte sie beschützen, fördern und zu anständigen, aufrechten Menschen erziehen. Er wusste aber auch, dass der Alltag mit Arbeit und Kindern ihn überforderte. Du bist mit deinem Job verheiratet, hatte Hélène ihm nicht nur einmal vorgeworfen. Und ja, er hatte keinen *Nine-to-five-Job,* und er konnte die Gedanken daran nicht ausknipsen, wenn er die Bürotür hinter sich zuzog.

»Annie will dieses Kind, sie ist schwanger geworden gegen alle Voraussagen, also ...«, setzte Hélène erneut an.

»Sie bekommt es ja, dieses Kind!«, gab Duval ruppig zurück. »Und ich werde es anerkennen, und ich werde meine Alimente zahlen.«

»Darum geht es doch gar nicht«, rief Hélène wütend.

»Ach«, ätzte Duval. »Natürlich geht es darum!«

»Es geht darum, dass du da bist, dass du präsent bist! Im Alltag, verstehst du das?«

»Ich bin da, so gut ich kann«, blaffte Duval zurück.

»Es ist auch dein Kind! Ihr müsst den Alltag gemeinsam hinkriegen, Léon!« Hélène sprach eindringlich.

»Hör auf, Hélène, ich weiß überhaupt nicht, warum du dich da einmischst.«

»Du wirst es nicht glauben, weil ich Annie mag und weil ich dich mag. Aber du musst etwas ändern, Léon! Dein Job kann doch nicht immer wichtiger sein als deine Kinder!«

»Es reicht!«, brüllte Duval. »Es reicht mir jetzt! Immer diese Vorwürfe! Ihr schließt euch monatelang ein in eurer Heile-Welt-Mutter-Kind-Blase. Und dann wundert ihr euch, wenn man Abstand nimmt als Mann. Man kommt da nicht rein in eure süßliche heile Welt. Bei dir war es so und ich ahne, dass es auch bei Annie so sein wird. *Merde!* Eines sage ich dir: Ich hab sie nicht gewollt, diese Kinder! Ich hab sie nicht gewollt! Versteht das mal jemand? Ich will all diese Windel-Kaka-Schrei-Geschichten nicht! Trotzdem stehe ich dazu. Ja, es sind meine Kinder. Ich habe sie lieb, so gut ich kann. Und ich tue, was ich kann. Ich bin da, so gut ich kann und so gut es geht mit diesem Job. Sieht das mal jemand?« Seine Stimme überschlug sich fast.

Hélène schwieg entsetzt und verletzt. »Ich wusste nicht, dass es so schlimm ist«, sagte sie leise.

»Was ist schlimm?«

»Dass du so herzlos bist.«

»Ich bin nicht herzlos, Herrgott noch mal! Ich habe nur dieses Bedürfnis nicht, Kinder haben zu wollen, das ist alles. Ich wollte nicht Erzieher sein oder Lehrer, ich wollte Flic sein. Und das bin ich. Und es ist ein Scheißjob, heutzutage Flic zu sein, siehst du das auch mal? Überall brüllen sie dir hasserfüllt entgegen: ›Bringt euch um!‹ oder ›Nur ein toter Flic ist ein guter Flic!‹ Kriegst du das eigentlich mit, was hier los ist? Weißt du, dass jeder kleine Straßenpolizist heute Angst um sein Leben hat? Ist dir bewusst, dass ich jeden Tag mit einer Waffe unterwegs bin? Weißt du, dass das Kommissariat neuerdings gesichert ist wie eine Privatbank in Monaco? Dass man jedes Mal durch eine Sicherheitsschleuse muss? Weißt du, was ich alles sehe an Kriminalität, Brutalität, Gemeinheit und Verwahrlosung, jeden Tag aufs Neue? Da vergeht es dir, Kinder haben zu wollen.«

»Du solltest mit einen Psychologen sprechen, wirklich!«

»Ja. Genau«, sagte Duval ironisch und herablassend. »Sonst noch was? Hör mir doch mit diesem Geschwätz auf. Als sei ich krank. Ich bin realistisch, das ist alles.«

»Was ich wirklich schlimm finde daran, Léon«, sagte Hélène, »ist, dass du so viel Energie und Geduld und Einfühlungsvermögen für alle diese beschissenen Kriminellen haben kannst, aber nicht für uns, nicht für deine Kinder und für deine Familie. *Das* ist doch das Wichtige im Leben, oder nicht?!«

Duval schwieg.

»Du musst etwas ändern, Léon, bitte. Ich habe mich erkundigt, es gibt auch eine Polizeipsychologin ...«; begann Hélène erneut, aber Duval fiel ihr ins Wort. »Hat uns das damals irgendwie weitergebracht mit dem Psychologen, Hélène?« Duvals Stimme wurde ätzend. »Ich habe meinen besten Freund verloren, während ich mit dir auf einer Psychologencouch saß, erinnerst du dich? Lass mich bloß damit in Ruhe!« Er war türenknallend gegangen.

Er schnaufte, als er daran dachte. Dann hob er noch einmal die Hand. Der Bus hatte an der Ampel angehalten und er sah Lilly, die ihm von der Rückbank des Busses wild zuwinkte. Er winkte zurück, bis der Bus wieder anfuhr und auf den Boulevard Carnot abbog. Jetzt waren sie weg. Er war erleichtert und gleichzeitig fühlte er sich verlassen, nach all dem Familientrubel der letzten Tage. *Allez,* einen zweiten Kaffee gönnen wir uns, dachte er und lief die paar Schritte hinüber zu *Da Laura.* An einem der kleinen Tische blinzelte er in die Sonne, die sich erst heute, ungerechterweise am Abfahrtstag der Familie, wieder als frühlingswürdig erwies. Er betrachtete das gemächliche Treiben am oberen Ende der Rue Hoche; das eigentliche Bermudadreieck, zumindest für die normalsterblichen Cannois, fand sich an ihrem unteren Ende, in der Nähe des billigen Kleidermarktes auf der Place Gambetta. Hier reihte sich ein Lokal an das andere, neuerdings fand man dort auch peppige Cafés und schicke Teesalons. Diese Ecke, vor ein paar Jahren noch trist, mauserte sich zum angesagten Ausgehviertel für die jüngere Cannoiser Bevölkerung. Ein paar Schritte weiter, in der Avenue Jean Jaurès, neben italienischen Feinkosthändlern und asiatischem Supermarkt, hatte sich letztes Jahr sogar eine inhabergeführte Buchhandlung niedergelassen, die mit Lesungen, kleinem Restaurant und vielen Veranstaltungen in einem angeschlossenen Café-Theater das Cannoiser Leben mit »anderer« Kultur bereicherte. Florence, die Besitzerin, eine ehemalige Journalistin und eine Freundin von Annie, hatte ihre Eröffnung mit einer Travestie-Show gefeiert, eine überraschende Wahl, aber durchaus stimmig, war ihr Buchsortiment doch vor allem kulturell geprägt. Duval hatte es, obwohl ihn ihr Programm durchaus interessierte, noch zu keiner Abendveranstaltung geschafft, aber hin und wieder mit Annie mittags einen kleinen Snack dort verzehrt. Allein aber war Duval eher pragmatisch veranlagt und solange es in unmittelbarer Nähe des Kommissariats am oberen Ende der Fußgängerzone den angesagten Eckitaliener mit dem ausgezeichneten Espresso und ein paar Schritte weiter sein kleines derzeitiges Lieblingsbistro gab, hatte er keinen Grund, das Glück woanders zu suchen. Er kratzte den Zucker aus der Tasse, legte etwas Kleingeld auf das Tellerchen und stiefelte sodann über die Kreuzung am Pont Carnot ins Kommissariat.

Er hoffte, dass er Villiers und LeBlanc heute zurückbekam. Sonst kämen sie nie weiter mit diesem Fall. Aber er traf nur Leroc an. Sie platzte vor Mitteilungsbedürfnis, sie hatte den gestrigen Nachmittag mit dem Einsatzkommando der *Police des Mœurs,* der »Sittenpolizei« verbracht und an der »Befreiungsaktion« der jungen Nigerianerinnen teilgenommen.

»Ich habe so was noch nie gesehen«, sagte sie. »Es roch schon im Treppenhaus nach fremden Gewürzen und verbrannten Räucherstäbchen. Als die Beamten die Tür der Wohnung aufbrachen, beschlugen sich deren Schutzbrillen von dem feuchtwarmen Mief aus Schweiß, Küchendünsten und süßlichem Deodorant, der ihnen entgegenschlug. Eine

Leine war quer durch das Apartment gezogen worden und darüber hingen feuchte T-Shirts, grelle Kleidchen und pinkfarbene Tangaslips. Sieben verschreckte Augenpaare haben uns angestarrt. Die Mädchen hatten auf vier großen Matratzen, mit denen der Boden ausgelegt war, gelegen und gedöst. Eines der Mädchen stand vor der Küchenzeile und rührte in einem riesigen Topf. Reis und Hühnchen hätte es wohl, wie jeden Tag, gegeben. Die Fensterscheibe in der Küche war vom Dampf beschlagen. Sieben Mädchen, mit Happy sogar acht, lebten in diesem Einzimmerapartment! Die Wände des Apartments waren speckig und grau von den Ausdünstungen der Mädchen, der Küche, der Wäsche. Sie haben dort alles von Hand gewaschen und drinnen aufgehängt! Das kleine Duschbad und der Duschvorhang waren schwarz verschimmelt. Es gab weder Tisch noch Stühle, dafür wäre auch kein Platz mehr gewesen, das ganze Leben fand auf den Matratzen statt. Acht Mädchen auf knapp 40 Quadratmetern! Und das im 5. Stock eines großen, gediegenen Apartmenthauses im Boulevard Alexandre III.«

Das Apartment war von einem jungen Filmvorführer eines großen Cannoiser Kinos angemietet worden. Er zahlte die Miete pünktlich und ohne Probleme, wie die erschütterten Vermieter immer wieder bestätigten. Er habe sich mit seiner nigerianischen Freundin vorgestellt und sie hatten keinen Grund gehabt, diesem Paar die Wohnung nicht zu vermieten. Sie hatten sich erkundigt, der junge Mann arbeitete wirklich für das Kino und verdiente ausreichend, um sich diese Wohnung zu leisten. Tatsächlich gab es immer mal Beschwerden von Nachbarn wegen der Lautstärke und der Gerüche. »Aber wissen Sie«, sagte der Vermieter, »die Nachbarn in diesem Haus sind schwierig. Wie überall wohnen dort überwiegend Rentner, denen alles Fremde missfällt. Vorher wohnte ein junges Paar in der Wohnung, als sie ein Kind bekamen, hagelte es Beschwerden, weil das Baby schrie. Sie haben es geschafft, die kleine Familie rauszuekeln. Die Nachbarn beschweren sich ständig über alles. Wir fanden, ein junges, gemischtes Paar, das ein bisschen lebendiger ist und andere Gewürze zum Essen verwendet, das ist kein Grund zum Einschreiten. Aber niemals hätten wir gedacht, dass dieser junge, nette Filmvorführer ein Zuhälter sein könnte!«

Jerôme P. aber schob alle Verantwortung auf seine Lebensgefährtin Florence, eine junge Nigerianerin, und beteuerte, nichts von ihrem »Business« gewusst zu haben, sie hätte ihn angelogen und vorgegeben, sie hätte den Mädchen nur helfen wollen.

Florence hingegen leugnete nicht, die Mädchen beherbergt zu haben, behauptete aber, angeschafft hätten sie freiwillig. Das Geld, das sie den Mädchen abnahm, gab sie weiter an die »Freunde«, denen die Mädchen Geld schuldeten und die Mieteinnahmen rechtfertigte sie mit den Einkäufen. Die acht Mädchen fraßen ihr, nach ihren Angaben, die Haare vom Kopf und sie brauchten auch sonst allerhand: Kleidung, Schuhe, Handtaschen, Medikamente, Hygieneartikel und Kondome. Schuldbewusstsein hatte sie keines. Was war so schlimm an der Prostitution? Männer hatten nun mal Bedürfnisse. Irgendjemand musste sie befriedigen. Das war schon immer so und würde immer so bleiben. Sie hatte selbst so begonnen und nun kümmerte sie sich um die Mädchen. Die hätten es schlimmer treffen können, fand sie. Hin und wieder schlug sie sie, na und, sie musste ihnen klarmachen, wer das Sagen hatte, verteidigte sie sich. Die Männer in diesem Business gingen ganz anders mit ihren Mädchen um. Und um die Mädchen gefügig zu machen, hatte sie sie nicht etwa einer Massenvergewaltigung ausgesetzt, sondern sanfte Methoden angewendet. Mit großem Tamtam und der Hilfe eines selbst ernannten großen afrikanischen Magiers hatte sie die Mädchen mit einem Zauber belegt: Sie hatte ihnen das Schamhaar abgeschnitten und der Magier hatte es zusammen mit geheimnisvollen Kräutern, Wurzeln, Hühnerkrallen und Heiliger Erde unter unentwegtem Murmeln dramatischer Zaubersprüche verbrannt. Die übrig gebliebene Asche hatte man mit Tropfen irgendeiner obskuren Flüssigkeit zu einer Paste vermischt und ihnen diesen Brei auf die Vulva gestrichen. Keines der unbedarften Mädchen hatte gewagt, diesen »Zauber« zu brechen, außerdem hatte man ihnen angedroht, sich an der Familie zu Hause zu rächen, falls sie versuchen würden, zu fliehen. Nur Happy, die wusste, das in Nigeria niemand mehr für ihren Ungehorsam bestraft werden konnte, und die an ihrem christlichen Glauben festhielt und jede Nacht eindringlich zu Gott und Jesus und dem Heiligen Geist betete, sie mögen ihr Kraft geben, hatte eines Tages genug Mut, sich über die Balkonbrüstung im 5. Stock zu hangeln und bei der Nachbarin zur Linken an die Fensterscheibe zu klopfen.

Villiers und LeBlanc wankten übermüdet ins Büro. Sie hatten sich die letzten Nächte vor dem Zugriff des Drogendealers im Auto um die Ohren geschlagen, man hatte sie mit anderen Kollegen abgeordnet, um bei der groß angelegten Aktion der STUP in Ranguin, einem Banlieue-Viertel von Cannes, besagten *Tartar*, einen der größeren Fische, dingfest zu machen. Wir brauchen dazu jeden verfügbaren Mann, hatte es geheißen. Bei Einsätzen in den Vierteln, in denen es brenzlig werden konnte, war immer große Polizeipräsenz gefordert. 50 Polizisten hatten in den frühen Morgenstunden in einer konzertierten Aktion mehrere verdächtige Wohnungen, Keller und Garagen durchkämmt.

Die sozial schwachen Viertel wie Ranguin oder L'Aubarède waren gemessen an den Vierteln im Norden von Marseille, geradezu harmlos. In L'Aubarède gab es nur zwei, drei Sozialwohnungsblocks, wo es manchmal etwas heiß herging. Aber Ranguin war dabei, sich zu einer No-Go-Area zu entwickeln. Hier fuhren die Polizisten nie mehr nur zu zweit Streife. Zu hoch war die Gewaltbereitschaft der Bewohner des Stadtviertels. Dort gab es offenen Drogenhandel, und Jugendliche drehten ihre Beobachtungsrunden auf Scootern, andere saßen auf den Dächern und auf den Balkons in den oberen Stockwerken der Hochhäuser und pfiffen Alarm, sobald ein verdächtiges Auto oder gar Flics gesichtet wurden. *Tartar,* ein dreißigjähriger Franzose algerischer Abstammung, war der Kopf eines großen Drogennetzes, bis zu hundert Kunden kamen täglich, um sich im Keller eines der Hochhäuser ihren Stoff zu besorgen. Es ging hauptsächlich um Haschisch, aber auch Pillen und ein paar Gramm Kokain wechselten gegen Bargeld den Besitzer.

Tartar, bei dem man acht Kilo Cannabisplatten, 13 000 Euro in bar und eine Maschinenpistole mit mehreren Hundert Schuss Munition gefunden hatte, verdiente so bis zu 10 000 Euro täglich. Tatsächlich hatte er in banalen Schulheften eine minutiöse Buchführung angelegt. Die Dealer bekamen höchstens 800 Euro, mit denen sie noch die zahlreichen Jugendlichen, die Schmiere standen, bezahlen mussten. War der Fund in seiner Wohnung eher amüsant: fünfzig Paar exklusive Joggingschuhe, die das geflügelte Wort, dass er auf großem Fuß lebte, bestätigten, sowie eine außergewöhnliche Haustiersammlung: Niedliche Angora-Kaninchen hüpften in einem Stall herum, eine

Schlange räkelte sich müde in einem riesigen Terrarium und in einem nicht minder beeindruckenden Aquarium schwammen kleine Süßwasserhaie, so wenig amüsierte kurz darauf der Fund in einem Kellerverschlag die Polizisten. *Tartar* hatte sich bei seiner Festnahme zwar nur wenig gewehrt, aber als sie ihn abführten, flogen Steine und es schrie von den Balkons und den Dächern im Chor: »*Suicidez vous les flics!*« Bringt euch um, ihr Bullen! Seit die *Gilets Jaunes,* die Gelbwesten, bei ihren monatelang andauernden samstäglichen Demonstrationen gegen die Regierung diese Hasstiraden erstmals geschrien hatten, hörte man sie überall und immer wieder. Polizeihass war, nur wenige Monate nach denen man den Polizisten für ihren Einsatz gegen terroristische Attentate noch applaudiert hatte, wieder in Mode. In einem Kellerverschlag, in dem offenbar auch immer wieder Menschen übernachteten, Pizzakartons und leere Coladosen auf zwei Matratzen zeugten davon, und wo sie bei ihrem Einsatz ebenfalls Drogen und Waffen fanden, hatte man zusätzlich eine widerwärtige Inszenierung für die Polizisten vorbereitet. Ein Strick hing von der Decke, an dem ein Zettel befestigt war: »Für die Polizei: Hängt Euch auf, ihr Nacktärsche! Eure Leichen schmeißen wir in den Container!« Ein Stuhl stand daneben, um den Akt des propagierten Selbstmords zu erleichtern.

Villiers, der bei der makabren Entdeckung dabei war, hatte sein sonst so sonniges Gemüt verloren. »Ich sah die Kids, die auf dem Balkon brüllten«, sagte er. »Das waren Kinder, die waren zehn, zwölf oder dreizehn. Ich meine, wer hetzt Kinder so dermaßen auf, dass sie so etwas brüllen? Jetzt haben wir diesen *Tartar* festgenommen, toller Erfolg, wird es morgen in der Zeitung heißen. Es dauert ein paar Wochen, dann übernimmt ein Untergebener die bestehende Struktur oder ein Gegenspieler macht das Rennen. Die STUP wird in den nächsten Wochen wieder ein paar Leichen von der Straße kratzen, weil sie sich gegenseitig abknallen, bis die neuen Machtverhältnisse sich eingespielt haben und alles geht weiter wie vorher auch.«

Zeitgleich mit *Tartar* hatte man sieben weitere Männer festgenommen, die in den Drogenhandel verstrickt waren. Vier davon hofften, mit einem Geständnis milder davonzukommen, drei andere sowie *Tartar*, der Kopf der Bande, aber schwiegen. In Haft kamen alle. Duval hoffte inständig, dass weder im engeren oder weiteren Kreis um diesen Kerl sein Bruder gesichtet wurde.

Dann teilte er in dürren Worten die Informationen mit, die er in den letzten Tagen im Alleingang herausgefunden hatte, ihm schien allerdings, dass Léa noch vollkommen auf der Welle ihrer Teilnahme an der gelungenen Frauenbefreiungsaktion schwamm und Villiers und LeBlanc waren ausgelaugt, deprimiert und hatten ganz offensichtlich Schlaf nötig. Niemand schien im Augenblick das nötige Interesse zu haben, den Mord an der jungen Frau aufzuklären. Er schickte sie alle nach Hause, einschließlich sich selbst. Wochenende. Beim Bäcker an der Ecke kaufte er Brot, nahm im Blumenladen einen Strauß Tulpen mit, bestellte für mittags beim Metzger ein gegrilltes Hähnchen und fuhr zu Annie.

8

»Ich habe Angèle Fernandez am Telefon für Sie, Commissaire!« Emilia rief es über den Flur.

»Ich nehm's an, danke!« Duval hatte sich einen Kaffee eingegossen und tunkte gerade ein Croissant ein.

»Madame Fernandez, wie geht es Ihnen?«

»Mir geht es gut, Commissaire, danke der Nachfrage. Ich hatte Ihnen ja gesagt, ich will mal rumhören, wegen der Kleinen, die tot ist.«

»Ja, das hatten Sie gesagt. Konnten Sie etwas erfahren?« Duval nuschelte etwas mit dem aufgeweichten Croissant in seinem Mund.

»Ich habe bei den Taxifahrern gefragt, die wissen viel, und ich habe bei den Mädchen gefragt, die ich noch so kenne. Und noch so hier und da.« Sie machte eine Pause.

»Aha.«

»Es kennt sie keiner.«

»Aha. Na gut. Trotzdem vielen Dank, dass Sie sich bemüht haben.«

»Ich habe aber etwas anderes erfahren, Commissaire.« Sie schwieg wieder.

»Ja?«

»Es ist etwas unangenehm. Also, für Sie.«

Oh Gott, er ahnte es, sein Bruder war nun auch in den Mädchenhandel verstrickt.

»Nicht für Sie persönlich, für die Polizei meine ich.«

Uff. Er atmete auf.

»Einer Ihrer Kollegen lässt Mädchen in sein Auto einsteigen und sich von ihnen bedienen und dann zahlt er nicht.«

»Nein«, sagte Duval.

»Doch.«

»In einem Polizeiauto?«

»Nein, natürlich nicht.«

»Ein Flic, wirklich?«

»Die Mädchen glauben es zumindest. Wenn es ans Zahlen geht, sagt er, er sei Flic, er zeigt ihnen seine Waffe und Handschellen und so weiter, und er droht ihnen, er würde sie anzeigen, wenn sie nicht die Klappe halten.«

»Hm«, machte Duval und legte den Rest des Croissants neben die Tasse.

»So was gibt es, Commissaire, nicht nur im Film. Mich wollte mal ein Flic von der Sitte drankriegen, wegen Kuppelei. Aber zu mir kam damals auch der Bürgermeister mit seinen Freunden, dem hab ich das erzählt, und der hat es für mich geregelt.«

»Ach«, machte Duval. Er wusste nicht, was ihn mehr überraschte, der erpresserische Flic oder der Bürgermeister in Angèles Nachtclub. »Das ist ja ein Ding. Nun, wenn es ein Flic ist ...«

»Ich wollte es nur gesagt haben. Vielleicht ist es kein Flic, dann wär's aber gut, wenn Sie ihn kriegten. Und wenn es ein Flic ist ... die Mädchen haben Angst, wissen Sie.«

»Ich verstehe. Ist nicht ganz mein Ressort, um ehrlich zu sein, aber ich versuche, mich darum zu kümmern. Ich muss Ihnen nicht sagen, dass es illegal ist, was die Mädchen machen?«

Sie lachte rau. »Es ist auch illegal, was Ihr Kollege macht.«

»Wenn es wirklich ein Kollege sein sollte ...«

»Ich habe keine Angst mehr, auch nicht vor den *ripoux,* aber die Mädchen, die sind noch jung, wissen Sie.«

Les ripoux war ein Ausdruck des *Verlan,* der Gaunersprache, die sich aber mehr und mehr zur Umgangssprache entwickelte. Man verdrehte die Silben der Worte. Aus *femme* wurde das abschätzige *meuf,* aus *arabe* wurde *beurre* und die *pourris,* die »verfaulten« Flics, die sich nicht scheuten, im Drogen-, Mädchen- oder sonst einem Business mitzumischen, waren *les ripoux.* Die gab es überall. Nicht nur in Paris und Marseille. Sicher auch in Cannes.

»Wäre gut zu wissen, was für einen Autotyp er fährt und das Kennzeichen, wissen Sie das vielleicht?«

»Nein, ich kann aber noch mal nachfragen.«

»Danke, Madame Fernandez.«

»Angèle. Sie können Angèle zu mir sagen.«

Oh, zu viel der Ehre, dachte er. Aber natürlich sagte er es nicht. »Danke, Angèle.«

»Bitte, gerne. *Au revoir,* Commissaire.«

»*Au revoir,* Angèle!«

»Ha! Sie sind mit Angèle Fernandez beim Du!« Villiers schlug sich auf die Schenkel.

»Beim Sie«, korrigierte Duval. »Und beim Vornamen. Leroc, kommen Sie mal!«, rief er ins Nachbarbüro.

»Ja?« Sie steckte den Kopf zur Tür herein.

»Leroc, Sie haben doch jetzt so gute Kontakte zur Sitte«, fing er an.

»Na, da bin ich aber mal gespannt«, grinste sie.

»Angèle Fernandez kennt zwar unsere Tote nicht und auch niemand in ihrem Umfeld kennt sie, aber es gibt da einen Kerl, vielleicht Flic, vielleicht nicht, auf jeden Fall nimmt er die Dienste von den Mädchen in Anspruch ohne zu zahlen und droht damit, die Mädchen anzuzeigen.«

»So ein Arschloch«, kommentierte Léa.

»Und wir sollen uns darum kümmern?«, fragte Villiers.

»Ich dachte, Sie beide mit Ihren guten Kontakten im Haus könnten doch mal dezent die Ohren spitzen. Sie könnten auch über Angèle Fernandez mit den Mädchen in Kontakt treten und sich den Kerl beschreiben lassen. Wenn wir Glück haben, kriegen wir noch den Autotyp und die Zulassungsnummer. Aber bleiben Sie diskret, denn wenn es ein Kollege ist ...«

»In Ordnung.«

———

Duval fuhr den Boulevard Alexandre III entlang, benannt nach Zar Alexander dem Dritten. Hier irgendwo musste die Wohnung sein, in der die nigerianischen Mädchen eingesperrt gewesen waren. Keine schlechte Gegend eigentlich, und doch standen hier nachts die Mädchen, hier oder auf der parallel verlaufenden Einfahrtsstraße Avenue Maréchal Juin. *La basse Californie* nannte man dieses östliche Viertel Cannes' zu Füßen des Hügels La Californie und rund um die russisch-orthodoxe Kapelle auch, besser bekannt als das Russische Viertel. Hier war man auf den Spuren Eugène Tripets, seinerzeit französischer Konsul in Moskau, verehelicht mit der wohlhabenden Alexandra Skrypizine, die, ebenso wie Lord Brougham zu Beginn des 19. Jahrhunderts, Cannes eher zufällig entdeckt und sich in das damals noch so beschauliche Städtchen verliebt hatten. Sie hatten den gesamten Hügel, der damals noch nicht La Californie hieß, erstanden und dort für sich und ihre Familien Villen erbaut, deren riesige Grundstücke zwar nicht bis zum Meer reichten, aber immerhin bis zur Bahnlinie. Sie hatten einen eigenen Bahnhof, die Herrschaften, keinesfalls konnte man ihnen zumuten, bis zum zwei Kilometer entfernten Bahnhof zu fahren und dort mit Krethi und Plethi auf dem Bahnsteig zu warten. Die Villen gehörten nun anderen Menschen, neureiche Russen waren vielleicht darunter oder superreiche arabische Familien aus den Erdölstaaten. Auch sie mischten sich nicht unter das Volk, allerdings wurden sie heute mit einem Privatjet eingeflogen. Manch einer ließ seinen dunkelblauen Rolls Royce oder seinen goldfarbenen Bentley gleich mit einfliegen. Oder seinen Porsche, dachte Duval, als ihm auf der schmalen Avenue Coste Belle ein pinkfarbenes Exemplar entgegenrauschte. Trotz des eher kühlen Wetters fuhr die langmähnige Blondine, die den Wagen rasant durch die engen Kurven steuerte, offen, und Duval konnte ihr gerade noch ausweichen. Abrupt blieb er stehen. Schon röhrte ein weiterer Porsche an ihm vorbei. Schwarz dieses Mal und drei weitere Porsche folgten. Jeder ein anderes Modell und eine andere Farbe, der letzte war ein Oldtimer in einer froschgrünen Metallic-Lackierung. Vermutlich fand ein Porsche-Treffen auf der Croisette statt oder es gab eine Rallye auf der Corniche. Duval wartete, ob noch weitere Porsche angerast kämen und betrachtete derweil die Villa, vor deren Tor er angehalten hatte. Das war doch die Picasso-Villa! Man sah nicht viel, man musste es schon wissen. Er hatte gestern erst ein Bild davon gesehen. Dank Ben, der seinen ersten Aufenthalt an der Côte d'Azur nutzte, die Lebensgeschichten sämtlicher Künstler, die es hierher gezogen hatte, einzusaugen und sein Wissen großzügig weiterzugeben. Picasso hatte nur wenige Jahre mit seiner letzten jungen Frau Jacqueline hier gelebt, bevor er Cannes wütend verlassen hatte, weil man ihm eine riesige Wohnanlage vor die Nase gebaut hatte und er damit die freie Sicht auf das Meer verlor. Die Residence Palace Alexandra gab es immer noch, und die ehemalige Villa Picassos lag immer noch in deren Schatten. Picasso war daraufhin nach Mougins gezogen. Alle waren von Cannes nach Mougins gezogen, schien es Duval.

Er bog in die Avenue de la Favorite ab und stand ein paar Minuten später vor einem großen schmiedeeisernen Tor. Im Garten sah er einen Mann in grüner Arbeitskleidung, der gerade geräuschvoll den gefällten Stamm einer Palme in mehrere Stücke sägte.

»Entschuldigung«, rief Duval, als die Motorsäge einen Moment schwieg, »das ist die Villa Bellutini, oder?«

Der Mann blickte auf, näherte sich mit der Motorsäge in der einen Hand dem Tor, mit der anderen riss er die Ohrschützer und die Schutzbrille vom Gesicht. »Wie bitte?«

»Die Villa Bellutini. Das ist sie, oder?«

»Richtig«, setzte der Mann an, »aber die Villa hat eine lange Geschichte, wissen Sie ...«

»Aha«, unterbrach Duval den Mann schon im Ansatz, noch bevor er die lange und wechselvolle Geschichte dieser Villa wiedergeben konnte. »Jetzt ist es aber die Villa Bellutini, oder? Und Sie sind der Gärtner?«

Aber der Mann war froh um das Päuschen und die Ablenkung, vielleicht war er auch nur von Natur aus redselig, wie alle hier im Süden, mit einem einfachen Ja war es keinesfalls getan. Richtig, bestätigte er, die Villa gehöre jetzt der Familie Bellutini und ja, er sei der Gärtner. Einmal die Woche käme er, um den Garten zu pflegen. Und heute musste diese Palme dran glauben. »Es wird Madame Bellutini nicht gefallen«, seufzte er, »aber die Palme ist von dem

Roten Palm-Rüsselkäfer befallen, Rhynchophorus ferrugineus«, ergänzte er den lateinischen Namen, »und alle Versuche, die Palme zu erhalten und die Käfer auf biologische Art zu bekämpfen, sind fehlgeschlagen. Und selbst, wenn wir es auf nicht biologische Art versucht hätten, es ist aussichtslos mit diesen Viechern«, er hob und senkte die Schultern. »Vielleicht werden wir eine andere Palmenart pflanzen. Es sind nicht alle betroffen, wissen Sie?« Auch hier hätte der Gärtner noch einiges erzählen können, aber Duval, obwohl er sich an die freundliche Schwatzhaftigkeit der Menschen im Süden gewöhnt hatte, unterbrach auch diesen Gesprächsansatz trocken.

»Madame Bellutini hat die Villa nach dem Tod ihres Mannes behalten?«, fragte er sehr direkt und wurde sofort mit einer neuerlichen langen Geschichte dafür bestraft.

»Ja und nein«, setzte der Gärtner an. »Sie hat die Villa nicht verkauft, sagen wir so, aber sie lebt nicht mehr hier. Also, die meiste Zeit zumindest ist sie anderswo ...«

»In Paris«, vermutete Duval schnell, der sich erinnerte, dass Madame Bellutini zur Zeit des tragischen Ereignisses in Paris geweilt hatte.

»Um Himmels willen, nein, in Paris ist sie kaum noch. Sie verträgt die Großstadt nicht mehr. Sie ist sehr mit den Nerven runter, seit dem Tod ihres Mannes, wissen Sie. Paris ist ihr zu laut, zu hektisch.«

»Wem sagen Sie das, ich habe lange Jahre in Paris gelebt, ich kann das Leben dort auch immer weniger ertragen.«

»Sehen Sie!«

»Aber wo lebt sie denn, wenn weder hier noch in Paris?«

»In Mougins.«

»In Mougins? Da leben ja jetzt alle«, konnte sich Duval nicht verkneifen. »Ein Weltdorf sozusagen.«

»Ganz recht. Wer es sich leisten kann, lebt dort. In Mougins lebt man etwas zurückgezogener. Hier in Cannes ist es ja oft so ein aufgeregtes Sehen und Gesehenwerden.« Er machte eine vage Geste zur Nachbarvilla. »Mein Bentley ist größer als deiner, so in der Art.«

»Ja«, bestätigte Duval, »mir kamen gerade fünf Porsche entgegengerast.«

»Ja, sehen Sie. Das meine ich. In Mougins ist man reich, man weiß es, aber man zeigt es nicht. Zumindest nicht so aufdringlich. Und die Gemarkung von Mougins ist größer als man denkt. Man sieht ja immer nur dieses kleine Dörfchen auf dem Hügel. Darum dreht sich zwar alles, aber Mougins ist flächenmäßig größer als Cannes, obwohl ...«

»Und da lebt sie jetzt?«, unterbrach Duval, der sich die demografische Entwicklung Mougins gerne ersparen wollte.

»Ja, in der Villa Les Charmes. Wirklich ein charmantes Häuschen. Viel kleiner. Ländlicher natürlich. Sehr ruhig. Auch der Garten ist kleiner und das Schwimmbecken, aber ...«

»Dort kann ich sie jetzt antreffen?«

»Ja, also, ob sie JETZT gerade dort ist, das weiß ich nicht, aber ...«

»Bekommt sie hin und wieder noch Besuch von Léna?«, versuchte Duval es aufs Geratewohl.

Der Gärtner sah Duval verärgert an. Er mochte es offensichtlich nicht, wenn man ihn ständig unterbrach. »Léna? Léna wer?«

»Eine Freundin«, sagte Duval ausweichend. »Eine junge Frau. Ich habe hier ein Foto.« Er reichte es dem Gärtner durch das Portal.

Der Gärtner besah es und schüttelte mit dem Kopf.

»Kenne ich nicht. Aber ich bin auch nicht immer da, wissen Sie. Ich komme nur einmal die Woche.«

»Ja«, nickte Duval, »Das sagten Sie bereits. Die Villa Les Charmes, gibt es da eine Adresse?«

»Versteckt« war eines der beliebtesten Attribute, wenn Immobilienhändler ihre Villen anpriesen. Duval konnte sich den Text der Annonce vorstellen: »Versteckt« lag die charmante Villa im provenzalischen Stil, vollkommen ruhig, aber dennoch nur einen Katzensprung vom Golfplatz und dem Zentrum Mougins' entfernt. Einen Katzensprung, dachte Duval, immer vorausgesetzt, man hatte einen Wagen. Denn zu Fuß ging hier niemand. Wohin auch. Ähnlich wie die Villa von Monsieur Doria lag auch die Villa Les Charmes abgelegen in einem reinen Wohngebiet, wenn auch nicht in einer geschlossenen Domaine. Auch hier sah er keine Menschenseele. Niemand führte auf den gewundenen Sträßchen seinen Hund aus und Kinder, die Kreidezeichnungen auf den Asphalt gemalt hatten, wie es Lilly auf dem Weg in seinem Vorgarten getan hatte, und die dort unablässig Himmel und Hölle spielte, gab es auch nicht. Gab es hier überhaupt Kinder, fragte sich Duval, die Reichen der Côte d'Azur waren alle nicht mehr sehr jung.

Die Villa Les Charmes versteckte sich nur hinter einem Zypressenhain, der im Sommer Schatten spendete und gegen den Ostwind oder den Mistral schützte, selbst wenn man es hier in der östlichsten Ecke Frankreichs nur noch mit den Ausläufern des Mistrals zu tun hatte. Aber auch die bliesen noch heftig genug, und nach drei Tagen Wind, egal ob von Osten oder von Norden kommend, war man ausgelaugt und erschöpft und oft genug musste man die zerbrochenen Dachziegel aufsammeln, die der Wind heruntergefegt hatte. Vor und hinter einer nur halbhohen Mauer wuchsen üppig die unterschiedlichsten Sukkulenten, mehrere stachelige Feigenkakteen präsentierten sich stolz und aufrecht wie Statuen und zwei enorme Aloe-Pflanzen streckten ihre dicken pieksenden Blätter elegant und ausladend von sich. Duval sah keine einzige Palme, hingegen erkannte er Blätter von Orangen- und Zitronenbäumen, und man hatte dekorativ eine kleine Sitzgruppe unter einem alten, knorrigen Olivenbaum gruppiert. Auf der grünen Rasenfläche blühten weiß und zartrosa die Gänseblümchen. Das helle Haus mit den hellgrauen Fensterläden war der perfekte Traum einer provenzalischen Villa. Duval seufzte. Er war durchaus zufrieden mit dem Stadthäuschen, das er von seinem Vater geerbt hatte, er beneidete die Besitzer der großen Villen nicht, aber dieses Haus löste eine unbekannte Sehnsucht in ihm aus. Er klingelte und sah, wie sich sogleich ein Vorhang hinter einem Fenster bewegte.

»Ja bitte?«, fragte eine weibliche Stimme durch die Gegensprechanlage.

Duval nannte seinen Namen, zog seinen Dienstausweis hervor und während er sich noch nach einer Kamera umsah, in die er ihn halten könnte, öffnete sich das Tor bereits mit einem *Klack*. In der Haustür stand eine Frau, groß, schmal, vielleicht in seinem Alter, ihr Gesicht war hager, die Wangenknochen standen deutlich hervor. Sie war nicht geschminkt, aber ihre Lippen schienen ihm zu üppig für ihre hagere Gestalt. Sie trug ihr langes dunkelblondes Haar offen. Gekleidet war sie ebenso schlicht in Jeans und einen blau-weiß gestreiften Pullover im Marinestil, dessen Ärmel sie gerade bis zu den Ellbogen hochschob.

»*Bonjour*, Madame«, Duval hielt ihr seinen Ausweis entgegen, »ich würde gerne mit Madame Patricia Bellutini sprechen.«

»Das bin ich«, sagte sie ohne große Überraschung. »Um was geht es?«

»Es geht um Ihren Mann in gewisser Weise. Jean-François Bellutini.«

»Er ist tot.«

»Ich weiß.«

»Und?«

»Vielleicht können wir das Weitere drinnen besprechen?«

»Sie kommen allein?«

»Ja.«

Sie zögerte kurz. »Bitte«, sagte sie dann, öffnete die Tür weit und bat ihn mit einer Geste hinein.

Die Villa hatte einen hell gekachelten, sichtbar alten provenzalischen Fußboden, und die Decke wurde hier und da von schweren dunklen Holzbalken getragen, aber es erwartete ihn nicht der sonst übliche provenzalisch bunte und häufig überladene Stil mit schweren dunklen Holzschränken, nein, alles war in Weiß gehalten und mit leichten modernen Möbeln eingerichtet. Durch einen gläsernen Anbau sah man in den Garten, in dessen Mitte sich als türkisfarbenes Oval der kleine Pool erstreckte.

»Sehr schön haben Sie es hier«, konnte Duval es sich nicht verkneifen. Es war weiß Gott keine Lüge, auch wenn er fand, dass er diese Floskel in letzter Zeit ein wenig zu häufig verwendete.

»Was möchten Sie also wissen?«, fragte sie zeitgleich. »Setzen Sie sich doch«, forderte sie ihn auf, zeigte auf den bequem aussehenden Sessel und setzte sich selbst auf das hellgraue Sofa mit Blick auf den Garten und streckte ihre

Hand nach einem Fellknäuel neben sich aus. Erst jetzt entdeckte Duval ein farblich passendes Kätzchen auf dem Sofa, das zusammengerollt schlief. »Danke«, nickte sie dann sein Kompliment zu ihrem Haus ab. »Möchten Sie einen Tee?« Sie sprang wieder auf.

»Nein, danke«, lehnte Duval ab.

»Nein? Wirklich nicht? Ewas anderes?«

»Danke, nein.«

»Nein?«

Duval schüttelte noch einmal den Kopf und sie setzte sich wieder neben das Fellknäuel.

»Eine Siamkatze?!«, fragte er.

»Ja«, sie lächelte nun freundlich und streichelte das Fellknäuel, das schnurrte, sich aber nicht rührte.

»Ich habe einen rot getigerten Kater. Er ist mir eines Tages zugelaufen«, erzählte Duval.

Sie nickte und sah ihn freundlich an. »Katzen sind so. Sie suchen sich ihren Menschen aus. *Bijou* habe ich zwar bei einem Züchter ausgesucht, aber es war sie, die sich zuerst an mir rieb. Also eigentlich hat sie mich ausgewählt.«

»Nun«, setzte Duval an, »es tut mir leid, wenn ich«, er zögerte, »vielleicht schmerzvolle Erinnerungen in Ihnen wachrufe«, wählte er seine Worte vorsichtig, »aber ich möchte gerne mit Ihnen über das Drama sprechen, das sich vor ein paar Jahren in Ihrer Villa in Cannes ereignet hat.«

»Das Drama«, wiederholte sie, ohne zu verstehen. »Welches Drama?«, fragte sie nach. Dann verstand sie. »Ach das!« Sie lehnte sich nach hinten und lachte, ein dunkles, kehliges Lachen, bei dem sie ihre Zähne entblößte, aber es klang trotzdem unecht. Das Kätzchen blickte sie befremdet an und begann seine Pfötchen zu lecken. »Keine Sorge«, sie lachte erneut. »*Das* Drama ist abgehakt. Vergangenheit. Es hat mich auch damals schon nicht besonders getroffen, wenn Sie es genau wissen wollen. Jean-François war für mich schon gestorben, als man ihn getötet hatte, wenn Sie das Wortspiel gestatten.« Sie lachte wieder. Dann griff sie nach einer Packung Zigaretten, die auf dem niedrigen Holztisch lag, und zündete sich eine lange weiße Zigarette an. Ihre Hände zitterten leicht und sie inhalierte tief.

Sie sah Duval an, hielt seinen Blick aber nicht lange aus. »Ich habe keine Lust, Ihnen die trauernde Witwe vorzuspielen, die Sie vielleicht erwarten. Es ist mehr als fünf Jahre her, und jeder wird Ihnen sagen, dass ich schon an seinem Grab nicht geweint habe.« Sie schlug die Beine übereinander und stellte sie sogleich wieder nebeneinander. Dann stand sie auf und lief hin und her. Vor dem Übergang zum Wintergarten blieb sie stehen, zog an der Zigarette.

»Er war ein Schwein«, sagte sie schnell. »Skrupellos und ohne jede Moral.« Sie zog hastig an der Zigarette. »Beruflich und privat. Er hat jede Menge Leute übers Ohr gehauen, alles, was zählte, war sein Profit. Ich verstehe nicht viel von Geschäften, aber ich weiß, dass er sich keine Freunde gemacht hat. Aber es war ihm egal.« Sie inhalierte tief, lief dann zum Tisch und drückte die Zigarette energisch im Aschenbecher aus, steckte sich aber sofort eine weitere an.

»Hm«, machte Duval. »Er war im Immobiliengeschäft, oder täusche ich mich?«

»Ja«, antwortete sie knapp. »Er war Immobilienmakler und Bauunternehmer, Unternehmer ganz allgemein, er hatte immer irgendwelche Geschäfte laufen.« Sie blickte aus dem verglasten Anbau in den Garten. »Es hat mich nicht gewundert, dass ihn jemand umgebracht hat. Ich hätte nur erwartet, dass man ihn auf offener Straße mit drei Kugeln in den Kopf niederstreckt.«

Duval horchte auf. »Weil er in organisierte Kriminalität verwickelt war?«

»Nein, das will ich damit nicht sagen. Aber er hat sich wirklich Feinde gemacht. Es hätte durchaus sein können, dass einer seiner letzten Kunden einen Auftragskiller auf ihn angesetzt hätte.«

»Das müssen Sie mir erklären.«

»Oh, das ist eine lange Geschichte. Das kann ich jetzt nicht.« Sie sprach hastig. »Erkundigen Sie sich nach der Villa Bellutini am Cap d'Antibes.«

»Ist das nicht die Villa, die letztlich abgerissen wurde, weil sie illegal gebaut war?«, fragte Duval und ließ sich nicht aus der Ruhe bringen.

»Ja, ja, sicher.« Sie klang plötzlich nervös und sprach abgehackt. »Lesen Sie es nach. Sie werden es in den Medien finden. Bitte«, sagte sie jetzt, »reicht das jetzt? Können wir Schluss machen?«, bat sie. »Ich fühle mich nicht gut.«

»Ich werde es nachlesen«, sagte Duval, »ich belästige Sie auch nicht mehr sehr lange, nur eines noch, ich wollte Sie auch nach Léna fragen.«

»Léna?« Ihre Stimme klang gepresst. »Welche Léna? Ich kenne keine Léna.« Sie öffnete die Tür des Wintergartens und ein frischer Luftzug drang herein. Sie wedelte sich etwas Luft zu. Das Kätzchen sprang vom Sofa und strebte zur Tür. »Wo willst du denn jetzt hin?«, fragte Madame Bellutini streng und schloss die Tür. Das Kätzchen rieb sich an ihren Beinen und maunzte leise vor der Glastür. »Na gut«, sagte sie und öffnete die Tür wieder. »Dann geh raus.« Die Katze blieb nun aber vor der offenen Tür sitzen und begann sich wieder zu putzen. »Oh«, sagte Madame Bellutini genervt, »du weißt auch nicht, was du willst!« Sie ließ die Tür einen Spalt weit offen stehen und einen Augenblick später drängte sich das Kätzchen durch den Türspalt in den Garten.

»Léna«, wiederholte Duval. »Ich vermute, dass die junge Frau damals, nun sagen wir, im Milieu zu finden war. Sie war zumindest zeitweise als Escort-Girl unterwegs, verdiente sich aber auch etwas als Muse eines Malers ...«

»Muse eines Malers.« Sie lachte nervös. »Worauf wollen Sie hinaus? Dass mein Mann Affären hatte und zu Prostituierten ging?«

»War das so?«

Sie warf ihr langes Haar mit einer Kopfbewegung nach rechts und einer ebensolchen nach links, nach hinten. »Ja, das war so«, sagte sie hart. »Er war von jedem weiblichen Hintern, der an ihm vorbeilief, angezogen. Wirklich von jedem.« Sie atmete schwer und drückte auch diese Zigarette energisch im Aschenbecher aus, griff aber sofort wieder zu der Packung auf dem Tisch. »Und er scheute sich nicht, diese nach Hause zu bringen und sie in unserem Bett zu vögeln. Als hätte die Villa nicht ausreichend andere Zimmer und Orte gehabt. All diese Lénas oder Laras oder Tatjanas ... All diese kleinen Nutten«, sie klang kalt und verächtlich. Sie zündete sich mit zitternden Händen erneut eine Zigarette an, zog hastig daran und hustete. Sie riss die Tür des Wintergartens auf und holte zwei-, dreimal tief Luft. Sie blieb in der Tür stehen und Duval sah, wie sie bebte.

»Madame«, sagte er halblaut. Sie reagierte nicht. »Madame, geht es Ihnen nicht gut?« Er erhob sich und berührte sie leicht an der Schulter. Sie zuckte zusammen. »Fass mich nicht an«, schrie sie, »fass mich nie wieder an!« Sie drehte sich um und starrte ihn wild an.

»Madame Bellutini!« Duval fasste sie an beiden Schultern und redete auf sie ein. »Madame Bellutini, hören Sie mich?«

Da fing sie hemmungslos an zu weinen, sie schrie und schlug mit beiden Fäusten auf seine Brust.

»Madame Bellutini!« Duval überlegte, ob er ihr eine Ohrfeige verpassen dürfe, um sie aus diesem Delirium zu holen, aber er wagte es nicht. Er hielt ihre Arme fest und versuchte, sie auf das Sofa zu bugsieren. »Ganz ruhig«, sagte er, »ganz ruhig.« »Nein!«, schrie sie und wand sich und spuckte ihn an. »NEIN!«

»MADAME BELLUTINI!«, brüllte er, um zu ihr durchzudringen.

Sie erstarrte und sah ihn angstvoll an. »Nicht schlagen«, bettelte sie, »nicht schlagen!«

»Ich schlage Sie nicht, Madame Bellutini. Sie brauchen einen Arzt! Wen kann ich anrufen? Sonst rufe ich den Notarzt, hören Sie?! Hören Sie mich?«

Jetzt kauerte sie apathisch auf dem Sofa und wimmerte vor sich hin.

Er ließ Patricia Bellutini allein, durchlief eilig das Erdgeschoss und öffnete hier und da eine Tür. Das Badezimmer lag am Ende des Flurs. Er öffnete den Spiegelschrank über dem Waschbecken. Cremes in Tuben und Döschen und jede Menge Lippenstifte. Nervös öffnete er einen anderen Schrank und stieß dort auf ein ganzes Arsenal an Medikamenten. Er durchwühlte hastig die Schachteln und Fläschchen, Flakons und Döschen mit Kügelchen. Er kannte nicht alles, aber Diazepam und Bromazepam waren Beruhigungsmittel. Was davon nahm sie? Durfte er ihr davon etwas geben? Er öffnete eine Schachtel nach der anderen, sie waren alle angebrochen. Den kleinen, fast neuen Flakon hätte er fast übersehen. Digoxin Nativelle.

Er nahm mehrere Schachteln mit Beruhigungsmitteln an sich und öffnete die Tür neben dem Badezimmer. Ein

Schlafzimmer. Auf der Kommode stand eine Handtasche, er nahm sie ebenfalls an sich und eilte zurück. »Madame Bellutini«, sagte er. Sie lag zusammengekrümmt auf dem Sofa und wimmerte. »Madame Bellutini!« Sie reagierte nicht.

Er durchsuchte ihre Handtasche und zog eine Brieftasche hervor. Ein Organspenderausweis, eine Notfallnummer.

»Hallo?!«, meldete sich eine männliche Stimme.

»Guten Tag, ich habe Ihre Telefonnummer als Notfallnummer bei einer hilflosen Person gefunden ...«, begann Duval, »Sie sind ...?!«, fragte er.

»Docteur Robert, ich bin niedergelassener Psychiater in Mougins. Um wen handelt es sich?«

Docteur Robert! Alle Wege führen in die Klinik, dachte Duval. »Madame Bellutini«, sagte er.

»Patricia? Patricia Bellutini?«

»Ja«, bestätigte Duval. »Sie sind Ihr Arzt?«

»Ja«, antwortete Doktor Robert kurz. »Was ist passiert?«

»Eine Art Zusammenbruch, würde ich sagen. Sie liegt neben mir und ist nicht mehr ansprechbar.«

»Ist sie verletzt?«

»Nein.«

»Wo sind Sie?«

»In ihrem Haus in Mougins.«

»Und wer sind Sie?«

»Commissaire Duval«, sagte Duval.

»Nein!«

»Doch.«

»Bleiben Sie bei ihr. Ich komme.«

Nur wenige Minuten später hörte Duval den Wagen vorfahren und schnelle Schritte auf dem Weg. Er öffnete dem Arzt die Tür.

»Na also, dass ich Sie hier antreffe«, begrüßte ihn Doktor Robert.

»Das dachte ich auch, als ich Sie am Telefon hatte«, entgegnete Duval. »Sie kennen Madame Bellutini gut?«

»Ich bin ihr Psychiater. Wo ist sie?«

»Gleich hier im Salon.«

»Haben Sie irgendetwas unternommen?«

»Nein. Das heißt, ich habe Medikamente gesucht, konnte mich aber nicht entscheiden.«

»Gut so.« Er eilte in den Salon und beugte sich über Madame Bellutini. »Madame Bellutini«, sagte er laut, »hören Sie mich?« Er berührte sie leicht an der Schulter. »Patricia, ich bin es, Gérard«, fügte er leiser hinzu. Er hob ihren Kopf an und sah ihr in die Augen. »Erkennst du mich?« Sie nickte leicht. »Alles gut, Patricia, ich kümmere mich um dich. Ich gebe dir eine Spritze, das wird dir guttun.«

Schnell hatte er den Stauschlauch an Patricia Bellutinis linkem Arm angebracht und schlug leicht auf die Vene in der Armbeuge. Er setzte die Spritze und klebte ein Pflaster auf die Einstichstelle. »Das wird dir helfen«, sagte er und strich ihr leicht über den Arm. »Was war der Anlass, haben Sie eine Vermutung?«, wandte der Arzt sich an Duval.

»Stress vermute ich. Ich hatte sie zu ihrem Ex-Mann befragt.«

»Hat sie Alkohol getrunken?«

»Nicht in meiner Anwesenheit. Nur geraucht. Ich spürte aber, dass sie unter Strom stand, auch wenn sie vorgab, dass es sie nicht berühre.«

»Können wir sie in ihr Schlafzimmer bringen«, schlug der Arzt vor. »Es ist gleich hier«, er zeigte in eine Richtung. Gemeinsam hievten sie Patricia Bellutini in ihr Bett. Sie sah nun entspannt aus und schien zu schlafen.

»Sie kennen sich aus.«

»Ich bin ihr Arzt, und das schon seit einigen Jahren«, wiederholte Doktor Robert ungerührt. »Ich mache Hausbesuche, es bleibt nicht aus, dass ich die Wohnungen meiner Patienten kenne. Ich werde ihr eine Krankenschwester rufen, die die Nacht über bei ihr bleibt«, entschied der Arzt und telefonierte bereits. »Alles geregelt«, sagte er nach ein paar Minuten, in denen er autoritär und energisch am Telefon verhandelt hatte. »Ich bleibe noch so lange, bis die Krankenschwester kommt«, sagte er. »Warum haben Sie sie befragt«, wollte er nun wissen. »Gibt es einen Zusammenhang mit Eva?«

»Wenn Sie erlauben, stelle zunächst ich die Fragen«, gab Duval zurück. »Ist Madame Bellutini auch Patientin Ihrer Klinik?«

»Ja.«

»Seit wann?«

»Hören Sie, ich bin Arzt und unterliege einer ärztlichen Schweigepflicht. Ich bin nicht befugt, Ihnen irgendetwas zu erzählen.«

»Doktor, ich bitte Sie!«

Beide Männer sahen sich einen Moment schweigend an. »So kommen wir nicht weiter«, sagte Duval und machte Anstalten, die Untersuchungsrichterin anzurufen.

»Patricia ist schon lange Patientin der Klinik, schon zu Lebzeiten ihres Mannes«, begann Doktor Robert. »Auch wenn sie vorgab, dass seine Affären sie kaltließen, hat es sie zutiefst verletzt. Sie war zunächst die Ehefrau eines seiner Geschäftspartner und Bellutini hatte seinerzeit alles darangesetzt, sie zu verführen. Er hat sie sogar geheiratet, aber dann ließ er sie fallen. Sie sollte repräsentieren und funktionieren, und er machte weitere Eroberungen. Aber sie war zu sensibel, um das zu ertragen. Eine andere hätte sich vielleicht gerächt, indem sie seine Kreditkarten strapaziert hätte, aber Patricia wurde depressiv. Bellutini brachte sie damals in die Klinik und wollte, dass wir sie ihm schnellstmöglich ›reparierten‹. Wissen Sie, in bürgerlichen Kreisen kann man zwar Affären haben, zu offiziellen Anlässen aber kommt man mit der Gattin. Eine depressive, nicht vorzeigbare Ehefrau ist ein Handicap. Nach dem Klinikaufenthalt blieb ich ihr Therapeut. Ich sehe sie einmal die Woche. Ich erzähle Ihnen das vertraulich, Commissaire.«

»Danke, Docteur. Ich weiß das zu schätzen. Nimmt sie Medikamente?«

»Das ist das Problem«, seufzte der Arzt. »Sagen wir, ich verschreibe ihr Medikamente. Aber sie nimmt sie nicht.«

»Warum nicht?«

»Weil sie Angst hat, dass sie davon apathisch wird. Abgestumpft. Ich kann machen, was ich will. Sie müsste das eine oder andere Medikament mal eine Zeit lang einnehmen, damit sie zur Ruhe kommt, weniger nervös und panisch ist, damit auch die Therapiegespräche in die Tiefe gehen können, um mal grundlegende Dinge anzusprechen. So wie es ihr jetzt geht, können wir nichts wirklich bearbeiten. Ich bin Psychiater. Nur mit Kräutertee und Globuli kann ich nicht arbeiten. Aber nach weniger als einer Woche setzt sie alles ab, ganz egal, was ich ihr verschreibe. Sie ist ein Nervenbündel, aber aktuell kann ich nur den Status quo aufrechterhalten und versuchen, dass sie nicht zu tief abrutscht. Mit der Spritze habe ich sie mal außer Gefecht gesetzt. Es holt sie runter. Sie wird ein paar Tage ruhig sein, aber danach geht es weiter wie bisher.«

»Hat Madame Bellutini auch ein Herzproblem?«

»Nicht, dass ich wüsste. Ich bin aber in erster Linie ihr Psychiater.«

»Aber müssten Sie es nicht wissen, wenn Sie ihr Medikamente verschreiben?«

»Durchaus.«

»Also?«

»Also was?«

Duval sah den Arzt lange an. »Gibt es ein Herzproblem oder nicht?«

»Warum fragen Sie das?«

»Beantworten Sie bitte meine Frage!«

»Nein, sie hat kein Problem mit dem Herzen.«

»Aha. Danke.«

»Gibt es einen Zusammenhang mit Eva?«, fragte der Arzt nun erneut.

»Das ist die Frage, die ich mir stelle«, entgegnete Duval. »Wissen Sie, ich habe das Gefühl, es dreht sich alles im Kreis. Der mysteriöse Stéphane Martin, der sich bei Ihnen eingemietet hatte, heißt nämlich eigentlich Grégory Bernard ...«

»Ach so?«

»Ja, sagt Ihnen das etwas?«

Der Arzt verneinte mit einem Kopfschütteln.

»Ein Künstler«, fuhr Duval fort, »ein Maler. Und er hat nicht nur Léna oder meinetwegen Eva in der Nacht ihres Todes begleitet, sondern er hat vor etwas mehr als vier Jahren in einem nächtlichen Streit Jean-François Bellutini erschlagen.«

»Nein!«

»Doch. Und irgendetwas sagt mir, dass unsere Eva-Léna in diese Geschichte verwickelt ist.«

9

»Sie sind nicht angemeldet!« Die krächzende Stimme von Marie-France, Dorias »Kindermädchen«, klang streng. »Monsieur hat sich zurückgezogen, er ist erschöpft, und ich werde ihn nicht stören«, sagte sie kategorisch.

»Ich bin von der Polizei, Madame ...«

»Keine Polizei heute!«, rief sie dazwischen.

»... und Sie öffnen mir bitte!«, versuchte Duval noch. Aber das Krachen deutete an, dass sie die Gegensprechanlage bereits deaktiviert hatte.

Duval wartete einen Moment vor dem Tor der Domäne und schloss sich einem mattschwarzen Geländewagen mit getönten Scheiben, an, für den sich das Tor wie von Zauberhand öffnete.

Wieder fuhr er durch den verwunschenen Märchenwald, vorbei an den Abzweigungen der verschiedenen Vogelalleen und fand den Weg zur Villa nun von ganz alleine. Das Tor war verschlossen, aber er schwang sich darüber. Kurz wartete er, aber nichts geschah.

Dann näherte er sich dem Haus von der Seite. Der große Garten war vielmehr ein Waldgrundstück und er lief über einen dicken Teppich aus den Nadeln der ausladenden Schirmpinien, die im Sommer sicherlich einen angenehmen Schatten spendeten.

Dazwischen wuchsen störrische Ginster- und stachelige

Ilexbüsche. Schon wieder roch es von irgendwo nach Zigarettenrauch.

Ungesehen kam er so auf die Rückseite des Hauses und
fand dort eine nicht verschlossene Tür. Die Treppe dahinter
führte ihn in die erste Etage und direkt in einen Hauswirt-
schaftsraum, an den sich eine geräumige Küche anschloss.
Er sah und hörte niemanden. Auf dem Herd köchelte etwas
in einem großen irdenen Topf und es roch köstlich. Duval
öffnete vorsichtig den schweren Deckel und atmete den aro-
matischen Fleischgeruch eines Ragouts ein. Hmm, Karotten, Speck, Zwiebeln und Rindfleisch, das wird ein feines
Boeuf Bourgignon, dachte er. Eine große Auflaufform mit
einem Kartoffelgratin schmurgelte im Backofen. Auf einem
Holztisch lagen zwei Baguettes und ein kleiner Laib Bau-
ernbrot. Er blickte sich um und öffnete leise den Kühlschrank. Er war wohlgefüllt. Im Schubfach fand er ein paar
Stangen Lauch, Karotten und Salat, im Fach darüber lag ein
großes Paket. Duval erkannte das weiß-rosa-karierte Papier
und den Schriftzug eines bekannten Feinkosthändlers.
Daneben stand eine große Glasschüssel mit einer Schokola-
dencreme, darüber einige Becher Joghurt, Eier, Käse. Milch,
Mineralwasser standen in der Tür. Mehrere Flaschen Rosé
lagerten im obersten Fach.

»Was machen Sie denn da?«, rief Marie-France außer
sich. »Wie kommen Sie überhaupt hier herein? Wer hat
Ihnen erlaubt ... Monsieur!« Aufgeregt schreiend lief sie
davon. »Monsieur! Monsieur! Die Polizei ist da! Die Polizei!« Sie schrie, als handele es sich bei ihm um einen Ein-
brecher.

Duval verließ die Küche und wartete nun im Salon, wie
schon beim letzten Mal. Etwas war verändert. Er wusste
nicht gleich, was es war. An allen Wänden hingen Bilder

und Fotografien, die Gorilla-Skulptur stand weiterhin rot und dominant im Raum. Es war die Fotografie. Eine großformatige Fotografie hing nun dort, wo letztens noch das Gemälde ...

»Ihre Art, hier einzudringen, ist inakzeptabel«, unterbrach Monsieur Doria seine Überlegungen. Er war dieses Mal in dunkelgrüne Seide gekleidet und knotete noch den Gürtel seines Morgenmantels zusammen. »Ich werde mich bei ihrem Vorgesetzten beschweren.«

»Tun Sie das«, sagte Duval gelassen. »Nur ein kleiner Höflichkeitsbesuch, verzeihen Sie meine gewagte Art, Ihre Hausdame wollte mich nicht einlassen und ich wollte doch gerne das eine oder andere mit Ihnen besprechen – und, nur ganz am Rande bemerkt, vielleicht sollten Sie das Sicherheitssystem noch einmal überdenken.«

Monsieur Doria starrte ihn wütend an. »Nun«, sagte er auffordernd. »Was wollten Sie so Dringendes mit mir besprechen?«

»Dies und das«, sagte Duval bewusst leichthin. »Fangen wir vielleicht mit den Bildern an.« Er zeigte auf die Fotografie. »Hing da nicht letztes Mal noch das Bild mit dem Titel ›Galaxy‹? Eine nächtliche Komposition mit Sternbildern, Astronauten und dem Mond. Es hat mich beeindruckt«, fügte er hinzu.

»So, hat es das!« Doria lachte leise. »Commissaire, ich bitte Sie, ich hänge meine Bilder auf und ab, wie ich will, und wie es meinen Stimmungen entspricht. Und ›Galaxy‹ war mir im Moment zu nervös. Ich wollte etwas Ruhigeres an dieser Wand. Jetzt ist es diese Vollmondfotografie eines Naturfotografen, den ich sehr schätze. Ich besitze eine Serie davon, also falls morgen eine andere Fotografie dort hängt, wundern Sie sich nicht.«

»Sagten Sie nicht, dass Sie Veganer seien?«, fragte Duval unvermittelt dazwischen.

»Ovo-lacto-Vegetarier«, verbesserte Doria, »das ist nicht ganz dasselbe. Sagen wir, ich esse nichts, was Augen hat, aber ich esse Eier und Milchprodukte. Den Zusammenhang zum Gemälde verstehe ich allerdings nicht.«

»Es gibt auch keinen«, gab Duval trocken zurück. »Rauchen Sie?«, fragte er unvermittelt.

»Wie bitte? Was soll denn diese Fragerei ... nein, ich rauche nicht!«

»Also, dann haben Sie Gäste?«

»Bitte?«

»Wissen Sie, ich fand ein bisschen viel Fleisch in Ihrer Küche für jemanden, der eigentlich vegetarisch lebt ...«

»Was erlauben Sie sich eigentlich? Das geht Sie absolut nichts an«, gab Monsieur Doria empört zurück.

»Ich denke schon, dass mich das was angeht. Das verschwundene Gemälde ›Galaxy‹ stammt nämlich von Grégory Bernard, nicht wahr? Deswegen haben Sie es entfernt. Es war etwas zu deutlich, dass Sie sich kennen. Sie beherbergen ihn, oder irre ich mich?«

Monsieur Doria bemühte sich um Fassung.

»Sagen Sie ihm, dass ich ihn sprechen will!«

»Wenn Sie ihn festnehmen, Commissaire, dann begehen Sie einen folgenschweren Fehler.«

»Aber wer spricht denn von festnehmen? Ich möchte ihn nur sprechen. Er ist also bei Ihnen untergetaucht? Holen Sie ihn bitte, dieses Versteckspiel kann ja nicht ewig dauern.«

»Er ist unten«, Monsieur Doria wirkte plötzlich müde. Leicht gebeugt ging er voran, und sie stiegen eine Wendeltreppe hinab in das Erdgeschoss. Der Zigarettengeruch kam eindeutig von hier. »Greg!«, sagte Monsieur Doria halblaut, klopfte kurz an eine Tür und öffnete sie. »Greg?!« Die Männer traten in ein großes Zimmer mit einem ebenerdigen Zugang zum Garten, die große Schiebetür zur Terrasse stand offen. Duval erkannte die Pop-Art-Collagen wieder, die er in Mougins gesehen hatte. Sie standen hier zu Dutzenden an den Wänden. In der Mitte, auf einem Tisch, der die Ausmaße einer Tischtennisplatte hatte, lag jedoch ein anderes Werk. Auf einer etwa ein Meter breiten Leinwand hatte Grégory Bernard begonnen, ein Frauenporträt zu malen. Nur den Kopf. Duval erkannte sie sofort. Léna. Eine angerauchte Zigarette glomm noch inmitten eines vollen Aschenbechers. Vom Maler aber gab es keine Spur.

»Greg!«, rief Monsieur Doria nun lauter und öffnete eine weitere Tür.

Duval stöhnte. Die Hausdame hatte vermutlich mit ihrem lauten Ruf »Die Polizei ist da!« nicht nur Monsieur Doria informiert.

Monsieur Doria schob die Terrassentür weit auf und ging ein paar Schritte hinaus. »Er hat den Tesla genommen«, sagte er resigniert. »Deswegen haben wir nichts gehört.«

»Den Tesla, wie schön, welche Farbe?«

»Rot.«

»Das Kennzeichen?«

Doria notierte ihm das Kennzeichen auf ein Stück Papier, während Duval schon telefonierte.

»LeBlanc«, rief er. »Der Maler ist mir entwischt. Er ist mit einem schicken Wagen unterwegs. Nur weiß ich verdammt noch mal nicht, wohin. Mougins und dann Richtung Autobahn vielleicht. Veranlassen Sie eine Straßensperre bei den Ausfallstraßen, er kommt vielleicht über die D35, und vor allem bei der Mautstelle! Wir suchen einen roten Tesla mit dem folgenden Kennzeichen ...«

»So«, sagte er dann und wandte sich an Doria. »Wir haben jetzt auch ein paar Dinge zu besprechen, nicht wahr?!«

Monsieur Doria setzte sich in seinem Salon wieder mit dem Rücken zum Fenster und rollte unablässig das längere Ende des Gürtels von seinem waldgrünen Seidenhausmantel wie eine Lakritzschlange auf und wieder auseinander. »Was möchten Sie wissen?«, fragte er schließlich. »Warum ich ein Familienmitglied bei mir beherberge?«

»Ach was«, machte Duval. »Familie. Lassen Sie mich raten, ein Cousin?«

»Ein Neffe. Der Sohn meiner Schwester. Sie ist vor ein paar Jahren verstorben. An Leukämie.« Er schnaufte leicht. »Grégorys Vater ist ein ehemaliger Hausangestellter. Die Familie hatte Paola verstoßen, als man erfuhr, von wem sie schwanger geworden war, der Hausangestellte hat sich mit einer großen Abfindung davongemacht, und Paola hat sich und ihren Sohn alleine durchgebracht. Ich habe ihr versprochen, mich um Greg zu kümmern. Zunächst wollte er Karriere als Tennisspieler machen, aber er ist nicht wirklich über die regionale Klasse hinausgekommen. Außerdem war er zu oft verletzt. Dann hängte er die Tennisschläger an den Nagel und begann von einem auf den anderen Tag mit der Kunst. Ich glaubte nicht wirklich daran, dass er das durchziehen würde, ich fand seine Anfänge auch etwas schwach, wenn wir ehrlich sein sollen. Aber er hatte Glück, Madame Augier vom Hotel Negresco in Nizza kaufte zwei seiner ganz frühen Bilder und hängte sie in ihr Hotel. Das war ein genialer Anfangserfolg. Aber schnell wurde Madame Augier immer verwirrter, ihre Entscheidungen inkohärent und zum Schluss hat sie kein Mensch mehr ernst genommen, alle warteten nur noch auf ihren Tod, um das Hotel aus dieser Lethargie zu reißen. Auf jeden Fall stagnierte Grégorys Karriere sofort wieder. Hin und wieder verschenkt er ein Bild an einen erfolgreichen Tennisspieler, die er ja alle mehr oder weniger kennt, und er schafft es so, manchmal mit einem Tennisprofi und einem Bild in der Presse abgebildet zu sein. Aber es gab nicht den erwarteten Durchbruch. Ich habe mit Galerien verhandelt und ihn damals mit Bellutini in Kontakt gebracht. Bellutini versprach, ihn bei seinen Geschäftsfreunden und in Künstlerkreisen lancieren zu wollen. Er sprach von Galerien in Paris und Monte Carlo.« Er seufzte. »Was für ein Desaster. Ich fühle mich ein bisschen verantwortlich für alles, was dann passiert ist, verstehen Sie?«

»Kommen wir mal zu Bellutini. Sie haben diese Villa über ihn gekauft, nicht wahr?«

»Das ist richtig.«

»Und kurz darauf ist er tot. Erschlagen von Ihrem Neffen.«

»Na, also ich bitte Sie ... was wollen Sie denn damit andeuten?«

»Gar nichts. Ich konstatiere das nur. Wissen Sie, wer der Vorbesitzer der Villa war?«

»Nein, das interessiert mich auch nicht.«

»Wurde der Kauf korrekt abgeschlossen?«

»Pardon?« Die Stimme Dorias wurde dünn und laut. »Ich habe mich wohl verhört! Selbstverständlich! Ich habe diese Villa rechtmäßig erworben. Sie können sich gerne bei meinem Notar erkundigen.«

»Das werde ich«, sagte Duval trocken.

»Warum haben Sie denn bei Grégorys Prozess nicht ausgesagt?«, fragte Duval nun überraschend. »Oder haben Sie?«

Monsieur Doria sah einen Moment so aus, als wolle er

Duval mit dem Gürtel seines waldgrünen Hausmantels erdrosseln. Dann riss er sich zusammen. »Nein, ich habe nicht ausgesagt«, antwortete er. »Greg wollte es nicht und ich hatte dazu auch nichts zu sagen. Greg wollte auch nicht, dass ich meine Beziehungen spielen ließ, um ihn da rauszuholen. Er wollte keinen großen Prozess. Alles sollte diskret ablaufen, sein Name nicht zu oft in der Presse stehen. Ich verstand, dass er seinen Künstlernamen nicht befleckt haben wollte. Und doch sagte er etwas von ›ich muss für meine Tat eine Strafe bekommen, sonst trage ich das für immer mit mir herum‹. Nicht mal die Anwältin, die ich ihm besorgt hatte, eine brillante Frau, wollte er haben. Er hat sich mit einem jungen Pflichtverteidiger begnügt. Ich verstand das alles nicht, fand es aber ehrbar und ließ es geschehen. Ich habe dann später interveniert und dafür gesorgt, dass er sobald wie möglich von Marseille nach Draguignan verlegt wurde. Immerhin etwas.«

»Und als ich neulich hier war ...«, begann Duval.

»Ich wusste nicht, wie ich reagieren sollte. Ich gab vor, das Mädchen nicht zu kennen, es war nicht sehr geschickt, aber ich war noch zu verwirrt von ihrem Tod, genau wie Greg verwirrt war. Mehr als verwirrt. Komplett durcheinander.«

»Sie kannten Léna also?«

»Ja. Greg hatte sie mir vorgestellt. Ein charmantes Mädchen. Sie waren beide sehr verliebt. Sie war Gregs große Liebe, denke ich heute.«

»Wie ist ihr Familienname? Woher kommt sie?«

»Also –«, Monsieur Doria hob und senkte die Schultern und machte ein Gesicht, als falle es ihm eben erst auf, dass er nichts außer dem Vornamen der jungen Frau wusste.

»Kommen Sie. Sie werden doch Ihren Neffen nicht mit einer absolut Unbekannten ausgehen lassen.«

»Ich werde doch meinem erwachsenen Neffen nicht hinterherspitzeln«, gab Doria zurück.

»Erzählen Sie mir doch keine Geschichten«, winkte Duval ab.

»Ich erzähle Ihnen keine Geschichten, aber ich kann Ihnen *die* Geschichte erzählen, wenn Sie sie hören wollen«, setzte Doria an.

»Nur zu«, sagte Duval.

»Es war zu Beginn seiner Künstlerkarriere, vor etwas mehr als fünf Jahren, ich hatte ihn gerade mit Bellutini bekannt gemacht, als Greg mich eines Abends zum Essen nach Cannes einlud. Wir aßen im Marriott-Hotel, ich erinnere mich noch an ein ganz ausgezeichnetes Carpaccio aus St. Jacques-Muscheln.«

Ein Carpaccio aus St. Jacques-Muscheln. Duval lief das Wasser im Mund zusammen. Er hatte Hunger und dachte sehnsüchtig an all die Leckereien, die er in der Küche gesehen hatte. Er konnte sich hier ja nun nicht selbst zum Essen einladen.

»An diesem Abend hat er mir Léna vorgestellt. Léna. Sie sah aus wie ein Engel, aber in ihrem Blick lag etwas anderes. Sie taxierte mich und verstand augenblicklich, dass sie mich nicht würde verführen können mit ihrer unschuldigen Kindfrau-Attitüde.«

»Aha«, machte Duval. »Warum nicht?«

»Commissaire«, Doria lächelte nachsichtig. »Ich dachte, Sie hätten verstanden, dass ich verzaubert bin!?«

»Pardon?«

Jetzt war Doria doch etwas verlegen. »Nun, *verzaubert*«, wiederholte er mit Nachdruck, »etwas anders als andere Männer ...«

»Ach so. Doch. Natürlich. Verzeihung.« Nun war Duval

peinlich berührt. Eigentlich hatte er es gespürt, von Anfang an. Die gepflegten Hände, die seidenen Hausmäntel, aber er hatte es auf den alten italienischen Adel geschoben. »Nun gut«, sagte er und räusperte sich. »Léna konnte Sie also nicht verführen.«

»Nein. Aber Greg war ihr verfallen. Er hing an ihren Lippen, es war ein bisschen peinlich, ihn so hündisch ergeben zu sehen. Er wusste nichts von ihr. Und sie hielt sich bedeckt.«

»Da haben Sie einen Detektiv auf sie angesetzt«, vermutete Duval.

»Musste ich gar nicht mehr, denn die Katastrophe brach herein, mein Neffe fand sich von jetzt auf gleich im Gefängnis und Léna war verschwunden. Er hatte mich zwar angefleht, mich um sie zu kümmern, aber sie war wie vom Erdboden verschluckt, und ich muss sagen, ich war eher erleichtert.«

Duval nickte.

»Und dann schwamm sie mir quasi vor anderthalb Jahren verletzt vor die Füße. Ich erkannte sie sofort. Ich musste ihr jetzt helfen!«

»Sicher«, stimmte Duval sachlich zu. »Alles andere wäre unterlassene Hilfeleistung gewesen.«

Doria war etwas ernüchtert durch Duvals pragmatischen Ton.

»Ich sorgte dafür, dass sie nach dem Krankenhaus in die Klinik La Grange kam und habe die Kosten dafür übernommen.«

»Warum ausgerechnet dort?«

»Ich hatte mich erkundigt, es gibt mehrere Kliniken dieser Art hier in der Gegend, La Grange hat einen guten Ruf, und sie hatten ein Bett frei. Das gab den Ausschlag. Als

Greg aus dem Gefängnis entlassen wurde, habe ich ihn aufgenommen. Er lebt unten, das haben Sie ja gesehen. Er war oft unterwegs, ›Kontakte knüpfen‹ nannte er das. Sicher, er besuchte Galerien und bewarb sich für Ausstellungen. In Mougins hat eine Galeristin ein paar seiner Bilder in Kommission genommen.«

Duval nickte. Er hatte sie gesehen, die Galerie in Mougins.

»Im Prinzip aber suchte er Léna. Sein ganzes Sehnen galt ihr. Sie wiederzufinden. Er verstand nicht, dass sie sich nicht bei mir gemeldet hatte. Ich konnte es ihm nicht lange verheimlichen.«

»Und dann hat er sich unter einem Vorwand in die Klinik einweisen lassen, um sich ihr wieder zu nähern.«

»Richtig. Aber sie hat ihn nicht erkannt.«

»Das hat sie aber nicht gehindert, sich trotzdem mit ihm einzulassen.«

»Nur weil sie keine Erinnerung an früher hatte, heißt es ja nicht, dass sie für Gefühle unempfänglich ist. Sie war sehr gerührt von Gregs Zuwendung. Vermutlich hat sie instinktiv gespürt, dass er ein Ausweg aus ihrer Situation ist. Vielleicht hat sie sich auch wirklich in ihn verliebt, was weiß ich.«

»Was ist also letzten Mittwoch passiert?«

»Kurz vor Mitternacht kam Greg aufgelöst nach Hause. Ich war im Garten und meditierte und sang meine Mantren. Es war Vollmond, wissen Sie?! Die Buddhisten kommen überall auf der Welt zusammen und singen gleichzeitig dieselben Mantren. Es ist ein unglaubliches Gefühl, wenn Sie einmal an so einem Gesang teilgenommen haben.«

»Aha«, sagte Duval ohne großes Interesse an den buddhistischen Vollmondriten. »Und weiter?«, fragte er kurz angebunden.

Monsieur Doria schien etwas verletzt von Duvals Unhöflichkeit. »Nun«, fuhr er fort, »Greg kam und war völlig außer sich. ›Léna‹, heulte er. ›Ich glaube, Léna ist tot!‹ Er erzählte mir, dass sie in einem Bistro in Cannes zusammengebrochen war und dass er sie dort zurückgelassen hatte. Er hatte es mit der Angst zu tun bekommen. Gerade erst aus dem Gefängnis entlassen und schon wieder eine Tote an seiner Seite … Ich habe mich angezogen – ich war ja unbekleidet, ich bin gerne unbekleidet bei Vollmond, zumindest, wenn die Nächte warm genug sind …«

Duval winkte ungeduldig ab, »weiter!«

»Ich bin nach Cannes gefahren. Aber bis ich ankam, waren natürlich schon Polizei und der Notarzt vor Ort. Ich habe erfahren, was passiert ist, bin aber sofort wieder von dort verschwunden. Greg ist seitdem nur ein Schatten seiner selbst. Er malt ihr Porträt. Immer und immer wieder. Er hat angefangen zu rauchen. Das heißt, das Rauchen hat er wohl im Gefängnis begonnen, aber jetzt raucht er wirklich ununterbrochen. Es ist ein bisschen störend. Ich hasse den Zigarettenrauch, vor allem den kalten Rauch. Er isst kaum noch etwas, obwohl Marie-France sich wirklich bemüht, ihm mit dem Besten vom Besten Freude zu machen.«

Seine Erzählung wurde durch das überraschend schrille Klingeln eines Telefons gestört. Nach dem zweiten Klingeln hatte Marie-France abgehoben. »Ja, Monsieur Grégory«, hörte Duval sie sagen und sie eilte nun mit dem Telefon in der Hand zu Monsieur Doria.

»Es ist Monsieur Grégory, Monsieur«, sagte sie aufgeregt.

Noch bevor Doria das Telefon ergreifen konnte, hatte Duval es an sich genommen. »Monsieur Bernard«, rief er.

»Wo sind Sie? Machen Sie keine Dummheiten. Lassen Sie uns miteinander sprechen ...«

Aber Grégory Bernard hatte die Verbindung schon unterbrochen.

Merde! Duval drückte auf die Wahlwiederholung. »Etwas zu schreiben, bitte«, sagte er und notierte die Mobiltelefonnummer auf einen Notizblock, den Marie-France ihm eilfertig anreichte.

Duval rief LeBlanc an. Noch bevor er etwas sagen konnte, rief dieser: »Sie haben den Siebten Sinn oder was? Gerade haben sie den Tesla entdeckt! Er steht vor dem Bahnhof in Antibes auf einem Behindertenparkplatz. Verkehrswidrig!«

»Lassen Sie die Bahnhöfe kontrollieren, LeBlanc, Grégory Bernard ist momentan in Cannes! Er hat angerufen, und ich habe im Hintergrund die Lautsprecheransage gehört. Vielleicht nimmt er einen anderen Zug, aber dann kriegen wir ihn im Zug oder am Bahnhof.« Für dieses Mal war er dankbar, dass der öffentliche Nahverkehr in Cannes so wenig dynamisch funktionierte. Alle halbe Stunde ein Nahverkehrszug, die TGVs nur stündlich. »Ich komme so schnell ich kann.«

Aber Grégory Bernard war nicht mehr am Bahnhof. Er war in keinem der Züge, die sie überprüft hatten, weder Richtung Marseille noch Richtung Nizza, und man hatte ihn weder am Fahrkartenschalter noch in dem Zeitschriftenkiosk gesehen. Sie hatten bei *Starbucks* nachgefragt und in den angrenzenden Imbissläden sowie den einfachen Hotels in Bahnhofsnähe. Er war einfach verschwunden. Duval fragte sich, ob er die Ansage im Hintergrund »Cannes, hier Cannes« nicht nur geträumt hatte. Vielleicht hatte Grégory auch vor dem Bahnhof irgendeinen Bus genommen. Vielleicht sogar den Flughafenzubringer. Es war in der Zwischenzeit 19 Uhr, sein Magen knurrte und das Fleischragout, das von dem sich vegetarisch ernährenden Doria nun nicht gegessen werden würde, drängte sich in Duvals Erinnerung.

Das Bistro *La Meissounnière* lag in einer Querstraße gegenüber dem Bahnhof und es war auch abends geöffnet, selbst wenn sich abends immer nur wenige Gäste dorthin verirrten. Er wählte ein *Magret de Canard,* Entenbrust; von außen kross gebraten, aber *à point* im Inneren, dazu gab es Kartoffelgratin. Und ein Glas Rosé. Dann rief er die Nummer an, die er sich notiert hatte und hinterließ auf der Mailbox des Mobiltelefons eine Nachricht.

Kurz darauf klingelte sein Telefon.

»Wo sind Sie?«, fragte Duval ohne Umschweife.

»Ich bin unschuldig«, antwortete Grégory Bernard.

»Ich glaube Ihnen. Wo sind Sie? Lassen Sie uns reden!«

»Ich habe eine Waffe. Ich habe nichts mehr zu verlieren, wenn Sie versuchen, mich zu linken, dann schieße ich!«

»Lassen Sie uns reden, Monsieur Bernard.«

Er informierte LeBlanc. »Zwei Stunden«, sagte er. »Wenn ich mich in zwei Stunden nicht gemeldet habe, dann greifen Sie ein. Aber nicht vorher, klar?« Er überprüfte auf der Toilette des Restaurants noch einmal seine Waffe und machte sich kurz darauf auf den Weg. Er nahm die Fußgängerunterführung an der Place Gambetta und lief auf der anderen Seite die ärmliche Rue Jean Haddad-Simon entlang. Nach der großen Überschwemmung, die Cannes im Herbst vor ein paar Jahren heimgesucht hatte, war das gesamte Viertel rund um den Boulevard de la République, das stark in Mitleidenschaft gezogen war, umfassend renoviert worden. Dennoch hatte in dieser Straße bisher kaum ein Geschäft wiedereröffnet und es sah insgesamt sehr trist aus. Ein tief liegendes Fenster eines verlassenen Geschäftsbetriebs stand offen und der Raum dahinter wurde vielleicht von Obdachlosen zum Schlafen benutzt, auf jeden Fall aber war er zu einer Mülldeponie verkommen. Alle, die tagsüber oder nachts in dieser Straße herumhingen, schienen sich abgesprochen zu haben, ihre leeren Getränkedosen dort zu entsorgen.

Im arabischen Supermarkt an der Ecke gegenüber brieten wie immer winzige Hähnchen im Grill und der aromatische Geruch zog noch durch die Rue Merle, in die Duval nun einbog. In einem unscheinbaren Haus stieg er dort die Treppen hinauf. Die sechseckigen roten Fußbodenkacheln, *les tomettes,* die in den alten Häusern hier so typisch waren, waren teilweise gesprungen. Hier und da fehlte auch eine. Im dritten Stock klopfte er an die rechte Tür.

»Wer ist da?«

»Duval«, sagte Duval. »Wir haben telefoniert.«

»Sind Sie allein?«

»Ja.«

Ein Schloss wurde entriegelt und die Tür öffnete sich einen Spalt. Das dahinterliegende Zimmer war nur schwach erleuchtet. Als Erstes sah Duval die Waffe, die der Mann, von dem er nur die Silhouette sah, in der rechten Hand hielt.

»Ich weiß, dass Sie unschuldig sind, Monsieur Bernard. Ich wäre sonst nicht gekommen.«

Der Mann öffnete nun die Tür ein Stück weiter und Duval trat ein. Grégory Bernard schloss hinter ihm sofort wieder ab.

Es roch nach kaltem Zigarettenrauch. Das Zimmer war dunkel und die Fensterläden waren geschlossen. Nur wenig

Licht fiel von außen durch die Fensterläden über eine Straßenlaterne, die sich vor dem Haus befand.

»Können wir etwas Licht bekommen?«, bat Duval und Bernard knipste eine Stehlampe an.

Duval sah Grégory Bernard zum ersten Mal. Er glich dem Phantombild, aber er sah gehetzt und mager aus. Weshalb Duval schon wieder an das Fleischragout denken musste, das der Maler nicht zu sich genommen hatte. Er hatte Ringe unter den Augen und der vermutlich sonst sehr gepflegte Dreitagebart wirkte etwas struppig.

Sie befanden sich in einer kleinen und einfach eingerichteten Einzimmerwohnung, von der zwei Türen abgingen, vermutlich in eine Küche und in ein Badezimmer. Eine Schlafcouch, ein Tischchen und zwei Sessel. Eines von Bernards Gemälden hing über der Couch.

»Stecken Sie die weg«, sagte Duval und zeigte auf die Waffe. »Brauchen wir nicht.«

Grégory Bernard verstaute die Waffe in seinem Hosenbund am Rücken, wie er es vermutlich in Filmen gesehen hatte und zog aus der Hosentasche ein zerquetschtes Paket Zigaretten. Er zündete sich eine Zigarette an und hielt Duval das Paket entgegen.

Der schüttelte nur den Kopf.

Grégory Bernard nahm einen tiefen Lungenzug.

»Bitte«, er zeigte auf die beiden Sesselchen. Duval setzte sich in eines der beiden.

»Sie glauben also wirklich, dass ich unschuldig bin?!«

»Sie hätten Léna nicht bis in das Bistro begleitet, wenn Sie sie vergiftet hätten.«

Grégory Bernard nickte. Er setzte sich in den zweiten Sessel und hatte Schwierigkeiten, seine langen Beine unterzubringen.

»Kommen Sie, erzählen Sie mir alles«, schlug Duval vor, als Grégory etwas zur Ruhe gekommen war. Er dachte an den Psychiater in der Klinik. Manchmal war sein Job nicht weit entfernt von dem eines Psychodoktors. An irgendeinem Punkt erzählten alle gern ihr Leben. Zuhören musste man können. Aufmerksam sein für Kleinigkeiten, für Stimmungen, für Informationen, die unbewusst oder ungewollt mitgeliefert wurden. Vielleicht mochte er deshalb selbst nichts von sich erzählen. Ganz abgesehen davon, dass er sich nicht vorstellen konnte, sich einer jungen, unbedarften Frau anzuvertrauen, die mit sanfter Stimme fragte, »und wie war das für Sie?«, wenn er vom gewaltsamen Tod seines besten Freundes erzählte. Wie war das für ihn? Beschissen. Seit Jahren ließ es ihn nicht los.

»Ich habe Léna über Bellutini kennengelernt.«

»Ach«, machte Duval überrascht, er hatte in Erinnerung, dass Léna ein Modell dieses Malers gewesen war und Grégory sie dort kennengelernt hatte. Wie hieß er noch gleich? Es war ihm entfallen. Das passierte ihm immer öfter, dass ihm Namen nicht mehr einfielen. Der mit den erotischen Picasso-Bildern. Als wäre Picasso nicht schon erotisch genug. Patrick war sein Vorname, Patrick Dubarry oder Duberry? Irgend so etwas. Aber anscheinend wollte Grégory ihm eine andere Geschichte erzählen.

»Sie war seine Sekretärin«, fügte Grégory hinzu. »Sie reiste mit ihm und oft auch für ihn.«

»Ach so«, machte Duval erneut. Man konnte es ja nennen wie man wollte. Sekretärin. Privatsekretärin.

»Bellutini hatte meinem Onkel ..., Sie wissen, dass er mein Onkel ist?«, unterbrach er sich.

Duval nickte.

»Also, er war mit meinem Onkel in Verhandlungen über

die Villa und mein Onkel erzählte von seiner Kunstsammlung – er wollte vor allem viel Raum und viele Wände, um seine Kunstsammlung auszustellen.«

Duval nickte wieder. »Schon, um diesen Gorilla wirken zu lassen, muss man entsprechenden Raum haben.«

»Genau, diesen Gorilla, diese Skulpturen von Orlinski sind der letzte Schrei. Man mag es oder man mag es nicht. Aber wie dem auch sei, Onkel Lucio sprach von mir, um mich ein bisschen zu lancieren, denn Bellutini kennt Gott und die Welt, und ich traf mich dann mehrfach mit ihm zum Essen. Mal im Golfclub, mal im *Oasis*. Er versprach, mich unterzubringen, in Paris, in Monaco, zunächst im Golfclub von Mandelieu. Eine große Open-Air-Ausstellung wollte er machen. Bei diesen Gesprächen war jedes Mal auch Léna dabei.«

»Die Sekretärin«, sagte Duval.

»Richtig.«

»Und ich hatte mich in sie verliebt. Es war ein *coup de foudre,* wie ein Blitzschlag. Ich ...«, er stotterte, »ich ging mit ihr aus, ich wusste, sie ist die Frau meines Lebens, sie liebte mich auch, aber ich wusste, ich musste ihr etwas bieten, wenn ich sie halten wollte.«

Duval dachte an die zwei Stunden, die er eingeplant hatte und versuchte, Grégorys Erzählung etwas abzukürzen. »Kommen wir mal zu dem besagten Abend«, schlug er vor. Er dachte an den vergangenen Mittwoch, aber Grégory Bernard setzte mit seiner Erzählung viel früher ein.

»Ich hatte ein Rendezvous mit Léna, ich hatte extra im *Palme d'Or* zwei Plätze reserviert und sie kam nicht. Ich rief sie an und bekam nur die Mailbox, ich schickte ihr mehrere SMS und sie reagierte nicht. Ich wusste, sie ist bei Bellutini. Ich fuhr zu seiner Villa und wartete vor dem Tor. Die Villa war hell erleuchtet. Ich dachte, er gibt mal wieder einen Empfang, aber ich hörte keine Musik und sah auch weder Menschen auf der Terrasse noch standen besonders viele Autos im Inneren. Bestimmt eine Stunde habe ich gewartet, und dann sah ich, wie Léna aus dem Haus rannte. Sie blickte hinter sich und rannte zu ihrem Auto. Sie hatte eine Fernbedienung für das Tor und fuhr davon. Sie sah mich nicht, aber ich sah ihren gehetzten Gesichtsausdruck, ich wusste, dass etwas Schreckliches passiert war.«

»Und dann sind Sie in die Villa gegangen, haben sich mit Bellutini wegen ihr gestritten und haben ihn dabei erschlagen. Es ging nicht um Ihre Kunst, die er verhöhnte, sondern Ihre Männlichkeit. Léna war nicht nur Bellutinis Sekretärin. Sondern auch ...« Duval suchte ein Wort, ohne Grégory zu verletzen. »Seine Geliebte«, entschied er sich.

Grégory blickte den Kommissar lange an, zog noch einmal an seiner Zigarette, drückte sie auf einem Tellerchen aus und schubste sie dann neben die anderen bis zum Filter ausgesaugten Zigarettenstummel.

»Wissen Sie, wenn Léna nicht tot wäre, dann würde ich das weiterhin so erzählen. Aber jetzt ...« Er atmete schwer. »Nein, so war es nicht«, sagte er schließlich. »Absolut nicht. Ich stand nur da wie ein Depp. Ich wusste nicht, was ich tun sollte und wollte ihr hinterherfahren und gleichzeitig in die Villa gehen, aber ich konnte nicht. Ich war wie gelähmt. Alle Szenarien hatte ich in meinem Kopf, Verführung, Gewalt, Sex. Und bis ich mich entschieden hatte, war das Tor wieder zu. Also fuhr ich zu ihrer Wohnung, da war sie nicht. Ich suchte sie und ihr Auto an den üblichen Orten, aber sie war verschwunden. Dann habe ich mich bei Georges in der *Bar Nautic* volllaufen lassen.«

Duval hörte ihm aufmerksam zu.

»Als ich am nächsten Tag spät wieder bei Bellutini vorbeifuhr, sah ich die Polizei und dann stand es in der Zeitung.
Ich wusste, dass die Wirklichkeit all meine Fantasien, die
ich im Kopf hatte, noch überstiegen hatte. Dass sie ihn
umgebracht hatte. Erschlagen, vielleicht in Notwehr, er
wollte sie vielleicht mit Gewalt nehmen, Bellutini war kein
Kind von Traurigkeit, wissen Sie.«

»Sie wollen sagen, Sie waren an dem Abend nicht mehr
in der Villa und Sie haben Bellutini gar nicht erschlagen?
Sie haben die Schuld an Lénas Stelle auf sich genommen?!«

Grégory nickte. »Ja. Aber mir war es ein Bedürfnis, das zu
tun. Ich dachte, wenn die Polizei und der Untersuchungsrichter einen Schuldigen haben, der, mit plausiblen Gründen, alles gesteht, dann würden sie nicht weitersuchen. Das
hat ja auch geklappt.« Er konnte sich einen gewissen Tri-
umph in der Stimme nicht verkneifen.

»Und Léna hat das so akzeptiert?«

»Ich weiß, was Sie denken. Aber ich wollte sie schützen.«

Und vermutlich hoffte er, sie mit dieser ritterlichen Geste
an sich zu binden, vermutete Duval. Aus Dankbarkeit. Aber
sie war ihm nicht dankbar. Sie verschwand einfach. Duval
war plötzlich nicht mehr völlig von der Unschuld Grégorys
überzeugt. Zumindest was Léna anging.

»Ich bat meinen Onkel, sich um sie zu kümmern. Ich
schickte ihr eine SMS, dass sie meinen Onkel kontaktieren
solle, dass er sich um sie und alles andere kümmern würde.«

»Wusste ihr Onkel die Wahrheit?«

»Nein. Er wusste nur, dass ich sie über alles liebte. Aber er
hat sie nicht gefunden. Und sie hat sich nicht bei ihm
gemeldet.«

»Und während der ganzen Zeit im Gefängnis hat sie sich
nicht bei Ihnen gemeldet?!«

»Nein, zunächst war ich froh darüber. Ich wollte es nicht, ich hatte Angst, dass vielleicht doch irgendjemand einen Verdacht geäußert hätte. Und später dachte ich, es ist ihr vielleicht etwas zugestoßen. Das war ja dann auch der Fall.«

»Wissen Sie, was in dieser Nacht genau passiert ist? Erinnerte Léna sich daran?«

»Nein. Weder an diese Nacht noch an die Nacht, in der sie Bellutini erschlagen hat. An gar nichts mehr. Es war alles ausgelöscht.«

»Sie haben ihr nichts erzählt?«

»Um Gottes willen, nein. Sie war so schon total unsicher. Sie wusste nichts von ihrem früheren Leben. Sie haben keine Ahnung, wie destabilisierend das ist. Sie verließ sich bei neuen Kontakten nur auf ihren Instinkt. Sie vertraute mir, aber ich wollte sie nicht gleich überfordern. Ich sagte ihr, dass ich mich in die Klinik eingeschlichen hätte, um sie wiederzusehen. Die Idee gefiel ihr. Als Erstes nannte ich sie bei ihrem richtigen Namen, doch er fiel ins Nichts. Natürlich erzählte ich ihr, was wir erlebt hatten, auch wenn ich vieles ausließ. Ich habe ihr ihr Parfüm geschenkt. Ich hatte große Angst und große Hoffnungen gleichzeitig. Man sagt, dass Gerüche viel bewirken können in so einem Fall. Sie mochte den Geruch, aber er löste nichts in ihr aus. Ich hoffte, sie würde sich eines Tages an uns erinnern. An meine Küsse, an unsere Leidenschaft.«

»Und?«

»Nein. Sie ließ sich auf mich ein, aber es war nicht mehr so wie früher, sie schien immer etwas zu suchen, wenn wir miteinander schliefen. Sie war nicht mehr so unbeschwert. Es war, als lauschte sie dabei, ob es etwas in ihr zum Klingen brachte.«

»Vielleicht erinnerte sie sich ja doch? Und hat es Ihnen nur nicht mitgeteilt?«

Grégory Bernard zündete sich eine neue Zigarette an. Er paffte kurz den Rauch aus und schüttelte den Kopf. »Glaube ich nicht.«

»Und seitdem haben Sie sie ein-, zweimal pro Woche dort abgeholt?«

»Ja.«

»Und immer heimlich?! Warum haben Sie das denn nicht offiziell versucht?!«

»Es war ein Spiel. Es gefiel uns.«

Duval war sich nicht sicher, ob das der wahre Grund war. »Wie lief das ab?«, fragte er.

»Sie blieb spätabends im Park und stieg nachts über den Zaun, sie war ja geschickt. Und gegen Morgen habe ich sie zurückgebracht.«

Das immerhin entsprach wohl der Wahrheit. »Kommen wir jetzt mal zum letzten Mittwoch«, sagte er und versuchte unbemerkt auf seine Uhr zu sehen. »Was ist da passiert?«

»Ich habe sie abgeholt wie jeden Mittwoch. Wir sind zunächst zu meinem Onkel gefahren. Er wollte sie besser kennenlernen, sagte er. So haben wir einmal in der Woche bei ihm gegessen. Danach fuhren wir in die Stadt, flanierten ein bisschen, tranken ein Glas irgendwo, waren am Strand. Und dann sind wir in der Regel hierhergekommen, bevor ich sie gegen Morgen wieder in die Klinik brachte.«

»Warum hier? Warum sind Sie nicht in der Villa Ihres Onkels geblieben? Sie leben doch dort?!«

»Ich fühlte mich mit ihr dort nicht wirklich unbeobachtet und ungestört. Ich mag Onkel Lucio, wirklich, aber wenn er nachts nackt durch den Garten läuft, *Ommmm* singt und sich vor dem Mond verneigt ...« Er verzog spöttisch das

Gesicht. »Muss nicht sein. Außerdem wollte ich Léna realistisch zeigen, was ich mir leisten kann. Im Moment nämlich nicht viel mehr als das hier«, er machte eine Handbewegung, die den Raum umfasste. »Vielleicht erbe ich mal etwas von Onkel Lucio, aber meine eigenen Mittel sind deutlich bescheidener. Meine Mutter hat bei ihrem Tod fast alles, was sie besaß, einer Krebsstiftung vermacht.«

»Gut. Sie aßen also bei Ihrem Onkel und dann?«

»Dann fuhren wir nach Cannes und wollten im Casino einen Cocktail trinken, aber schon auf dem Weg wurde ihr schlecht. Ich dachte, es käme von der Autofahrt oder sie hätte das Essen nicht vertragen. Einen Augenblick dachte ich auch, dass sie schwanger sein könnte, wir waren nicht immer vorsichtig, wissen Sie?« Er inhalierte noch einmal tief und drückte die Zigarette in den Aschenbecher. »Wir standen vor dem Casino und sind quasi sofort umgedreht, zurück zum Auto. Ich hatte den Wagen im Parkhaus Lamy stehen. Aber sie klappte mir buchstäblich zusammen. Ich bin mit ihr ins erstbeste Bistro …« Er schluckte. »Den Rest kennen Sie.«

»Wann genau haben Sie sie in der Klinik abgeholt?«

»Gegen halb neun. Es musste ja dunkel sein.« Er grinste leicht. »Und wir wollten um neun bei meinem Onkel sein. Wir aßen eine Kleinigkeit und um Viertel nach zehn etwa sind wir dort aufgebrochen.«

»Um Viertel nach zehn. Sind Sie da sicher?«

Er überlegte kurz. »Ja, ziemlich. Warum?«

»Wie erklären Sie sich, dass Léna mit einem Herzmedikament vergiftet wurde?«

»Ich weiß es nicht. Ich habe alles Mögliche überlegt. Vielleicht war es ein Versehen in der Klinik. Irgendwie hat man ihre Medikamente verwechselt oder die Dosis oder etwas dergleichen.«

»Und das hätte sie nicht bemerkt? Sie wusste doch, was sie an Medikamenten einnahm, oder?«

Er zuckte hilflos mit den Schultern.

»Wissen Sie, dass man bei der Obduktion die Einnahmezeit des Medikaments ziemlich genau feststellen kann?«

Jetzt verspannte sich Grégory Bernard. »Nein«, krächzte er heiser.

»Doch. Zwischen 22 Uhr und 22.30 Uhr, etwa eine Stunde vor ihrem Tod nämlich. Was ist an diesem Abend passiert, Grégory?«

Grégory wurde blass. Er starrte den Kommissar an. »Nein«, krächzte er erneut. »Das kann nicht sein.«

Und dann klingelte Duvals Telefon. Es war nur ein Moment der Unaufmerksamkeit, aber das genügte. Grégory hatte sich so brüsk aus seinem Sessel erhoben, dass dieser nach hinten überkippte. Zitternd, aber entschlossen hielt er seine Waffe auf Duval gerichtet und entsicherte sie. Er schien zu wissen, wie man damit umging. Sein Blick war fiebrig und hasserfüllt. »Keine Bewegung!«, sagte er, wie im Film.

Merde dachte Duval, *Merde, merde.* »Ganz ruhig, Grégory, bitte«, sagte er eindringlich. Sein Telefon klingelte immer noch.

»Hände hoch!«, brüllte Grégory. »Nehmen Sie die Hände hoch! Los! los!«

»Grégory«, versuchte es Duval noch einmal, hob aber doch die Hände. In der rechten Hand immer noch das Telefon, das jetzt aufgehört hatte zu klingeln.

»Bleiben Sie wo Sie sind! Keine Bewegung.« Er fuchtelte mit der Waffe herum und ging zwei Schritte rückwärts zur Tür. Mit einer Hand tastete er nach dem Schlüsselbund, der im Schloss steckte, drehte den Schlüssel herum und öffnete immer noch rückwärts tastend die Tür. Duval erhob sich aus dem Sessel.

»Keine Bewegung, hab ich gesagt!«, brüllte Grégory noch einmal und schoss Duval direkt vor die Füße. Duval warf sich nach hinten, der Sessel fiel mit ihm um. *Merde.* Er strampelte darin auf dem Rücken liegend wie ein Käfer und fühlte sich extrem lächerlich. *Merde.* Bis er sich befreit hatte, hatte Grégory die Tür schon von außen wieder verschlossen.

»Grégory«, brüllte Duval, »machen Sie keinen Fehler!«

Duval rüttelte vergeblich an der Tür, gab ihr einen wütenden Tritt und sah sich um. Wie ein Anfänger, dachte er. Ich habe mich benommen wie der idiotischste aller Anfänger. Mit zwei Schritten war er am Fenster, riss es auf, entriegelte die Fensterläden und stieß sie nach außen. Dritter Stock. Er würde nicht springen, sicher nicht. Die Regenrinne, an der er sich hinablassen könnte, war zu weit entfernt. In einem Film würde der Held jetzt mit einem Schuss das Türschloss wegschießen. Er wusste, dass es nicht funktionieren würde und rief LeBlanc an. Das Telefon klingelte. Geh ran, wo bist du, LeBlanc, Herrgott, geh ran!

Als sie schließlich mit drei Wagen in die Domäne einfuhren, fürchtete Duval bereits das Schlimmste. Die Villa und der Garten lagen im Dunklen. Nur die gelblich leuchtenden Straßenlaternen warfen etwas Licht über die Mauer und zwischen die Pinienstämme. Das Gartentor stand sperrangelweit offen und Duval und Villiers eilten mit gezogener Waffe auf das Grundstück. Zwei Beamte folgten und zwei weitere hielten vor dem Grundstück Wache. Einer der Beamten leuchtete mit einer Taschenlampe große Kreise über den weichen Boden aus Piniennadeln, erleuchtete hier einen Baumstumpf, dort einen Ilexbusch und ...

Duval stöhnte auf. Er hatte es befürchtet, aber es schockierte ihn dennoch, den Körper gekrümmt auf einer Yogamatte liegen zu sehen. Die Beine noch in einer meditativen Sitzhaltung verknotet, lag er halb auf der Seite, die Augen aufgerissen, er hat den Schlag wohl noch kommen sehen. Der Hinterkopf war aufgeplatzt und Blut und Hirnmasse klebten auf der Yogamatte. Er war mit einem nachtblauen Pyjama bekleidet.

Die Aprilnächte waren frisch und die Sichel des abnehmenden Mondes schien nur schwach hinter einer dünnen Wolkendecke. Luciano Doria hatte seine letzte Mondnacht genossen.

Es war kaum zu glauben, dass die alte Kinderfrau von Monsieur Doria den Lärm, den sie verursachten, nicht gehört hatte. Sie hatte den Schlaf eines Kleinkindes. Duval hatte sie geweckt und sie sah ihn verständnislos an.

Als sie begriffen hatte, was passiert war, schlug sie die Hände zusammen und begann zu jammern und zu klagen. »Mein ganzes Leben habe ich mich um ihn gekümmert, er war wie mein Kind, immer habe ich ihn beschützen wollen und jetzt ist er in seinem eigenen Garten gestorben und ich habe geschlafen. Ich habe ihn nicht beschützen können, ach, ach, ach ...«

»Madame«, bat Duval ...

»Wo ist er?«, fragte sie.

»Noch im Garten«, antwortete Duval.

»Sie werden ihn nicht da draußen liegen lassen wie einen Hund«, unterbrach sie ihn sofort.

»Natürlich nicht, aber leider muss zuerst noch die Spurensicherung kommen«, bedauerte Duval.

Zusammengesunken saß sie auf dem Bett. Ihre Haare

standen in alle Richtungen. »Aber wie geht es denn nun weiter? Und was soll denn nun aus mir werden?«

»Nun«, sagte Duval vorsichtig, »ich müsste Ihnen zunächst einige Fragen stellen, auch wenn es für Sie schmerzhaft ist. Wird das gehen?«

Sie sah ihn befremdet an. »Was für Fragen?«

»Wie wäre es«, schlug Duval vor, »wenn wir nach unten gingen und wenn Sie uns vielleicht zunächst einen Kaffee kochen würden? Einen starken italienischen Kaffee?«

»Kaffee?«, fragte sie nach, als habe sie es nicht richtig verstanden. »Sie wollen einen Kaffee? Jetzt?«

»Das wäre nicht schlecht«, nickte Duval.

»Sie erlauben«, bat sie und Duval verließ ihr Zimmer. Auf dem Flur knotete sie nervös zitternd den rosafarbenen Morgenmantel zu, fuhr sich mit den Händen über das Gesicht und durch die Haare und schlurfte dann in ihren schwarzen Samtpantoffeln mit kleinen Schrittchen davon. Duval folgte ihr in die Küche.

»Was für einen Kaffee möchten Sie?« Sie zeigte auf die voll automatische Maschine.

»Ach«, sagte Duval, »wie wäre es damit?«, und er zeigte auf die kleine italienische Schraubkaffeekanne, die in einem Regal stand.

Sie nickte, nahm sie aus dem Regal und schraubte sie auseinander. Dann griff sie mechanisch nach der Dose mit dem Kaffee.

»Wissen Sie, ob Monsieur Doria Feinde hatte, Madame?«

»Ach, sagen Sie doch Marie-France zu mir«, wehrte sie ab. »Alle sagen Marie-France.«

»Marie-France also«, setzte Duval nach. »Wissen Sie das?«

»Feinde«, sie sah Duval vorwurfsvoll an und vergaß dabei das Unterteil der Kaffeekanne unter dem Wasserhahn. »Er war die Güte selbst. Liebenswürdig, sanft, großzügig. Nein, er hatte keine Feinde.« Jetzt erst bemerkte sie, dass das Wasser überlief. Hastig zog sie das Kännchen weg und stellte das Wasser ab.

»Verstand er sich gut mit seinem Neffen?«

»Er tat alles für ihn! Er beherbergte ihn hier seit einiger Zeit, unentgeltlich«, füge sie hinzu. »Er lieh ihm sogar das Auto, gab ihm Geld.« Sie schüttete das überschüssige Wasser ab und setzte den Filter darauf.

»Wussten Sie, dass Grégory im Gefängnis war?«

»Das ist kein Grund, dass Sie ihn verdächtigen. Er liebte Monsieur Doria und war seinem Onkel sehr dankbar für alles, was er für ihn tat.«

»Dankbar, ja«, seufzte Duval. »Der Onkel ist nun tot und Grégory ist verschwunden.«

»Natürlich«, sie ließ den Löffel mit Kaffee sinken, »weil *Sie* ihn verdächtigen, Sie von der Polizei!« Sie funkelte ihn böse an. Dann löffelte sie weiter Kaffeepulver in den Filter und strich es glatt. Sie schraubte die Kanne zu und stellte sie auf den Gasherd. Nach einem kurzen Drücken des Knopfs knisterte es und sofort flackerte die bläuliche Flamme auf.

»Marie-France, Sie möchten doch sicher auch, dass wir den Mörder von Monsieur Doria finden?!«

Sie sah Duval nur abschätzig an. Was für eine Frage. Darauf antwortete sie nicht einmal.

»Vielleicht erzählen Sie mir etwas über die Dame, die am Mittwochabend hier war, Marie-France, wollen Sie?«

»Welche?«, fragte sie und Duval stutzte. Meinte sie »welche Dame?« oder »welche von den Damen?«

»Gab es denn mehrere?«, fragte er vorsichtig.

»Zwei«, sagte Marie-France ungerührt. »Die erste kam

vor dem Essen und die zweite, die Verlobte von Grégory, die nun tot ist, kam gegen neun zum Essen.«

»Und die erste war wer?«

»Das weiß ich nicht. Ich habe nur ihre Stimme gehört.«

»Sie haben nicht die Tür geöffnet?«

»Nein, ich bereitete das Abendessen zu und Monsieur Doria hat geöffnet.«

»Und die Verlobte von Grégory haben Sie gesehen?«

»Ich habe sie schon einmal gesehen. Grégory hat sie mir vorgestellt. ›Marie-France‹ hat er gesagt, ›ich stelle Ihnen meine Verlobte vor!‹ Ein freundliches und sehr hübsches Mädchen.«

»An dem Mittwoch haben Sie sie auch gesehen?«

»Nein. Ich habe noch das Abendessen zubereitet und dann bin ich schlafen gegangen. So ist es immer. Ich stehe früh auf und gehe früh schlafen, ich bin nicht mehr die Jüngste«, entschuldigte sie sich. »Und ich habe nicht Monsieur Dorias Rhythmus.«

»Und Sie wissen wirklich nicht, wer die erste Dame war?«

»Nein. Ich kannte ihre Stimme nicht.«

»Haben Sie gehört, worüber gesprochen wurde?«

»Wollen Sie damit andeuten, dass ich lausche?« In der Kaffeekanne auf dem Herd begann es zu zischen.

»Nein, es hätte ja sein können«, entschuldigte sich Duval, »dass Sie irgendetwas gehört haben, weil sie laut sprachen.«

»Das taten sie allerdings«, bestätigte Marie-France. Der Kaffee brodelte jetzt und Dampf stieß aus dem Schnäuzchen. Köstlicher Kaffeeduft erfüllte die Küche Sie stellte das Gas ab.

»Sie sprachen laut?«

»Ja, ich dachte sogar, dass sie sich gestritten haben.«

»Aber Sie wissen nicht, worum es ging?«

»Nein. Ich habe gelernt, nicht hinzuhören.«

»Haben Sie eventuell trotzdem eine Vermutung, um was es gegangen ist?«, versuchte Duval, denn Marie-France musste man wirklich alles einzeln aus der Nase ziehen.

»Nein«, sagte sie kategorisch. Sie griff nach einer kleinen Tasse und stellte sie vor Duval hin. Dann nahm sie einen Mokkalöffel aus einer Schublade und die Zuckerdose aus dem Regal und schob ihm beides zu. Nun goss sie mit leicht zitternder Hand den schwarzen Kaffee ein.

»Danke schön, Marie-France«, sagte Duval, gab ein Stück Zucker in das Tässchen und rührte um »Trinken Sie einen Kaffee mit mir?«

»Um diese Zeit? Ich bin wach genug«, sagte sie streng. »Außerdem, in meinem Alter ...«

Duval nickte verstehend. »Sie wissen, dass Grégorys Verlobte tot ist?«

»Ja, Monsieur Grégory und Monsieur Doria sprachen darüber. Monsieur Grégory war ganz aufgelöst. Und ich habe es auch in der Zeitung gelesen.«

»Sie hat an dem Abend hier gegessen, richtig? Und Sie haben das Abendessen zubereitet, nicht wahr? So haben Sie es gerade gesagt.«

»Ja.«

»Aber Sie haben es nicht serviert?«

»Nein, das habe ich Ihnen auch schon gesagt. Ich gehe früh schlafen. Ich habe das Abendessen fertig gemacht und bin dann in mein Zimmer gegangen.«

Duval trank einen Schluck Kaffee. »Sehr fein«, sagte er. Marie-France lächelte unmerklich.

»Was gab es an dem Abend, wissen Sie das noch?«

»Ich habe eine leichte grüne Suppe gemacht und es gab noch kaltes Roastbeef, aufgeschnitten vom Vortag.«

»Grüne Suppe?«

»Ja, aus grünem Gemüse. Zucchini, Lauch und Kräutern.«

»Grégorys Verlobte wurde vergiftet, wussten Sie das?«

»Was wollen Sie denn damit sagen?«, empörte sie sich. »Glauben Sie, dass Monsieur Doria oder Monsieur Grégory ihr Gift in die Suppe getan haben? Niemals!«

Auf die Idee, dass Duval auch sie verdächtigte, kam sie gar nicht. Oder sie spielte ihre Komödie verdammt gut.

»Was tranken die Herrschaften, wissen Sie das noch?«

»Wasser für Monsieur Doria und Monsieur Grégorys Verlobte. Grégory nahm gern ein Glas Rosé. Und nach dem Essen trank Monsieur Grégory einen Kaffee und seine Verlobte einen Tee. Einen grünen Tee nahm sie.«

»Und wer hat serviert? Sie?«

Sie sah ihn nachsichtig an. »Sie haben es immer noch nicht verstanden, ich habe alles nur vorbereitet. Es war heißes Wasser im Wasserkocher für den Tee, den Kaffee machte Monsieur Doria später mit der Maschine.« Sie zeigte auf die voll automatische Kaffeemaschine. »Dann habe ich mich zurückgezogen. Monsieur Doria selbst servierte das Abendessen sowie später den Tee und den Kaffee.«

»Und Monsieur Doria trank nach dem Essen keinen Kaffee? Oder vielleicht einen Kräutertee?«

»Nein. Monsieur Doria trinkt immer nur gefiltertes Wasser.«

Duval hingegen nahm einen weiteren Schluck Kaffee, als sein Mobiltelefon erneut klingelte. Das ist unser geflohener Grégory, dachte er, aber nein, es war Annie. Es geht los, dachte er und konnte nicht verhindern, dass ihn eine Welle von Nervosität durchfuhr.

»Ja?«, meldete er sich kurz.

»Ich glaube, es geht los, Léon!« Annie klang nervös, angespannt und beinahe ein wenig ängstlich. »Ich habe es vorhin schon probiert, dich zu erreichen. Du hast nicht mal
zurückgerufen. Jetzt sind die Krämpfe noch stärker. Wo bist
du? Kannst du kommen?«

»Ich konnte vorhin wirklich nicht, Annie, es tut mir leid.
Bist du sicher? Ist der Termin nicht erst in zwei Wochen?«

»Ja, aber ich glaube, es kommt jetzt schon«, stöhnte sie.

Duval erinnerte sich vage an die Geburten seiner ersten
beiden Kinder. Hélènes Nervosität, die Fehlalarme. »Ich
bin«, fing er an, entschied sich aber anders, »ich komme!«,
sagte er. Doria war schon tot und konnte warten. Und dann
sollte Grégory eben abhauen. Glück für ihn. Irgendwann
würden sie ihn zu fassen bekommen. »Ich kann ...«, er
überlegte kurz, »in etwa zwanzig Minuten kann ich da sein.
Soll ich dich abholen? Kannst du noch warten? Oder willst
du mit einem Taxi schon alleine ins Krankenhaus?«

»Ich wäre froh, wenn du kämst. Ich will nicht alleine sein.
Diese Krämpfe, wenn das die Wehen sind, die sind schon
alle dreißig Minuten«, stöhnte sie.

»O. k., ich mache so schnell wie ich kann. Bleib zu Hause.
Hast du alles fertig gepackt?«

»Seit Wochen habe ich alles gepackt«, ächzte sie. »Beeil
dich bitte!«

»Schon unterwegs.« Er unterbrach die Verbindung und
sprang auf. »Sie entschuldigen«, sagte er zu Marie-France,
»meine Frau bekommt ein Kind, ihr erstes, ich muss sofort
los!« Sie nickte und lächelte leicht. »Viel Glück!«

»LeBlanc!«, brüllte er und sprang die Eingangsstufen
hinab.

»Ja, Chef«, hörte er LeBlanc aus dem Garten, wo es in der
Zwischenzeit aussah wie bei nächtlichen Filmaufnahmen.

Die *Police Scientifique* hatte Scheinwerfer und ein weißes Zelt aufgestellt und wie Außerirdische liefen drei Beamte in ebenso weißer Schutzkleidung durch den Garten.

»LeBlanc, Sie übernehmen hier. Ich muss weg. Bei Annie geht's los!«

»Kein Problem, ich hab alles im Griff«, rief LeBlanc zurück. »Ganz ruhig, Commissaire, ganz ruhig!«

»Ich bin ganz ruhig«, brüllte Duval und rannte durch den Garten. »Welches Auto kann ich nehmen? Und öffnet uns jemand dieses verdammte Portal da unten?«

»Keine Sorge, Commissaire! Regeln wir alles.«

»Ich fahre Sie, Commissaire«, rief einer der Polizisten, der am Eingang Wache stand und riss ihm die Tür eines Polizeiwagens auf. Kaum, dass sie aus der Domäne hinausgefahren waren, gab der junge Polizist Gas und setzte das Blaulicht aufs Dach.

»16 Minuten und 34 Sekunden«, lachte er stolz, als er vor dem Haus in der Rue des Vosges ruckartig bremste. »Ich wollte immer schon mal diese Szene aus *Taxi* nachspielen.« Duval öffnete die Autotür und erbrach den Kaffee in den Rinnstein. Das macht mindestens 68 Euro, dachte er gleichzeitig. »Bravo«, sagte er, als er sich den Mund abwischte.

»Tschuldigung«, machte der Polizist etwas betroffen. »Ich dachte, es müsse schnell gehen.«

»Schon gut, warten Sie hier.« Er drückte lange auf den Klingelknopf, die Haustür öffnete sich sofort und er zögerte zwischen den Stufen und dem Aufzug. Er hasste diesen engen Aufzug. Aber fünf Stockwerke zu Fuß nach dieser Autofahrt ... Langsam ruckelte er in dem engen, altersschwachen Aufzug in den fünften Stock.

Annie erwartete ihn schon vor der Aufzugtür, sie drückte

sich und ihren Bauch zusätzlich hinein und quetschte eine Reisetasche an ihre Füße. Genauso langsam fuhren sie wieder hinab. »Gibst du mir keinen Kuss?«, fragte sie.

Duval küsste sie eher flüchtig.

»Hast du getrunken?«, fragte sie und sah Duval kritisch an. »Du riechst so komisch.«

Er winkte ab und sah unter sich.

Sie lachte, als sie den Wagen sah. »Ihr fahrt mich mit Blaulicht ins Krankenhaus?«

»Wenn man einmal von diesem Job profitieren kann«, sagte Duval und öffnete ihr weit die Tür: »Bitte schön!« Sie rutschte mühsam auf den Rücksitz. Duval warf ihre Reisetasche auf den Nebensitz. »*Bonsoir*«, lächelte sie dem Polizisten mühsam zu.

»*Bonsoir*, Madame«, grüßte höflich der Polizist. »Es ist mir eine Ehre!«

»Ins Krankenhaus, bitte«, ächzte sie.

»Das dachte ich mir schon. Schaffe ich in weniger als drei Minuten!«

Duval sah ihn streng an. Aber nach exakt zwei Minuten und 28 Sekunden hielten sie vor dem Krankenhaus Les Broussailles, das jetzt nach der verstorbenen Gesundheitsministerin Simone Veil benannt war. Eine mutige und aufrichtige Frau in ihrer Zeit und in der männlich dominierten Politikerkaste. Hoffentlich war das ein gutes Zeichen für das Krankenhaus, mit dessen Ruf es manchmal nicht zum Besten stand. »Alles Gute!«, rief der junge Polizist ihnen nach, als sich die Schiebetür hinter Annie und Duval schloss.

10

Félicitations! Herzlichen Glückwunsch! Sämtliche Kollegen schienen informiert, auch die aus anderen Abteilungen klopften ihm ständig wohlwollend auf die Schulter. »Na, alles gut gegangen? Ist es ein Junge oder ein Mädchen? Wann gibst du einen aus?«, wurde er nicht nur einmal gefragt.

Das kleine Wesen, dem die nassen dunklen Flaumhärchen am Kopf klebten, hatte sich früher als erwartet seinen Weg in die Welt gesucht. Dann aber war es stecken geblieben, vielleicht hatte es instinktiv gespürt, dass es auf der Welt da draußen weniger idyllisch zuging, als es gedacht hatte, und es zögerte. Es schien sich Annies Pressen zu widersetzen, und Duval spürte, wie die Mannschaft im Kreißsaal nervös wurde. Wie viel Zeit hatte man, bevor dieses kleine Wesen erstickte? Sekunden? Minuten? Duval versuchte die kalte Angst, die ihm den Nacken hochkroch, nicht zu zeigen, um Annie nicht zu verunsichern, die sich noch immer stöhnend abmühte. Mach was!, wollte er den Gynäkologen anbrüllen. Mach was, verdammt noch mal, bevor es keine Luft mehr kriegt! Aber als der Gynäkologe nach der Zange griff, wurde ihm beinahe schlecht. So ein brutales kaltes Besteck für dieses weiche kleine Köpfchen. Er wandte den Blick dennoch nicht ab. Er hatte schon so viel Grausames gesehen, die Geburt seines dritten Kindes, auch wenn sie problematisch ablief, wollte er sehen. Vor allem, um diesen Grobian von Gynäkologen zu überwachen. Der zog und zog. Er wird ihm den Kopf abreißen.

»*Voilà*«, sagte er endlich, »da haben wir dich ja.« Eine der Krankenschwestern griff schnell zu und klapste dem verschmierten glitschigen Etwas auf den Rücken. Ein Junge? Nein, es war nicht der erwartete Fußballer, es war ein Mädchen! Und der erste Kontakt mit der Welt da draußen hatte ihr nicht gefallen. Sie schrie wütend, verschrumpelt und rotgesichtig wie eine Große und Duval heulte. Erst als eine der Krankenschwestern ihm ein Kleenex reichte und ihm den Arm tätschelte, merkte er, wie aufgelöst er war. Diese grobe Zange am Kopf dieses kleinen Wesens, das Blut überall, Annie, die stöhnte und schrie. Er war wütend auf den Gynäkologen, der seinem kleinen Mädchen den Kopf verformt hatte. Und froh, dass sie offensichtlich gesund aussah und so tapfer brüllte. Man legte sie Annie auf den Bauch und das kleine Mädchen versuchte, die neue Situation zu erspüren. Sie japste und beruhigte sich.

»Mein Mädchen«, flüsterte Annie und betrachtete verwundert das kleine Wesen auf ihrem Bauch. Tränen liefen ihr über die Wangen. Sie blickte Duval an. »Hast du sie gesehen? Sie heißt Julie, oder?! Sie sieht aus wie Julie! Ist das nicht alles ein großes Wunder?«

Er küsste Annie zart auf den Kopf und versuchte seine eigene Rührung und das aufsteigende Unwohlsein zu kontrollieren. Er durfte seiner Tochter die Nabelschnur zu ihrer Mutter abschneiden. Seine Hände zitterten leicht. Er wollte bitte jetzt nicht versagen. Was für ein symbolischer Akt, dachte er. Julie. Willkommen im Leben und in dieser beschissenen Welt, kleine Julie.

Mehr als das Gewicht und die Größe, 3150 Gramm und 49 Zentimeter, die er jetzt ununterbrochen abgefragt wurde, als sage das etwas über dieses neue Wesen aus, beeindruckte ihn, wie perfekt Julie in ihrer Winzigkeit war. Er erinnerte sich vage an die Geburten von Matteo und von Lilly. Vielleicht war es normal, dass man das wieder vergaß. Bei Matteo glaubte er, in Ohnmacht gefallen zu sein. Oder war das eine Legende, die Hélène gern erzählte, um sich ein bisschen über ihn lustig zu machen? Er wusste es nicht mehr. Vielleicht wollte er sich an diese Schwäche auch einfach nicht mehr erinnern? Das reinste Blutbad jedes Mal. Niemals hätte er gedacht, dass eine Geburt solch eine blutige Angelegenheit war.

Als er Julie dann zum ersten Mal im Arm hatte, sah er in ihr alle drei Kinder, sich selbst und Annie. Er war gerührt und er wollte sie beschützen, aber anscheinend war seine Liebe, wenn er es so nennen wollte, nicht annähernd so stark wie die seiner Frauen. Es war bei Hélène so gewesen und es schien auch bei Annie wieder so zu sein. Sie schienen einen instinktiveren Zugang zu ihren Kindern zu haben. Symbiotischer auch. Schwierig, sie voneinander zu lösen.

Außerdem schämte er sich, dass er sich, so klein und hilflos wie sie war, dennoch vor ihrer Sabberei ekelte und vor ihrem weichen stinkenden Stuhlgang in den Windeln. Nein, er wollte diese Momente der Nähe nicht. Er wollte ein sauberes, wohlriechendes und schlafendes Kind im Arm haben und nicht eines, das durch die Windel stank und seinen säuerlich riechenden Rülpser auf seine Schulter ergoss und anschließend zwei Stunden schrie. Er stand daher ein bisschen ungelenk und hilflos am Wickeltisch und hielt das zappelnde kleine Wesen ungeschickt fest, wenn er versuchte, sie unter Todesverachtung sauber zu machen und ihr eine neue Windel anzuziehen.

Irgendwann schubste Annie ihn zur Seite, wie auch Hélène ihn vor Jahren schon zur Seite geschubst hatte.

———

»Wo sind wir mit allem?«, fragte er müde. Hatte er überhaupt geschlafen die letzten Nächte? Annie stillte Julie ununterbrochen, so schien es ihm zumindest. Und wenn sie sie nicht stillte, schrie Julie. »Ich habe alles vergessen, scheint mir. Haben wir den flüchtigen Maler, wie hieß er noch gleich? Haben wir den?«

»Grégory Bernard«, half ihm Léa auf die Sprünge. »Ja, den haben wir. Der hatte sich bei dem Barmann versteckt. Jetzt sitzt er schon in U-Haft.« Sie konnte den Stolz in ihrer Stimme nicht verbergen.

»Was?«, rief Duval. »Aber der ist doch unschuldig!« Jetzt fiel ihm alles wieder ein. »Der bringt sich eher selbst um als jemand anderen! Den müssen wir vor sich selbst schützen.«

»Für Madame Marnier und den Staatsanwalt war es sonnenklar. Er steht unter Verdacht, seinen Onkel erschlagen zu haben, weil der wiederum seine Verlobte vergiftet hat«, verteidigte sie sich.

»Nein, so war das nicht.«

»Na hören Sie mal, der hat am selben Abend auf Sie geschossen, Commissaire, das haben Sie selbst gesagt. Dann ist er zur Villa seines Onkels gefahren, hat ihn erschlagen und ist abgehauen. Das ist in sich vollkommen stimmig.«

»Er hatte eine Schusswaffe, ja! Und er hatte schon einmal abgedrückt, wenn auch nur, um mich einzuschüchtern. Aber in der Verfassung, in der er war, als er begriffen hatte, dass sein Onkel Léna womöglich vergiftet hat, da hätte er ihn doch eher erschossen, oder? Warum sollte er denn noch mühsam ein Werkzeug suchen, um ihm den Schädel einzuschlagen?«

»Bellutini hat er doch auch erschlagen. Vielleicht traut er sich das eher zu.«

»Aber das ist er gar nicht gewesen! Das hat er mir an dem Abend noch erzählt. Es war Léna, die Bellutini erschlagen hat. Er hat nur die Schuld auf sich genommen.«

»Und das behalten Sie für sich?« Léas Stimme überschlug sich.

Duval verdrehte die Augen. »Womit wurde Luciano Doria denn erschlagen?«

»Mit einem Brecheisen.«

»Aha. Sind seine Fingerabdrücke drauf?«

»Er hat sie abgewischt oder er trug Handschuhe.«

»Das würde er in seinem Zustand nicht gemacht haben, so viele Vorkehrungen«, zweifelte Duval. »Hat er denn gestanden?«

»Noch nicht.«

»Na sehen Sie!«

Léa starrte den Kommissar wütend an. »Super!« Sie schlug hart mit einer Hand auf den Tisch. »Sie verheimlichen uns Informationen, verschwinden tagelang und jetzt ist alles falsch, was wir gemacht haben oder was?«

»Ich verheimliche gar nichts, ich bin auch nicht verschwunden, aber ich habe zwischenzeitlich ein Kind bekommen, und ich war einen Moment für Annie und meine neu geborene Tochter da, zwei Tage übrigens nur. Das ist auch Teil meines Lebens, Herrgott noch mal!«

»Entschuldigung«, bat Léa. »Geht es ihr gut, Annie, meine ich, und der Kleinen? Wie heißt sie?«

»Julie«, sagte Duval. »Julie heißt sie. Etwas mehr als drei

Kilo wiegt sie und sie ist 49 Zentimeter groß«, leierte er herunter. »Ja, es geht beiden gut. Mir auch, falls Sie das auch noch wissen wollen. Schon immer beeindruckend so eine Geburt. Bisschen müde sind wir allerdings.«

»Herzlichen Glückwunsch«, sagte LeBlanc mit belegter Stimme und lächelte tapfer.

»Danke.« Duval drückte ihm lange die Hand. »Danke, Michel.« Er wusste, dass es ein großer, unerfüllter Traum von LeBlanc und seiner Frau Geneviève war, ein Kind zu bekommen. Er schämte sich ein bisschen, dass er sich so gegen die Schwangerschaft und das Wieder-Vater-Werden gesträubt hatte, während Michel und Geneviève es vergeblich erhofften.

»Gut«, lenkte er dann ein. »Lassen Sie uns gemeinsam alles zusammentragen, was wir haben.«

Er berichtete, was ihm Grégory Bernard neulich abends erzählt hatte. »Ich glaube nicht, dass er seinen Onkel umgebracht hat«, schloss er. »Aber ich glaube, dass Doria noch eine Menge Dinge gewusst hat, die er mir nicht erzählt hat und dass er deswegen sterben musste. Und vielleicht hat dieser Jemand auch Léna auf dem Gewissen. Weil sie vielleicht auch etwas gewusst hat und dieser Jemand Angst hatte, dass sie sich eines Tages wieder daran erinnern würde. Vor allem, seit Grégory Bernard wieder da war und daran arbeitete, ihr Gedächtnis aufzufrischen.«

»Sie glauben also nicht, dass es Doria war, der Léna vergiftet hat?«

»Ich habe meine Zweifel. Wie gesagt, das Kindermädchen sprach von zwei Frauen. Und dass es sich nach Streit angehört habe. Irgendjemand war noch da, an diesem Abend bei Doria.«

»Nicht irgendjemand. Eine Frau.«

»Ja, eine Frau.«

»Ich werde vielleicht noch einmal mit Grégory Bernard sprechen«, sagte Duval, »schon um seine Moral aufrechtzuerhalten. Er hat erst Léna gewaltsam verloren und jetzt seinen Onkel – ich hoffe, er tut sich nichts an.«

Aber zunächst fuhr er nach Grasse und beschwor die Untersuchungsrichterin Madame Marnier, seiner Theorie Glauben zu schenken. 24 Stunden gäbe sie ihm dafür, ließ sie sich erweichen. 24 Stunden, keine Stunde länger.

Duval rief Léa und Villiers an.

———

Grégory Bernard sah grau und müde aus, er hatte Augenringe und der Dreitagebart wucherte ungepflegt. »Ich war es nicht«, sagte er eindringlich zu Duval. »Ich wollte nur mit ihm sprechen. Ich wollte wissen, warum er das getan hat. Aber als ich ankam, war er schon tot! Und ich war es NICHT, dass MÜSSEN Sie mir glauben! Ich KANN NICHT noch einmal ins Gefängnis!«

»Ich glaube Ihnen, Grégory, deswegen bin ich da.«

»Aber die anderen glauben mir nicht.«

»Die anderen lassen wir erst mal außen vor. Ich versuche zu beweisen, dass Sie es nicht waren. Aber das geht nicht ohne Ihre Hilfe! Sind Sie dazu bereit?«

Grégory Bernard sah ihn mit flackerndem Blick an. »Ja«, sagte er heiser. »Ja.«

»Erzählen Sie mir alles, von Léna, von der Sache mit Bellutini, in Ordnung?«

Grégory Bernard nickte. »Sie wollte ihn nicht aufgeben«, sagte er.

»Wen? Bellutini?«

Grégory nickte. »Immer sagte sie, nur noch dieses eine Mal, er zahlt gut. Von was sollen wir denn leben? Sie hatte sich so an dieses schnelle und viele Geld gewöhnt. Manchmal denke ich, sie wollte sich damals gar nicht wirklich auf mich und ein gemeinsames Leben einlassen. Sie hat mich gar nicht geliebt damals ...« Er schluchzte kurz auf, zog die Nase hoch und räusperte sich dann.

»Erzählen Sie mir alles, ja? Wie haben Sie sich kennengelernt?«

»Bei Patrick Duberry, sie stand Modell für ihn. Ich sah sie und es war, als hätte mich der Blitz getroffen. Ich wusste, sie ist die Frau meines Lebens. Ich wollte sie und ich wollte sie natürlich sofort aus dem Milieu rausholen. Ich wollte vor allem nicht mehr, dass sie ... dass sie sich verkaufte, dass sie nackt Modell stand. Ich ertrug die Idee nicht, dass andere sie ansahen und anfassten. Ich bat sie, damit aufzuhören. Ich erzählte ihr von meinem Onkel, der reich ist und nahm sie mit zu ihm nach Italien, um ihr zu zeigen, dass ich nicht immer so mittellos sein würde wie gerade eben. Ich bat meinen Onkel, ob er mir nicht helfen könne, erfolgreicher zu sein, bat ihn, mich mit einflussreichen Leuten bekannt zu machen, die vielleicht meine Werke kaufen würden. Onkel Luciano war gerade im Begriff, eine Villa von Bellutini zu kaufen. Die Villa in Mougins, die Sie ja kennen. Bellutini gab immer große Empfänge in seiner Villa in Cannes. Zu einem dieser Empfänge bei Bellutini hat mein Onkel uns mitgenommen. Mich und Léna. Mein Onkel stellte mich vor und ich sprach kurz über meine Kunst, Bellutini grinste und sagte, er könne mich in den Golfclub einführen, das sei kein Problem für ihn. Er sprach von Galerien in Paris und Monaco. Ich war ganz euphorisch. Aber ich verstand nicht, dass er als Gegenleistung Léna wollte. Ich war so naiv. Aber

Bellutini hatte seine gierigen Augen auf sie geworfen und seine dreckigen Finger nach ihr ausgestreckt und er wollte sie.« Grégory schwieg, als er sich daran erinnerte.

»Und Léna sagte dazu nicht Nein?«

»Ha«, lachte er gequält auf. »Er hat sie an diesem Abend schon gevögelt, irgendwo in einer Ecke seines Hauses, das er ihr unter einem Vorwand gezeigt hat, während er mich irgendeinem seiner Geschäftsfreunde anvertraute. Ich habe es erst hinterher begriffen. Als er mir mit diesem spöttischen Blick gönnerhaft auf die Schulter klopfte. Dieser alte Drecksack! Aber dabei blieb es nicht. Er kontaktierte sie immer wieder. Ich verbot es ihr, aber sie zuckte nur mit den Schultern. ›Nur noch einmal‹, sagte sie, ›was ist schon dabei, ich gehe mit ihm aus und er stellt dich seinen Freunden vor, das willst du doch.‹ Aber sie sah ihn immer öfter und anstatt mich stellte er *sie* seinen Geschäftsfreunden vor und sie sprang auf den Zug auf und am Ende war sie es, die ihr beschissenes Business ausbaute. Sie war sehr gefragt.« Er verzog das Gesicht zu einer schmerzhaft-wütenden Grimasse. »Ich fand das alles so widerlich. Aber Léna sah nur den lukrativen Aspekt. Sie verdiente rasend schnell viel Geld. Sie war stolz und sagte, ich verdiene mehr an einem Abend als du in einem Monat. Wovon sollen wir denn zukünftig leben? Ich bat sie, damit aufzuhören. Ich flehte sie an. Aber immer sagte sie, ›nächsten Monat höre ich auf‹, oder ›ich muss die Saison noch mitnehmen‹ oder ›es läuft gerade so gut‹, oder ›nur noch dieses eine Mal‹. Sie fand es nicht mal schlimm, Prostituierte zu sein. ›Es ist ein Job und es läuft prima‹, sagte sie. ›Manchmal hat man Scheißkunden‹, sagte sie, ›aber das ist in jedem Beruf so‹.« Er schwieg einen Moment. »Und dann machte Bellutini ihr ein Angebot.«

»Oha«, machte Duval.

»Allerdings.« Grégory sah den Kommissar düster an. »Mehr als ein Angebot. Er machte ihr einen Antrag. Er würde sich von seiner Frau scheiden lassen, die ihn sowieso nicht mehr ertrug und er sie auch nicht. Und er würde sie umgehend heiraten. Als Zeichen seiner Aufrichtigkeit schenkte er ihr einen Diamantring, und um zu zeigen, dass er ihr vertraute und sie zukünftig für besondere Aufgaben vorsah, setzte er sie als Kurier ein.«

»Ach«, machte Duval. »Lassen Sie mich raten. Kokain.«

»Richtig. Sie brachte Kokain von Italien nach Cannes und Geld nach Belgien.«

»Nach Belgien?«

»Ja. Léna war Belgierin. Sie hatte einen belgischen Pass. Sie hieß Anna Helene van den Vondel. Sie stammte irgendwo aus der Gegend von Oostende.«

Belgierin! Das erklärte auch, warum sie in Frankreich niemand vermisste. »Hat sie sich darauf eingelassen?«, fragte Duval, aber er kannte die Antwort schon.

»Natürlich. Sie fand das großartig. Ich sagte ihr, dass Bellutini sie nicht liebe, sondern sie nur benutze, dass sie ins Gefängnis käme, wenn sie eines Tages gefasst würde und nicht er, und dass er im Zweifelsfall keinen Finger für sie krumm machen würde. Sie hat nur gelacht. Ich glaube, das Abenteuer reizte sie. Ich habe sie beschworen, habe ihr gesagt, ich würde eines Tages auch reich werden, mein Onkel hat genug Kohle und Besitz, er hat keine Kinder, ich bin der einzige Erbe. Ich habe alles versucht. Ich habe ihr auch einen Ring gekauft, von dem Erlös von zwei verkauften Bildern und etwas Erspartem. Ich wollte ihn ihr an diesem Abend geben. Ich hatte einen Tisch reserviert im Sternerestaurant im Hotel *Martinez,* im *Palme d'Or.* Léna hatte versprochen zu kommen. Aber sie kam nicht. Ich wartete wie ein Idiot, bis ich dann irgendwann zu Bellutini gefahren bin.« Er winkte ab, »aber das wissen Sie ja schon.«

»Erzählen Sie es mir noch mal«, bat Duval.

»Na, ich stand da vor dem Tor und starrte durchs Gitter. Ich weiß nicht mehr, wie lange. Ich dachte zuerst, es findet mal wieder ein Empfang statt, die Terrasse war hell erleuchtet und alle Türen standen offen. Aber es waren keine Menschen zu sehen und es standen auch nur wenige Autos in der Zufahrt. Und dann sah ich Léna, die wie gehetzt davonlief.«

»Alle Türen standen offen«, wiederholte Duval langsam.

»Ja, es ist eine alte Villa mit gigantisch hohen Fenstertüren, über die man auf die Terrasse gelangt.«

»Und die standen offen?«

»Ja, das sagte ich doch.« Grégory Bernard sah den Kommissar befremdet an.

»Mit Fensterläden? Die Fenster meine ich«, fragte Duval nach.

»Ja.«

»Und die standen auch offen? Und alles war hell erleuchtet?«

»Ja. Ich verstehe nicht …«

»Und alles war noch hell erleuchtet, als Léna dort herauskam?«

»Ja, das habe ich doch gesagt.«

»Monsieur Bernard«, sagte Duval. »Ich habe Ihre Prozessakte gelesen. Die Putzfrau, die morgens den Körper von Bellutini entdeckt hat, sagt, dass sie ihn erst gesehen hat, als sie die Fensterläden geöffnet hatte. Es war dunkel im Zimmer, weil die Fensterläden geschlossen waren. Wenn *Sie* nicht nach Léna in die Villa gegangen sind, um Bellutini zur

Rede zu stellen, was ich sehr gut verstehen könnte«, setzte Duval an.

»Ich war es nicht!« Grégory Bernard wurde laut. »Im ersten Augenblick dachte ich, verdammt, sie ist immer noch mit ihm zusammen. Sie will mich gar nicht. Sie liebt mich nicht. Ich fühlte mich so beschissen. Es hat alles keinen Sinn. Und habe mich betrunken, in der Bar bei Georges. Am nächsten Morgen, als ich sie suchte und noch einmal bei Bellutini vorbeifuhr und hörte, dass Bellutini tot war, da war ich, tut mir leid, aber ich war euphorisch. Sie hat ihn getötet, dachte ich, für mich, für uns! Sie ist zur Vernunft gekommen und weil sie sich von ihm trennen wollte und er sie nicht gehen lassen wollte, hat sie ihn im Streit erschlagen, und ich dachte, das ist der Grund, weshalb sie sich versteckt! Sie hat es für uns getan! Also habe ich die Schuld auf mich genommen. Für sie.«

»Hm«, machte Duval. »Wenn Sie es also nicht waren ...«

»ICH WAR ES NICHT!«

Duval nickte. »In Ordnung. Sie waren es nicht. Aber verstehen Sie, wenn zu dem Zeitpunkt, zu dem Léna aus der Villa eilte, die Fenster noch offen standen und alles hell erleuchtet war, am nächsten Morgen aber alles verschlossen und dunkel ist, dann war zwischenzeitlich noch jemand in der Villa.«

Grégory Bernard sah aus, als habe ihn der Schlag getroffen. Alle Farbe wich aus seinem schon so grau aussehenden Gesicht.

»Verstehen Sie, was ich sagen will?«, fragte Duval.

»Es war gar nicht Léna?« Seine Stimme klang brüchig.

»Vielleicht nicht. Ich würde sogar so weit gehen zu sagen, dass sie es ziemlich sicher nicht war.«

»Nein!« Wie erschlagen saß er am Tisch. Dann sprang er

auf und lief hin und her. »Nein!« Er schlug die Hände vors Gesicht. »Und ich habe fünf Jahre meines Leben im Knast gesessen für gar nichts? Vollkommen sinnlos?«

»Warum haben Sie nicht versucht, mit ihr zu sprechen?«

»Und sie hat geglaubt, ich habe Bellutini aus Eifersucht erschlagen?« Grégory Bernard starrte Duval an.

Duval zuckte mit den Schultern.

»Sie war es nicht!« Grégory Bernard wiederholte diesen Satz immer wieder. »Sie war es nicht! Ich Idiot. Ich Vollidiot. Ich habe alles falsch gemacht.« Er heulte auf und schlug den Kopf gegen die Wand. »Ich fasse es nicht.« Noch einmal schlug er den Kopf gegen die Wand. »Sie war es nicht. Ich bin so ein Idiot! So ein hirnverbrannter, absolut schwachsinniger Idiot!«

»Monsieur Bernard!« Duval war aufgesprungen und hielt ihn fest, bevor er ein drittes Mal seinen Kopf gegen die Wand donnern konnte. »Grégory! Hören Sie auf! Hören Sie auf, bitte! Und hören Sie mir zu. Wenn Sie es nicht waren und Léna es nicht war, dann hat eine dritte Person Bellutini erschlagen und die läuft da draußen noch völlig unbehelligt herum!«

Grégory Bernard starrte den Kommissar an. »Und der Kerl hat auch meinen Onkel erschlagen?«

»Möglich.«

»Warum?«

»Wenn Sie es nicht wissen, weiß es vermutlich nur noch der Mörder. Mir schien, ihr Onkel hat mehr gewusst, als er mir erzählt hat, vielleicht hat er herausbekommen, wer Léna getötet hat und wollte den Mörder zur Rede stellen oder erpressen.« Duval schwieg einen Moment.

»Sie wollen sagen, mein Onkel hat Léna gar nicht getötet?«

»Ja, das denke ich. Aber Léna hat vielleicht auch etwas

gewusst?! Und deshalb musste sie sterben. Hat Léna sich an etwas erinnert kurz vor ihrem Tod? Hat sie etwas gesagt? Oder jemanden wiedererkannt?«

Grégory sah Duval düster an. »Nein. Ich habe sie ehrlich gesagt auch nicht sehr mit der Vergangenheit konfrontiert. Ich war so ...«, er stockte. »Ich war so egoistisch. Ich wollte sie nur wiederhaben. Für mich allein, wissen Sie? Ich erzählte ihr nur sehr ausgewählte Dinge, von uns und von unserer Liebe. Ich hoffte, dass sie sich an uns erinnert, wollte aber nicht, dass ihre Erinnerung an Bellutini und ihre Zeit als Escort-Girl wieder hochkam. Wir fuhren von der Klinik immer nur zu meinem Onkel und kurz in die Stadt und dann zu mir in die kleine Wohnung. Es war auch ein Test. Der Reichtum meines Onkels, meine bescheidenen Verhältnisse. Ich wollte sehen, wie sie darauf reagiert.«

»Und wie hat sie reagiert?«

Er lächelte. »Bei meinem Onkel war sie angespannt und eingeschüchtert. Zusammen mit mir und in dem einfachen Ambiente meiner Wohnung wirkte sie gelöster und ruhiger. Ich war froh darüber. Sie war im Prinzip ein einfaches Mädchen, dem damals nur das viele Geld zu Kopf gestiegen ist. Daran erinnerte sie sich aber nicht mehr, und jetzt suchte sie in ihrer Verlorenheit in der Welt instinktiv nach irgendeiner Sicherheit. Ich wollte, dass sie die bei mir findet. Aber so richtig gelang es nicht. Ich hielt sie fest in meinen Armen und dennoch schien sie weit weg zu sein, so als sei die Hälfte ihres Bewusstseins auf der Suche nach etwas.«

»Haben Sie sonst noch etwas oder jemanden gesehen an dem Abend bei Bellutini? Ist Ihnen noch etwas aufgefallen? Vermuten Sie irgendetwas? Grégory, ich habe von der Untersuchungsrichterin eine Frist von 24 Stunden bekommen, um den tasächlichen Mörder zu finden!«

Grégory starrte Duval an. »24 Stunden? Das ist nicht viel.«

»Allerdings nicht. Deshalb müssen Sie mir alles sagen! Alles, verstehen Sie? Auch wenn es nur eine vage Idee ist.«

Grégory setzte sich an den Tisch und legte den Kopf in seine Hände. Er konzentrierte sich. »Ich weiß nicht«, sagte er dann. »Ich versuche mir alles wieder vorzustellen, aber ich sehe nur, was ich damals auch gesehen habe. Léna und ihren gehetzten Blick und wie sie davonfährt.«

»Denken Sie weiter nach, vielleicht fällt Ihnen noch etwas ein. Ich versuche, später noch einmal wiederzukommen. Jetzt muss ich weiter. Ich habe noch so ein paar Ideen.«

»Danke.« Grégory Bernard drückte Duval fest die Hand. »Danke, dass Sie mir glauben!«

»Docteur Robert?«

»Ja.«

»Duval hier, kann ich Sie einen Moment sprechen?«

»Guten Tag, Commissaire. Natürlich. Worum geht es?«

»Wie geht es Madame Bellutini?«

Der Arzt seufzte. »Besser. Ich denke, sie kann morgen wieder nach Hause gehen. Nach dem Anfall neulich habe ich sie kurzzeitig in die Klinik eingewiesen. Zur Beobachtung, sagen wir so.«

»Ich müsste sie noch einmal befragen.«

Der Arzt stöhnte kurz auf. »Nein«, sagte er. »Ausgeschlossen.«

»Es muss sein.«

»Hat das nicht Zeit?«

»Nein, absolut nicht. Aber ich dachte, Sie könnten vielleicht dabei sein. Für alle Fälle.«

»Hören Sie, Commissaire, ich halte es für keine gute Idee, Patricia, Madame Bellutini meine ich, noch einmal in eine derartige Situation zu bringen. Mit oder ohne ärztliche Begleitung. Ich bin ihr Arzt, ich habe eine Verantwortung für meine Patienten. Sie ist zu fragil.«

»Docteur, ich habe einen Mord, um nicht zu sagen drei Morde, aufzuklären.«

»Drei Morde?«

»Ja, Bellutini, Léna und Doria.«

»Aber Bellutini, das ist doch geklärt, oder? Das war dieser Maler, haben Sie mir das nicht neulich erzählt?«

»Im Moment gehe ich davon aus, dass er es nicht war.«

»Bitte?« Der Arzt erschrak. »Und Sie verdächtigen Patricia? Aber sie hat ein Alibi! Sie war damals in Paris«, beeilte er sich zu sagen.

»Ich weiß«, seufzte Duval. »Können wir das vielleicht in der Klinik besprechen?«

———

»Ich brauche Ihre Hilfe, Madame Pommier!« Duval legte all seinen Charme in seinen Blick und in seine Worte. Vielleicht hätte er Villiers damit beauftragen sollen, aber jetzt war es zu spät. Anscheinend hatte er jedoch die richtigen Worte und den richtigen Ton gewählt.

Sie lächelte ihn gnädig an. »Was kann ich für Sie tun?«

»Es geht um Madame Bellutini«, setzte er an.

Sie nickte. »Gérard, ich meine, Doktor Robert hat mir davon berichtet«, sagte sie. »Vertraulich«, fügte sie mit gesenkter Stimme hinzu.

»Gut«, Duval atmete schwer. »Es ist nicht leicht, wissen Sie ...«

Sie schüttelte den Kopf und unterbrach ihn sofort, »Commissaire, das ist absurd! Niemals wäre Patricia zu so einer Tat fähig. Niemals!«

»Zu was die Menschen in Ausnahmesituationen fähig sind, das ist manchmal nicht vorherzusehen. Glauben Sie mir, ich erlebe die unglaublichsten Dinge«, sagte Duval sehr ernst. »Ich habe sie neulich zu ihrem Mann befragt und obwohl sie vorgab, dass er ihr gleichgültig sei, bekam sie eine ihrer Krisen …«

»Das war sehr unprofessionell von Ihnen«, kritisierte Madame Pommier.

»Ich bin kein Arzt. Und ich wusste nichts von ihrer …«, er zögerte, »Fragilität«, sagte er dann. »Sie hasste ihren Mann, nicht wahr?«

Madame Pommier schwieg.

»Madame Pommier«, bat er. »Sie könnten mir wirklich sehr helfen. Sie sind, anders als Doktor Robert, nicht an die ärztliche Schweigepflicht gebunden.«

Sie presste kurz die Lippen aufeinander. »Ja, sie hasste ihren Mann«, sagte sie dann, »aber …«

»Bleiben wir mal nur dabei, ohne das Aber«, unterbrach Duval. »Sie hasste ihren Mann, sie wusste von seinen Affären, von seinen Geschäften und auch von den Drogengeschichten, nicht wahr?«

»Kokain«, sagte Madame Pommier mit strenger Stimme.

»Ja, Kokain. Sie sagen es. Die Droge der Reichen.«

»Ach, na ja, nicht nur der Reichen«, entgegnete sie. »Wenn Sie wüssten, wer heute alles Kokain nimmt! Sogar Bäcker und Krankenschwestern sind darunter, die ihren Job sonst nicht mehr bewältigt bekommen. Und nicht wenige Polizisten«, fügte sie noch hinzu.

»Ist das so?«, fragte Duval.

»Sicher!«, sagte sie. »Also, nach dem, was man so hört«, schwächte sie ihre Aussage ab.

»Madame Pommier«, begann Duval mit ernster Stimme, »sprechen wir es mal offen aus: Ich glaube, dass Madame Bellutini ihren Mann vor etwa fünf Jahren in einem Anfall von Wut erschlagen hat, weil ihr Mann sich von ihr trennen wollte, um sich mit Léna, die Sie hier Eva nannten, zusammenzutun. Getrennte Wege zu gehen in einer Beziehung ist eine Sache, sich so brüsk abgeschoben zu fühlen, beinahe weggeworfen, eine andere.«

»Ha!« Madame Pommier schnaufte.

»Sie sind meiner Ansicht?«

»Allerdings«, sagte sie. »Ich bin ... ich meine, ich kenne Patricia schon eine Weile. Ich konnte das nachfühlen.«

»Sehen Sie!«, sagte Duval.

»Und«, fügte er hinzu, »ich vermute stark, dass Léna oder Eva, wie Sie sie nannten, Madame Bellutini dabei gesehen hatte. Das erklärt, warum sie untergetaucht ist. Sie hatte Angst, dass Madame Bellutini sie zum Schweigen bringen und ihr den Mord anlasten würde. Madame Bellutini hat sich danach ein falsches Alibi beschafft, und man hätte so den Mord oder nennen wir es Totschlag, denn das war es sicher, Léna anlasten können, die zu dem Zeitpunkt und zu vielen anderen in der Villa war. Ihre Fingerabdrücke, Haare und all das, womit die *Police Scientifique* heute so gern arbeitet, hätte man sicher gefunden, wenn man danach gesucht hätte. Dass Grégory Bernard, der Léna über alles liebte ...«

»Eva«, unterbrach Madame Pommier.

»Verzeihen Sie, für mich bleibt sie Léna, das war der Name, unter dem ich sie zuerst ›kennengelernt‹ habe, wenn man das so sagen kann«, antwortete Duval. »Warum haben Sie mir eigentlich nicht gesagt, dass Luciano Doria die Kosten für den Klinikaufenthalt von Léna oder Eva übernommen hat? Das wussten Sie doch?«

»Nein«, gab sie empört zurück. »Hat er das? Das wusste ich nicht. Es wundert mich jetzt nicht, aber woher hätte ich das denn wissen sollen? Ich habe mit den Leistungsträgern direkt nichts zu tun. Das regelt die Rechnungsabteilung. Eva wurde zu uns überwiesen. Die Rechnungsabteilung informierte mich nur, dass finanziell alles geregelt sei. Ich dachte, dass in so einem Fall, so etwas hatten wir ja auch noch nicht, der Staat und die staatliche Krankenversicherung die Kosten übernehmen.«

»Ach so«, machte Duval, »verstehe.«

Madame Pommier lächelte nachsichtig.

»Nun«, nahm Duval den Faden wieder auf, »kommen wir zurück zu Madame Bellutini und zu Grégory Bernard, der Léna oder meinetwegen Eva, über alles liebte und, weil er fälschlicherweise annahm, Léna habe Bellutini erschlagen, er die Tat für sie auf sich nahm. Das war sicherlich nicht vorherzusehen, aber es kam Madame Bellutini gelegen. Das erklärt auch, warum sie keine Anklage erhoben hat. Sie wollte den Mann, der überraschend an ihrer Stelle gestand, nicht noch zusätzlich belasten. Können Sie mir folgen?«

»Durchaus.«

»Sehen Sie.«

»Der Zufall wollte es, dass Léna mit Gedächtnisverlust in Ihre Klinik eingeliefert wurde, in der auch Madame Bellutini sich immer wieder aufhält. Léna erkannte sie nicht, aber Madame Bellutini erkannte Léna durchaus. Und sie sorgte sich darum, ob Léna eines Tages ihr Gedächtnis zurückerlangen würde.«

»Hm«, machte Madame Pommier.

»Nun, sagen wir Madame Bellutini hat vielleicht ein etwas

zu enges Verhältnis zu Doktor Robert, zu eng als es einer therapeutischen Beziehung angemessen ist zumindest …«

»Allerdings«, machte Madame Pommier und verzog streng das Gesicht.

»… und sie konnte sich so über ihn über die Fortschritte, die Léna machte oder eben nicht machte, informieren.«

»Und Sie meinen, Madame Bellutini hat Léna vergiftet, weil sie Angst hatte, sie würde sich eines Tages erinnern?«

»Ja, so könnte es gewesen sein. Ich habe gerade mit Doktor Robert die Zeiträume überprüft, in denen Madame Bellutini in der Klinik war. Außerdem kommt sie ja immer einmal wöchentlich zu ihrer therapeutischen Sitzung hierher. Es ist sehr wahrscheinlich, dass sie dabei über Grégory Bernard gestolpert ist, den sie ja aus dem Prozess kannte. Sie hat gespürt, was sich da anbahnt, und hat die beiden beobachtet und vermutlich Angst bekommen, dass Grégory es schaffen könnte, Lénas Gedächtnis wieder zu reaktivieren. Und eines Tages, besser eines Abends, schritt sie zur Tat.«

»Nein!«

»Doch.«

Madame Pommier sah den Commissaire mit aufgerissenen Augen an. »Sie meinen wirklich, Patricia wäre fähig, so etwas zu tun?«

»Schauen Sie, ich glaube, der erste Mord war in dem Sinne kein Mord, sondern eine Affekthandlung. Sie stritt sich mit ihrem Mann, er sagte vielleicht etwas Verächtliches und sie ist ausgerastet. Zu viel Demütigendes hat sie mit ihm erlebt. Jetzt war das Maß voll. Ich habe sie neulich in ihrer Krise erlebt, da ist viel unterdrückte Wut spürbar gewesen, das kann sogar ich als Laie erkennen, und ich würde sagen, auch eine Bereitschaft zur Gewalt.«

»Das spüren Sie sicher richtig«, bestätigte Madame Pommier nachdenklich.

»Dass sie zufällig bei dem ersten Mal, bei dem sie gewalttätig wurde, ungeschoren davonkam, lässt sie in einer trügerischen Ruhe zurück. Es ist nichts passiert. Beim zweiten Mal ist es schon einfacher. Und Léna ein paar Tropfen eines Medikaments in eine Tasse Tee zu tropfen ist letzten Endes ein Kinderspiel. Sie besitzt ein angebrochenes Fläschchen Digoxin, davon konnte ich mich neulich in ihrem Badezimmer überzeugen.«

»Ach«, Madame Pommier riss die Augen auf, »so was!«

»Doktor Robert bestätigte mir, dass der Grund für Depressionen sehr häufig unterdrückte Wut ist; Wut, die sich gegen sich selbst richtet. Bei Patricia Bellutini kommen sicher viele Faktoren zusammen, eine belastete Kindheit, ein erster gewalttätiger Ehemann, unterdrückte Wut und ein schlechtes Gewissen bis zur Selbstzerfleischung, wenn man sich doch einmal Luft macht. Doktor Robert wollte sich nicht weiter darüber auslassen, aber ich habe doch gespürt, dass er Madame Bellutini im Moment für stark gefährdet hält. Er will sie deswegen auch noch in der Klinik behalten.«

»Gefährdet?«, fragte Madame Pommier verwirrt. »Inwiefern gefährdet?«

»Sie könnte sich etwas antun.«

»Oh! Tatsächlich?«

»Ich kann sie daher nicht festnehmen, obwohl ich sicher bin, dass es sich so abgespielt hat.«

»Ach so?«

Duval zuckte mit den Schultern, »Doktor Robert hat Hausrecht in seiner Klinik und er verweigert mir aus medizinisch-therapeutischen Gründen den Zugriff auf Madame Bellutini.«

»Tut er das?«

Duval machte ein resigniertes Gesicht. »Wenn der behandelnde Arzt nicht mit den Ordnungskräften kooperieren will, macht er uns das Eingreifen in Situationen wie dieser unmöglich.«

»Aha«, machte sie.

»Sehen Sie, das ist so ähnlich, wie wenn sich eine Familie, die abgeschoben zu werden droht, in eine Kirche flüchtet. Solange der Priester bereit ist, sie dort aufzunehmen und die Familie die Kirche nicht verlässt, können die Ordnungskräfte nicht eingreifen.«

»Ich verstehe.«

Duval seufzte und breitete hilflos die Arme aus.

»Inwieweit kann ich Ihnen denn jetzt helfen? Denn das hatten Sie doch vorhin gesagt, nicht wahr? Sie bräuchten meine Hilfe?!«

»Richtig.« Duval sah Madame Pommier ernst an. »Ich dachte, wenn Sie Madame Bellutini vielleicht dazu bewegen könnten, dass sie die Klinik verlässt und aus freien Stücken nach Hause geht, dann ...« Er sprach nicht zu Ende.

»Was?« Sie erschrak. »Damit Sie sie dort verhaften können?«, rief sie empört. Sie sprang auf und lief auf ihren hohen Pumps energisch hin und her. »Nein, also das mache ich nicht! Das kann ich nicht! Patricia ist schließlich auch eine Freundin von mir!«

»Ja, deswegen dachte ich ja, Sie hätten einen gewissen Einfluss auf sie, verstehen Sie?!«

»Den habe ich sicher, aber das, nein, so etwas tue ich nicht!«

»Ich verstehe, es tut mir leid«, Duval machte ein bekümmertes Gesicht, »es war ein Versuch.«

Madame Pommier war noch immer aufgebracht. »Ich

glaube, Sie müssen jetzt gehen, Commissaire!« Sie hielt ihm die Tür auf.

»Verzeihen Sie! Ja, ich werde jetzt gehen. Auf Wiedersehen, Madame Pommier!«

Sie grüßte ihn nicht einmal, sondern schmetterte die Tür hinter ihm zu. Duval hörte, wie sie dahinter hin und her lief und die Absätze ihrer Pumps auf den Boden knallte.

Duval begab sich zu seinem Wagen und verließ das Klinikgelände. Er fuhr Richtung Mougins und bog nach ein paar Hundert Metern in einen Feldweg ab. Dort wartete er und beobachtete die Autos, die auf der D 909 in Richtung Mougins vorbeifuhren. Nach knapp fünfzehn Minuten rief er Villiers und Leroc an.

»Sie ist unterwegs«, sagte er. »Ich gehe zu Fuß zurück und klettere über den Zaun.«

———

Das Über-den-Zaun-Klettern erwies sich allerdings als weniger einfach als gedacht. Man hatte die Baumstümpfe entfernt und den Zaun auf der Höhe des Trampelpfades zusätzlich mit Stacheldraht gesichert. Duval schwang sich daher an anderer Stelle über den Zaun und riss sich Gesicht, Hände und die Kleidung in den wilden Brombeerhecken auf, durch die er sich seinen Weg suchte. Verschwitzt und in etwas abgerissenem Zustand erreichte er das Gebäude.

Es dauerte keine Dreiviertelstunde, da hörte Duval die energischen Schritte von Madame Pommier den Gang entlanglaufen. *Klack, klack, klack,* machten ihre Absätze. Sie hielten kurz vor seinem Zimmer an. Dann klopfte es an die Tür des Nebenzimmers.

»Patricia?«

»Ja?«

»Ich bin's, Marlène. Ich habe wie versprochen die Katze gefüttert und nach deiner Post geschaut.«

Die Tür öffnete sich. »Danke dir«, hörte Duval Madame Bellutini sagen. »Wie geht's meinem Kätzchen?«

»Es schnurrt und hat sich auf das Futter gestürzt. Ich habe es auch einen Moment gestreichelt. Das schien es zu vermissen.«

»Ja, ich vermisse meine kleine Bijou auch. Es wäre einfacher, wenn ich sie hier bei mir haben dürfte.«

»Ich verstehe dich, Patricia, aber das ist aus hygienischen Gründen nicht gestattet.«

»Aber sie ist ganz sauber, meine Katze und außerdem, gibt es jetzt nicht auch so etwas wie therapeutische Tiere?«

»Ja, darüber reden wir ein andermal, im Moment kann ich da nichts machen«, wehrte Madame Pommier ab. »Ich werde mich aber die nächsten Tage noch um sie kümmern, so lange, wie du noch hierbleiben wirst, auf jeden Fall.«

»Das ist lieb von dir, aber du hast doch schon so viel zu tun.«

»Das geht schon«, sagte Madame Pommier, »mach dir darum keine Sorgen. Hier, das war im Briefkasten. Die Zeitungen habe ich dir auch mitgebracht. Und deine Tabletten. Ich musste einen Moment suchen, bis ich sie gefunden habe. Ich verstehe nicht, warum du Gérard nicht darum bittest?«

»Ach«, machte Patricia Bellutini. »Gérard ist manchmal eigenartig. Ich kann ihm nicht immer folgen in seinen Anweisungen. Auch, dass er mich jetzt doch nicht gehen lassen will, ich verstehe das nicht. Wie gut, dass du da bist!«

Einen Moment hörte Duval nichts. Vielleicht umarmten sich die beiden Frauen.

»Gut«, hörte er Madame Pommier sagen. »Ich habe dir auch einen Kräutertee gemacht. Das ist dieser fantastische Kräutertee, von dem ich dir erzählt habe. Er ist ein bisschen bitter, aber er hilft mir wirklich, ich schlafe damit wie tot.« Duval hörte sie lachen. »Ich habe dir aber auch etwas Honig mitgebracht, falls dir der Geschmack zu streng ist.«

»Danke dir, Marlène!«

»Gern geschehen. Schlaf gut! Und trink den Tee, solange er heiß ist!«

»Mache ich. Schlaf du auch gut!«

Madame Pommier drehte sich um und schrie auf. »Was machen Sie denn hier?«

»Ich verhindere einen weiteren Mord«, sagte Duval, stemmte den Fuß in die Tür und entwendete die kleine Thermoskanne aus den Händen von Madame Bellutini, die ihn konsterniert ansah. »Den trinken Sie besser nicht«, meinte Duval zu ihr. »Danach schlafen Sie nicht nur wie tot, danach sind Sie es auch.«

Madame Bellutini schnappte nach Luft und begann zu hyperventilieren.

»Hoooo«, herrschte Duval sie an, »mit Ihrer Krise warten Sie gefälligst, bis der Doktor da ist.« Vor Schreck über seinen rüden Ton beruhigte sie sich tatsächlich.

Von der anderen Seite des Flurs kamen in diesem Moment Doktor Robert mit Villiers und Leroc. »Und jetzt zu uns, Madame Pommier«, begann Duval, »ich nehme Sie fest wegen dreifachen Mordes an Jean-François Bellutini, Léna van den Vondel, Luciano Doria sowie versuchten Mordes an Madame Patricia Bellutini. Sie haben das Recht zu schweigen. Alles, was Sie sagen, kann und wird vor Gericht gegen Sie verwendet werden.«

»Nun, es war einen Versuch wert«, erklärte Duval. »Ich musste Madame Pommier davon überzeugen, dass ich wirklich Patricia Bellutini für die Schuldige halte, die zu unkontrollierten Gewaltausbrüchen neigt und gleichzeitig so psychisch gestört ist, dass sie sich möglicherweise etwas antun würde. Madame Pommier wusste natürlich, dass Patricia Bellutini unschuldig war und dass das, wenn ich sie erst befragen würde, sofort herauskäme. Wenn sie sich aber nun das Leben nehmen würde und man vielleicht zusätzlich ein Zettelchen fände, auf dem ›Verzeiht mir, ich kann das alles nicht mehr ertragen‹ stünde, dann hätte man alle Morde auf ihr Konto schieben können. Das zumindest wollte ich Madame Pommier so verkaufen. Und sie ist darauf angesprungen. Der kleine Flakon Digoxin, den sie bei Patricia Bellutini zu Hause gefunden hatte, befand sich noch in ihrer Handtasche, sie hätte es später in Patricia Bellutinis Zimmer deponiert und sicher auch ein handgeschriebenes Adieu dazugelegt. Die etwas abweichende Handschrift hätte man bei einer verwirrten Frau, die sich in einer psychiatrischen Klinik gerade das Leben genommen hat, vermutlich nicht überprüft.«

»Und Patricia Bellutini haben Sie nie wirklich verdächtigt?«, fragte LeBlanc.

»Doch, anfangs schon. Dass sie vor fünf Jahren in einem

Akt von Wut und Verzweiflung ihren Mann erschlagen haben könnte, schien mir nicht unmöglich. Aber in ihrem heutigen Zustand sah ich sie unmöglich, kaltblütig einen weiteren Mord planen und ausführen. Sie ist wirklich zu fragil mit ihren Nervenkrisen. Außerdem hatte sie ein Alibi für die fragliche Zeit, als ihr Mann erschlagen wurde. Sie war mit Doktor Robert in Paris. Das konnte er mir beweisen. Aber das Szenario, das ich entwickelt habe, entsprach absolut der Realität von Madame Pommier. Ich sah es in ihren Augen, als ich von der Trennung von Bellutini sprach. ›Weggeworfen‹, sagte ich. Es war dieses Wort, das sie traf. ›Ich habe ihn wirklich geliebt und er hat mich weggeworfen wie einen alten Schuh‹, hat sie später gesagt und all die Verletzung, all der Hass waren wieder da. ›Und das alles wegen diesem jungen Flittchen, wegen dieser *salope,* die nur hinter seinem Geld her war!‹ Madame Pommier hatte eine leidenschaftliche Beziehung zu Jean-François Bellutini, sie war geradezu sexuell abhängig von ihm. Das zuzugeben ist ihr schwerer gefallen als alles andere. Ihren sehr großen und aggressiven sexuellen Appetit konnte anscheinend nur ein ebenso unersättlicher Mann, wie Bellutini es war, stillen. Ihre Beziehung hatte sich ergeben, als Bellutini seine Frau seinerzeit in die Klinik gebracht hatte und er sie dort besuchte. Seine Besuche in der Klinik wurden häufiger, auch wenn er seine Frau dort gleichzeitig etwas weniger sah. Bellutini sah in Madame Pommier aber nicht nur eine Geliebte, sondern auch eine gute Partnerin für seinen Kokainhandel. Sie war autoritär und kaltblütig genug. Die Klinik war ein unverdächtiger Ort, ziemlich abgelegen, und dennoch gingen viele Menschen unkontrolliert ein und aus. Man kann im Zweifelsfall immer sagen, man besuche dort jemanden. Und die, die dabei nicht gesehen werden wollten, stiegen über den Zaun, vorausgesetzt sie waren geschickt genug für diese Akrobatik. Ich habe lange nachgedacht – dieser Trampelpfad war einfach zu gut, als dass Léna ihn in ihren gelegentlichen nächtlichen Ausflügen selbst getreten haben könnte. Die Spurensicherung sprach sogar von zu vielen Spuren. Ich fragte mich, wo die Patienten der Klinik eigentlich alle hinwollten. Zum Reitclub? Das habe ich lange Zeit nicht verstanden. Aber es waren eben nicht die Patienten, die raus-, sondern Kunden, die reinwollten. Ich habe das begriffen, als ich bei dem Aussichtsturm der Bergbahn selbst durch einen Zaun geschlüpft bin und mich Aug in Auge mit kleinen Haschischdealern fand. Madame Pommier hatte mit Bellutini einen lukrativen Handel aufgezogen. Sie wusste genau, wovon sie sprach, als sie sagte, Kokain würde heute auch von überforderten Polizisten und Krankenschwestern genommen. Außerdem nahm sie es selbst. Als Bellutini sie nicht nur von jetzt auf gleich hatte fallen lassen, sondern ihr auch noch den Kokainhandel wegnehmen wollte, hat sie ihn eines Abends in seiner Villa aufgesucht. An dem Abend hat sie alles getan, um ihn für sich zurückzugewinnen, aber er hat sie nur benutzt. Einmal kurz bestiegen und sie dann verächtlich liegen lassen. Das waren ihre Worte. Für sie war das so dermaßen demütigend und erniedrigend und hat sie so in Rage gebracht, dass sie ihn mit dem ersten Gegenstand, den sie fand, erschlagen hat.«

»Und Léna hat sie dabei gesehen«, vermutete Leroc.

»Ja. Und sie floh. Vermutlich hatte sie einen Batzen Geld dabei, mit dem sie eine Weile leben konnte. Bis sie sich dann wieder an der Côte d'Azur niederließ. Was in dieser Zeit passierte, darüber wissen wir wirklich gar nichts. Ich vermute, dass sie wieder als Escort-Girl arbeitete und eines

Nachts von einer Jacht sprang, wo eine Party vielleicht zu sehr ausartete. Aber das ist hypothetisch.«

»Und sie heißt Helene van den Vondel?«

»Ja, Anna Helene van den Vondel. Das wissen wir von Grégory Bernard. Sie kam aus einem reizenden Städtchen mit dem unaussprechlichen Namen Cokcijd, 80 Kilometer westlich von Oostende. Ihre Mutter hatte sie dort vor mehr als acht Jahren als vermisst gemeldet, damals war Léna gerade mal sechzehn Jahre alt und floh vor den Nachstellungen ihres Stiefvaters. Das hat die Mutter jetzt wohl unter Tränen den belgischen Kollegen erzählt.«

»Uuh«, machte Léa angewidert.

»Damals hatte sie es, wie so viele, wohl nicht sehen wollen, sie ließ den Mann gewähren, um ihn zu halten. Aber sie hat beide verloren. Zuerst die Tochter und der Mann blieb auch nicht bei ihr. Vermutlich war er sowieso nur wegen der Tochter mit ihr zusammen gewesen. Sie war am Boden zerstört, als die belgischen Kollegen ihr die Nachricht überbrachten.«

»Immer dieselbe Scheiße«, Léa war aufgebracht.

»Ich sehe Sie schon abwandern zur Sitte, Leroc, als Rächerin der unterdrückten Frauen«, spottete Duval. »Was ist eigentlich aus den nigerianischen Mädchen geworden?«

»Happy habe ich bei der Gemeinde von Sacré Cœur untergebracht. Das war eine gute Idee von Ihnen«, sagte sie.

»Ja, ich bin auch froh, dass mir das noch eingefallen ist«, sagte Duval. »Madame da Silva hat ein großes Herz.«

Eva da Silva, die Küsterin der Gemeinde Sacré Cœur, hatte Duval bei seinem ersten Fall, in dem er in Cannes ermittelte, kennengelernt. Hilfsbereit, großzügig und unkompliziert hatte sie damals eine Gruppe von brasilianischen Ureinwohnern auf dem Gelände der Gemeinde beherbergt und verköstigt. Duval hatte der Küsterin und der Gemeinde immer schon mal wieder eine Spende zukommen lassen wollen. Vielleicht war dies der Moment, dachte er.

»Allerdings, sie ist großartig! Auch wenn die Gemeinde keine Pfingstkirche ist«, Léa verdrehte die Augen, »da suche ich diesem Mädchen eine christliche und vor allem sichere Unterkunft und sie will lieber eine Pfingstkirche, ich meine, sie macht sich überhaupt keine Vorstellungen von ihrer Situation in diesem Land. Die anderen Mädchen sind derzeit in einem Heim in Nizza, ich weiß nicht, wie es für die weitergehen wird«, schüttelte Léa den Kopf. »Madame da Silva wird sich darum kümmern, dass Happys Asylverfahren wiederaufgenommen wird und in der ganzen Zeit kann sie in einem Zimmer im Pfarrhaus umsonst wohnen. Besser gehts doch nicht. Man kann dieser Frau nicht genug danken für alles, was sie leistet.«

»Noch mal zurück zu Léna. Sie wurde also wirklich nicht von Luciano Doria vergiftet?«, fragte LeBlanc.

»Nein. Das hat Madame Pommier gestanden. Sie hatte unser Turtelpärchen natürlich im Blick und wusste, wo sie hinfuhren. Sie hat sich an diesem Abend bei Doria eingefunden und sich mit ihm gestritten, das hatte Marie-France sehr wohl gehört. Sie tat so, als hätte sie das Haus verlassen, hat sich aber wieder hineingeschlichen und später in der Küche das vorbereitete Wasser für den Tee mit Digoxin präpariert. Nach dem Tod von Léna aber hatte Doria begriffen, was sich in seinem Haus abgespielt hat und dass Madame Pommier es so eingefädelt hat, dass der Verdacht auf ihn oder auf Grégory fallen würde. Aber noch bevor er das kundtun konnte, schlug sie schnell noch einmal zu. Wenn man erst mal angefangen hat zu morden, dann macht man immer weiter. Und mit einer kleinen Dosis Kokain im Kopf hält man sich sowieso für genial und unverwundbar.«

»Und Grégory Bernard? Was wird aus dem?«, fragte LeBlanc.

»Na, der hat ausgesorgt«, sagte Villiers lakonisch.

»Richtig«, bestätigte Duval. »Er wird über kurz oder lang seinen Onkel beerben und hat dann keine finanziellen Sorgen mehr. Und sogar seine Künstlerkarriere hat einen Aufschwung bekommen. Anscheinend hatte er ein ganz außergewöhnliches Porträt von Léna gemalt und dann die eine Hälfte des Gesichts zerstört. Das hat Eindruck gemacht.«

»Stand sogar in der Zeitung«, sagte Léa. »Sie haben über ihn, sein Schicksal und seine Kunst geschrieben.«

»Sage ich doch, der ist der absolute Gewinner in dieser Geschichte«, sagte Villiers.

»Ob er damit glücklich ist, steht auf einem anderen Blatt«, meinte Leroc.

»Ach, der wird sich schon wieder trösten«, meinte Villiers. »Mit so viel Kohle stehen die hübschen Mädchen jetzt sicher Schlange. Eine wird schon das Rennen machen ...«

———

Er fühlte sich verloren. Es war genauso, wie er es befürchtet hatte. Annie war fürderhin ohne Julie nicht mehr verfügbar. Sie trug die schlafende Julie in einem Tragetuch mit sich oder sie stillte sie. Sie schien sie überhaupt ununterbrochen zu stillen. Oder sie sah ihn empört an, wenn er in normaler Lautstärke sprach. »Sie ist gerade eingeschlafen!«, flüsterte sie streng. Wie sollte man als Mann seinen Platz finden in dieser Mutter-Kind-Blase?! Diese monatelange Stillerei, dieses körperliche Aneinanderkleben würde er nie aufholen können. Annie war Mutter geworden. Er hoffte, dass Annie, spätestens wenn sie wieder arbeitete und Julie in die *Crèche* – die Kinderkrippe – käme, auch wieder als Frau existieren würde. Den Platz in der *Crèche* hatten sie bereits. Annie hatte dafür Duvals Adresse als Wohnort angegeben, damit sie einen Platz in der einzigen Montessori-Einrichtung in Cannes bekämen, die in einer Seitenstraße zur Avenue de Grasse lag.

Bislang aber zog sie herum. Lebte ein paar Tage bei ihm, dann wieder in ihrer Wohnung. Kaum hatte er sich an ihre Präsenz und den neuen Geruch in seiner Wohnung gewöhnt, so schleppte sie Julie, samt Windeln, Feuchttüchern und tonnenweise Zeug wieder zurück in ihr Apartment. Für ihn war es ein Wechselbad der Gefühle. »Meinst du, das ist gut für sie?«, fragte er. Und er meinte auch sich.

Er versuchte, sich damit zu arrangieren und ging, wie sonst auch, jeden Tag ins Kommissariat. War Annie bei ihm, dann kam ihm die Welt im Kommissariat kalt vor, zynisch, laut und vulgär. Warum beschäftigte man sich mit der dunklen Seite der Welt? Mit all dem Hass, der Gewalt, der Obszönität? Was machte er hier? Machte er die Welt wirklich besser für Julie? Für Lilly und für Matteo? Etwas, was er immer wieder erzählte. Aber stimmte das? Kam er abends nach Hause, fühlte er sich wie ein aggressiver, grober Haudegen in der sanften, zarten und leisen Welt, die Annie in seiner Wohnung zu kreieren begann. Vor zwölf Jahren, als Matteo geboren wurde, hatte er es noch nicht so dramatisch empfunden.

Er goss sich ein Glas Bier ein und warf sich müde auf das Sofa. Annie und Julie waren wieder mal verschwunden. Er schnaufte und griff schon nach der Fernbedienung, um sich mit irgendeiner Abendsendung abzulenken, als das Telefon klingelte. Es war Lilly.

»Papi?!«

»Ja, mein Spatz?«

»Papi, wirst du das neue Baby jetzt lieber haben als uns?«

Ach du liebe Güte. Duval erschrak. »Aber nein«, sagte er. »Nein, mein Spatz, warum denkst du das denn?«

»Ich dachte, du bist weggegangen, weil du uns nicht mehr lieb hast.«

»Ach mein Schatz«, sagte er und sein Herz krampfte sich zusammen. »Natürlich nicht. Wer sagt denn so was? Hat *Maman* das gesagt?«

»Nein.«

Duval atmete auf.

»Hat die Oma das gesagt oder sonst jemand?«

»Nein.«

»Dann ist es gut. Und du glaubst, ich bin weggegangen, weil ich dich und Matteo nicht mehr lieb habe?«

»Ja«, flüsterte sie.

Duval versuchte, seine verlegene Rührung wegzuräuspern. »Lilly«, sagte er dann ganz ernst. »Lilly, hörst du mir zu?«

»Ja«, piepste sie.

»Lilly, ich bin weggegangen, weil das mit *Maman* und mir nicht mehr so gut geklappt hat. *Maman* und ich hatten uns nicht mehr so lieb wie am Anfang. Das mit dem Liebhaben zwischen Erwachsenen ist manchmal schwierig, verstehst du? Aber es hat nichts mit dir und Matteo zu tun. Euch habe ich immer noch genauso lieb, und ich verspreche dir, dass ich dich immer genauso lieb haben werde. Immer! Hörst du! Dieses Liebhaben von Kindern geht überhaupt nie weg! Das ist so ein besonderes Liebhaben, weißt du? Und auch

wenn ich weit weg bin oder mal mit dir schimpfe, das Liebhaben ist trotzdem immer da. Glaubst du mir das?«

»Ja«, piepste sie wieder.

»Gut«, sagte er. »Weißt du, das Liebhaben ist kein Kuchen,
der immer weniger wird, wenn da mehrere Kinder sind.
Das Lilly-Liebhaben ist ein großer Kuchen, der ist nur für
dich. Und Matteo hat einen Matteo-Kuchen und Julie hat
einen Julie-Kuchen. Julie nimmt dir nichts weg von dem
Liebhaben, das ich für dich habe. Als Julie geboren wurde,
war plötzlich ein zusätzlicher Kuchen mit ganz viel Liebe
für Julie da. Aber deiner wird dadurch nicht kleiner. Das ist
ein großes Wunder mit dem Liebhaben von Kindern. Man
kann ganz viele Kinder lieb haben, verstehst du das?« Er
war selbst erstaunt zu hören, was er von sich gab.

»Und *Maman*?«

»Was ist mit *Maman*?«

»Hast du *Maman* auch lieb?«

»Ja«, sagte er und versuchte aufrichtig zu sein, »ja, ich
habe *Maman* auch lieb, vor allem, weil sie eine gute *Maman*
für euch beide ist. Aber *Maman* und ich, wir haben uns
auch viel gestritten, und das ist anstrengend, deswegen
haben wir uns getrennt.«

Lilly schnaufte durchs Telefon. »Und Ben?«, fragte sie
dann.

»Ben?«, fragte er nach, um Zeit zu gewinnen. »Ob ich
Ben lieb habe?«

»Hast du?«

»Ich mag Ben«, sagte Duval, um weiterhin aufrichtig zu
sein, »weil ich glaube, dass er gut zu dir und Matteo und zu
Maman ist. Weißt du, ich treffe jeden Tag in meinem Beruf
ganz viele Menschen, die nicht sehr lieb sind. Deswegen
finde ich es schön, dass *Maman* einen lieben Mann gefun-

den hat, und dass ihr alle zusammen gut miteinander aus-
kommt. Das ist doch so?«

»Hmmm«, machte sie. »Manchmal streiten Ben und
Maman sich auch.«

»Ach«, sagte Duval, »macht dir das Angst?«

»Ja«, sagte sie leise.

»Ach«, sagte Duval wieder. »Weißt du, ich streite mich
auch manchmal mit Annie. Ich will gar nicht streiten, aber
es passiert einfach. Matteo und du, ihr streitet euch doch
auch manchmal?«

»Ganz viel sogar. Aber es ist immer Matteo, der anfängt«,
verteidigte sie sich.

»Siehst du. Das ist zwar nicht schön, aber so ist es nun
mal, Lilly. Man ist nicht immer einer Meinung. Man hat
nicht immer zur selben Zeit Lust, dasselbe zu tun. Es gibt
ganz viele Gründe, warum man sich streitet. Das ist vielleicht nicht schön, aber es ist normal. Wichtig ist nur, dass
man nach dem Streit wieder miteinander redet und nicht
tagelang schmollt.«

»Ich schmolle gar nicht tagelang, ich will nur nicht mehr
mit ihm reden.«

»Das ist auch in Ordnung. Dann gehst du in dein Zimmer und machst die Tür zu.«

»Ja.«

»Und irgendwann machst du die Tür wieder auf und
kommst wieder raus.«

»Ja.«

»Ach Lilly, ich hab dich ganz lieb! Du bist meine einzige
Lilly! Meine kleine große Lilly!«

»Ich hab dich auch lieb, Papi!«

Duval räusperte sich. »Ich freue mich so, dass du mich
angerufen hast, Lilly, um mit mir zu sprechen. Wenn du

etwas auf dem Herzen hast, kannst du mich immer anrufen, hörst du?«

»Hmhm«, quietschte sie.

»Alles gut, Lilly?«

»Jaa«, piepste sie leise.

»Das ist schön, mein Schatz, und jetzt gehst du schlafen, ja?«

»Ja-ha. Gute Nacht, Papi.«

»Gute Nacht, meine Lilly!«

Duval lehnte sich auf dem Sofa zurück und versuchte seine Rührung wieder in den Griff zu bekommen. Er streichelte den Kater, der sich neben ihm niedergelassen hatte. »Na du, Katze«, murmelte er. Der Kater schnurrte. Dann griff Duval nach seinem Mobiltelefon und schickte eine SMS an Annie.

»Wie geht es meinen beiden Frauen?«

»Gut«, schrieb Annie fast augenblicklich zurück. »Uns geht es gut. Julie schläft!«

»Ich küsse dich, gib Julie einen Kuss von mir.« Er suchte einen Kuss-Smiley und schickte ihn los.

»Willst du ihn ihr nicht selbst geben?«

»?!?«

»Willst du nicht zu uns kommen?«

»Jetzt?«

»Ja, jetzt.«

Duval lächelte. »O. k.«, schrieb er. »Dann komme ich. Bis gleich.« Er suchte noch das Herzsymbol, als Annie schon antwortete.

»Bis gleich.«

Das Herz schickte er hinterher.

❤

Nachwort und Dank

Die vorliegende Geschichte ist erfunden, manche darin vorkommende Begebenheit aber ist von der Realität inspiriert.

Noch nie war der Druck auf die Polizeibeamten in Frankreich so groß: Seit Monaten werden sie landesweit für sämtliche wöchentlich wiederkehrenden Demonstrationen eingesetzt. Sie fühlen sich als und sie sind die Prügelknaben der Nation, insbesondere in der Auseinandersetzung mit den häufig gewaltbereiten *Gilets Jaunes,* den Gelbwesten. Körperlich und seelisch erschöpft, sie haben teilweise Überstunden bis zu einem Jahr angehäuft, die sie nicht nehmen können, kam es in den letzten Monaten zu einer deutlich erhöhten Suizidrate in der Polizei. Die hasserfüllten Sprechchöre »*Suicidez-vous!*«, zu Deutsch »Bringt euch um!«, die während der Demonstrationen der *Gilets Jaunes* zu hören sind und zunehmend auch anderswo, sind umso widerlicher. Die dazu passende Inszenierung, die ich im vorliegenden Roman in einem Keller spielen lasse, hat es hier durchaus gegeben.

Die acht nigerianischen Mädchen, die in einem Einzimmerapartment festgehalten und zur Prostitution gezwungen wurden, entspringen leider auch nicht meiner Fantasie. Glücklicherweise wurden sie von dem Verein ALC, der *Asso-*

ciation Lieu d'Acceuil Carrefour in Nizza in Obhut genommen, der sich um Unterkunft, medizinische und seelische Betreuung und Integration von Frauen in Not, insbesondere von Frauen, die zur Prostitution gezwungen wurden, bemüht. Bleibt zu hoffen, dass Happy, Grace, Kate und die anderen Mädchen eine annehmbare Zukunft haben werden.

Mein Dank für Beratung in medizinischen Fragen geht schon beinahe traditionell an Dr. Bertram Diehl, Hyères.

Für den kritischen Blick auf alles rund um die Kunst danke ich dem Illustrator Claus Ast, Nierstein.

Simone Revol, »Greeterin« in Cannes, danke ich für den hoch informativen Stadtspaziergang im Russischen Viertel von Cannes und die spannenden Einblicke in die Geschichte der dortigen Villen und ihrer Bewohner.

Meinem Mann Thierry Cazon danke ich wie immer für seine Unterstützung und Geduld.

Und meinen Lesern und Leserinnen gebührt ein Herzensdank für Ihre Treue!

Hochspannung aus Südtirol

Weitere Fälle für Kommissar Duval

Mord am Lago Maggiore

Leseproben und mehr unter www.kiwi-verlag.de